Andrea Vanoni **Totensonntage**

Andrea Vanoni
Totensonntage
Ein Paula-Zeisberg-Krimi

Reclam
Leipzig

Besuchen Sie uns im Internet:
www.reclam.de

© Reclam Verlag Leipzig, 2005
1. Auflage, 2005
Umschlaggestaltung: Gabriele Burde unter Verwendung
einer Fotografie von Klaus Reinke
Autorenfoto Umschlagklappe: © Rasmus Elsner
Gesetzt aus Rotis serif
Satz: Reclam Verlag Leipzig
Druck und Bindung: Ebner & Spiegel, Ulm
Printed in Germany
ISBN 3-379-00830-3

Die Angst kam erst, wenn sie im Bett lag. Obwohl sie bis zur Erschöpfung arbeitete, konnte sie oft nicht mehr schlafen. Wie unter Zwang stand sie dann auf, um langsam durch jene Straßen zu fahren, wo die Bestien zuschlagen konnten. Sie wartete regelrecht darauf, dass irgendetwas passierte. Sie fuhr extra so, dass sie an jeder Ampel halten musste.

Eigentlich war es egal, welche Strecke sie nahm. Die Täter konnten überall auftauchen. Die Lichter der Restaurants und Geschäfte Unter den Linden blitzten an ihr vorüber. Sie bremste, um ein paar Nachtschwärmer über die Straße zu lassen, die sich an den Händen hielten und sangen. Wie lange war sie selbst nicht mehr abends ausgegangen! Als sie die Straße des 17. Juni entlangfuhr, stürzte ein Pulk schwarzer Vögel bis fast auf den Asphalt und verschwand, wie von einer Windbö erfasst, bevor die Prostituierten ins Licht ihrer Scheinwerfer traten. Eine nach der anderen, jeweils einen Schritt. Es war surreal, wie in einem Traum: Die sechsspurige Fahrbahn, der große finstere Park im Hintergrund, und am Rand des Bürgersteigs eine Kette aus leuchtend roten, gelben, weißen und orangefarbenen Stiefeln und Miniröcken.

Immer noch fuhr sie genau mit der roten Welle, vorbei an der Siegessäule, dem Botschaftsviertel und der »Urania«, dann bog sie nach rechts in die Tauentzienstraße ab. An der

Gedächtniskirche torkelte eine Gruppe betrunkener Touristen über den Ku'damm. Zwei junge Männer prügelten sich vor dem Cinema Paris, aber die Kollegen waren bereits unterwegs, mit Blaulicht und Sirene kamen sie von links aus der Uhlandstraße, und so drückte sie wieder sanft aufs Gas.

An der nächsten Ampel musste sie, wie schon so oft in dieser Nacht, halten. Im Rückspiegel beobachtete sie angespannt den Wagen hinter ihr. Paula fragte sich, ob sie wirklich wollte, dass ihr dasselbe passierte wie den Wegeners und den von Bülows: Im nächsten Moment würde eine ihrer Scheiben zersplittern, eine Hand hereingreifen und die Tür aufreißen. Zwei Männer würden sich auf den Rücksitz quetschen, ihr eine Pistole an den Hals drücken und sie zwingen, nach Hause zu fahren, in die Stargarder Straße. Dort würden sie aussteigen, und zwei andere, die ihnen in einem Wagen gefolgt wären, würden dazukommen. In ihrer Wohnung würde dann das Unfassbare geschehen.

Wie, so fragte sie sich zum hundertsten Mal, würde sie selbst sich in einer solchen Situation verhalten? Bisher hatte sie keine Lücke in der Angriffsstrategie der Täter entdecken können. Selbst sie als bewaffnete Polizistin hätte keine Chance.

Das hatte auch Horst Wegener erfahren müssen, und der war bestimmt nicht der Typ gewesen, den man so ohne weiteres an die Wand stellte. Im Gegenteil: Mit seinen achtundfünfzig Jahren ein bärenstarker Kerl, der es mit Ellbogen, Instinkt und politischem Kalkül vom Polier zu einem der größten Bauunternehmer Berlins gebracht hatte.

An einem Sonntag vor zwei Monaten hatte er nach Mitternacht mit seiner Frau Jessica eine Einladung des Senats im Hotel Adlon verlassen, auf der sie die termingerechte Fertigstellung einer Klinik gefeiert hatten. Schulen, öffentliche Einrichtungen und ähnliche Großaufträge, an die ein normaler Sterblicher gar nicht herankam, hatte er bereits ausgeführt, und angeblich enthielt seine berüchtigte Geheimdatei genaue Informationen über die Schwächen, Vorlieben und Bankverbindungen eines jeden Bankettteilnehmers.

Für Paula als Kriminalbeamtin war die Berliner Baupolitik ein heikles Terrain. Oberstaatsanwalt Rauball hatte sich in einigen Fällen mit seiner Zustimmung für ihre Zeugenvernehmungen sehr schwer getan. Letztendlich aber waren alle vernommen worden, so dass sie schließlich den Verlauf des Abends akribisch hatte rekonstruieren können.

Wenn sie jetzt daran zurückdachte, fiel ihr ein, dass im Team zuallererst Rache als Tatmotiv diskutiert worden war, und ein bisschen ärgerte es sie immer noch, weil das wohl von der Presse gekommen war. Irgendein Journalist hatte mit unerschütterlicher Überzeugung von einer gezielten Racheaktion an Wegener geschrieben. War das nicht Horst Aigner gewesen? Als Mensch war er kläglich, aber als Medienstimme beeinflusste er sogar ihr Team.

Nach dem Bankett war Wegener trotz Alkoholgenusses (laut gerichtsmedizinischem Gutachten zwei Promille) in seinen dunkelgrünen Jaguar Sovereign gestiegen, seine Frau auf den Beifahrersitz. Um 00:46 Uhr hatte er an der roten Ampel Hubertusallee/Ecke Hubertusbader Straße gehalten. Genau in diesem Moment wurde ihm durch das geöffnete Fenster eine Pistole gegen den Kopf gedrückt, während ein zweiter Mann die hintere Wagentür aufriss und ins Auto sprang. Dann stieg auch der Bewaffnete ein und befahl in grobem Englisch: »Go home!« Die Wegeners leisteten keinen Widerstand. Vor ihrem Anwesen in der Höhmann-/Ecke Regerstraße öffnete Frau Wegener mit dem Infrarotsender die Toreinfahrt. Als einer der Männer ihr den Sender aus der Hand riss, konnte sie sehen, dass ihnen ein Wagen gefolgt war, aus dem zwei weitere Männer sprangen.

Alle vier trugen dunkle Jogginganzüge, Handschuhe und Mützen. Als sie zusammen das Haus betraten, musste Wegener die Alarmanlage ausschalten. Dabei murmelte er, es sei 00:55 Uhr. Seine Frau konnte sich später nicht erklären, warum er das gesagt hatte. Die Männer riefen sich in einer für sie unverständlichen Sprache Befehle zu. Einer, der etwas Englisch konnte, verlangte Geld und Schmuck. Die Wegeners gaben, was sie am Leib hatten: eine Jaeger-Le-Coultre-Reverso-Armbanduhr, die Portemonnaies mit Kreditkarten und einigen hundert Euro, Jessicas Chopard-Happy-Diamonds-Damenuhr und drei Smaragdringe mit Diamantenbesatz.

Während einer das Ehepaar bewachte, durchsuchten die anderen das Haus nach Personal. Sie schubsten das Ehepaar schließlich in Wegeners Arbeitszimmer, wo sie hinter der Tapetentür den Tresor entdeckt hatten. »Open the safe!«, brüllte einer der Männer und stieß Wegener zu Boden. Wegener zitterte, es gelang ihm nicht, den Safe zu öffnen. Jessica erklärte später, er habe immer Schwierigkeiten gehabt, sich Zahlenkombinationen zu merken, besonders wenn er müde war und getrunken hatte. Die Verbrecher versetzten dem am Boden Liegenden mehrere Fußtritte in den Bauch. Jessica versuchte, ihnen mit ihren wenigen Englischkenntnissen klarzumachen, dass ihr Mann so den Tresor auf keinen Fall öffnen könne.

Anfangs nahm sie an, es sei die russische Mafia, und da sie in der DDR Russisch gelernt hatte, schrie sie »Njet! Njet!«, sie sollten ihren Mann endlich in Ruhe lassen. Darauf schlug der Dickste ihr ins Gesicht. Sie taumelte und fiel. Ihr Kleid verrutschte, sie trug keinen BH, aber sie kam nicht mehr dazu, ihre Blöße zu bedecken. Einer der Männer gab einen Kommentar ab, worauf sie alle in dreckiges Gelächter ausbrachen.

Nach der Lektüre des medizinischen Gutachtens konnte Paula kaum noch schlafen. Sie hatte genügend Fälle bearbeitet, um zu wissen, was man einer Frau alles antun konnte, aber trotzdem war sie dieses Mal wie gelähmt vor ohnmächtiger Wut gewesen. Jessica Wegener hatte zahlreiche Stichverletzungen am Körper, die alle genäht werden mussten. Oberarme, Hüften und Innenseiten ihrer Oberschenkel waren mit dunkelvioletten Hämatomen übersät. Ein Abstrich hatte ergeben, dass drei unterschiedliche Männer den Geschlechtsverkehr an ihr vollzogen hatten, wie es in der nüchternen Sprache der Gerichtsmediziner hieß.

Es war ihrem Mann dann offenbar doch noch gelungen, den Safe zu öffnen, denn als die Polizei kam, stand er sperrangelweit auf. Es fehlten nach Jessica Wegeners Angaben etwa achtzig- bis hunderttausend Euro in Hundertern und Fünfhundertern sowie Schmuck und Goldmünzen. Sie erinnerte sich nicht daran, wann er den Tresor geöffnet haben könnte. Vielleicht während der Vergewaltigungen.

Als die Verbrecher mit ihr fertig waren, musste sie aufstehen. Sie wollten, dass sie ihrem Mann in die Augen sah, der in zwei Meter Entfernung kniend hatte zusehen müssen, wie sie sich an ihr vergingen. Einer der Täter zog dann die Pistole, trat hinter ihn, presste die Mündung in seinen Nacken und drückte ab. Er hielt ihn dabei fest, damit er nicht umfiel, und schoss ihm noch einmal von oben in den Kopf. Dann ließ er ihn los. Wegener kippte vor ihre Füße.

Drei der Männer verließen den Raum und brüllten dem Vierten einen Befehl zu. Der zog seine Waffe und richtete sie auf Jessica. Sie verlor das Bewusstsein. Diesen vierten Mann beschrieb sie später als den zurückhaltendsten und saubersten; jedenfalls habe er nicht gestunken und sei sauber rasiert gewesen. Im Team hatte er daher den Beinamen *Offizier* bekommen.

Die Täter mussten die Villa gegen zwei Uhr verlassen haben, nachdem sie noch zwei Miniaturen von Jan van Eyck und Goldbestecke eingesteckt hatten.

Die schwer zugerichtete Jessica fühlte sich immer noch außerstande, die Täter so zu beschreiben, dass Phantombilder hätten angefertigt werden können. Wirklich sicher war sie nur hinsichtlich des Wagens, der ihnen gefolgt war, ein heller Mercedes. Wenig später war ein weißer Mercedes aufgefunden worden, der kurz vor dem Verbrechen gestohlen worden war, doch die kriminaltechnische Untersuchung hatte ergeben, dass er nicht mit dem Verbrechen in Zusammenhang stehen konnte.

Um 2:20 Uhr war Jessica Wegeners Notruf eingegangen. Der Dienst habende Beamte hatte die Anruferin in seinem Bericht als hysterisch beschrieben, »wahrscheinlich betrunken oder geistesgestört«. Paula fragte sich wütend, ob der Kollege beim Notruf eines Mannes mit seinen Schlussfolgerungen ebenso voreilig gewesen wäre.

Es wurden zwei Streifenwagen mit der Empfehlung von Eigensicherung zum Tatort geschickt, weil es sich möglicherweise um eine Psychopathin handelte. Man vereinbarte zeitgleiches Eintreffen vor Ort und stille Anfahrt, ohne Blaulicht und Sirene.

Auch Notarzt und Rettungswagen wurden in die Höhmannstraße beordert. Um 2:30 Uhr standen alle vor dem geschlossenen Tor zum Grundstück. Die Beamten klingelten, und als der Summer ertönte, sicherten sie sich gegenseitig mit gezogenen Waffen.

Jessica Wegener stand in einem rot verfärbten seidenen Morgenmantel im Hauseingang. Sie drückte ein Handtuch gegen ihren Körper, um das Blut zu stillen. »Mein Mann ...«, stammelte sie und brach zusammen.

Laut Obduktionsbericht war Wegener zwischen 00:30 Uhr und 02:00 Uhr erschossen worden, vermutlich mit einer Ceska 9 mm.

Jessica wurde ins Krankenhaus gebracht. Erst eine Woche später war sie überhaupt vernehmungsfähig. Paula führte das Gespräch damals zusammen mit ihrem Kollegen Marius, dem einfühlsamsten aus ihrem Team. Jessica sagte immer wieder, dass sie nichts von dem verstanden habe, was die Täter untereinander gesprochen hatten. Es habe sich angehört »wie bei Tieren, ein Grunzen, sehr raue Stimmen«.

Paula war inzwischen am Olivaer Platz angelangt. Vor dem *Bovril* verabschiedeten sich die letzten Gäste, und als sie den Kopf wandte, sah sie drei durchtrainierte Kerle näher kommen. Sie überprüfte ihre Zentralverriegelung, und schon beugte sich der Erste auf der Beifahrerseite zum Fenster hinunter. Er sagte etwas auf Russisch oder Polnisch, das sie nicht verstand. Fast blieb ihr das Herz stehen, aber dann gewann die Polizistin in ihr die Oberhand. Sie holte tief Luft und öffnete die Scheibe einen Spalt. Der Mann fragte, wo das *Big Eden* sei. Paula lächelte grimmig, zeigte nach hinten und gab Gas. Im Rückspiegel sah sie, wie die Typen ihr drohten.

Nach dem zweiten Verbrechen hatten sie im Team auch den anderen Tätern Beinamen gegeben. Jessica Wegener und auch Hella von Bülow, die Zeugin, die den nächsten Überfall überlebte, kennzeichneten den *Säufer* durch dessen Geruch. Er stank offenbar entsetzlich nach Schweiß und Alkohol. Von seiner Statur her ein Zwerg im Vergleich zu dem *Tier*, jenem Täter, der von den beiden Zeuginnen als der brutalste beschrieben worden war: 1,90 m groß, schwer, vorstehende Stirn und Stiernacken. Der *Offizier*, der *Säufer*, das *Tier*, und den Vierten nannten sie den *Gladiator*, weil er an jedem Arm breite Kupferreifen trug. Er war offenbar kleiner und nicht so massig wie das *Tier*. Der *Offizier* war den Zeugenaussagen zufolge etwa so alt wie der *Säufer*, trug eine Sonnenbrille, dünne Lederhandschuhe, hatte dunkles Haar und einen Bürstenschnitt. Auffallend war sein geschmeidiger Gang.

Das zweite Paar, das das Mörder-Quartett einen Monat später in seine Gewalt gebracht hatte, waren Dr. Henning von Bülow und seine Frau Hella, eine bekannte Konzertpianistin, gewesen. Sie waren in ihrem Mercedes S 300 überfallen worden. Ebenfalls an einer roten Ampel. Dr. von Bülow war achtundsiebzig Jahre alt, ehemaliger Vorstandsvorsitzender der BEWAG und leidenschaftlicher Jäger.

Sie waren in der Oper gewesen, und als sie kurz nach zwölf von der Hubertus- in die Koenigsallee einbogen, stand die Ampel Höhe Hasensprung auf Rot. Tagsüber war das Thermometer auf 30 Grad gestiegen, es hatte sich aber gegen 23:00 Uhr abgekühlt und angefangen zu regnen. Daher war die Straße menschenleer. Ein Schatten knallte neben seiner Frau gegen die Scheibe, während von Bülow von einem zweiten Angreifer mit einer Waffe bedroht wurde. Der Ablauf war genau wie im Fall Wegener gewesen. Obwohl die Täter diesmal die Scheibe einschlagen mussten, weil der Wagen von innen verriegelt war, ging alles ebenso schnell wie beim ersten Überfall. Innerhalb von ein paar Sekunden saßen beide Verbrecher auf der Rückbank. Einer forderte von Bülow auf: »Go home!« Von Bülow flüsterte seiner Frau zu, dass die Leute im Auto hinter ihnen bestimmt alles gesehen hätten und die Polizei verständigen würden. Sie glaubte nicht daran, denn sie hatte vom vorigen Überfall aus den Medien genug erfahren, um sich vorstellen zu können, wie es weitergehen würde. Ihr Mann aber war längere Zeit im Ausland gewesen und hatte wohl noch nichts davon gehört. Als sie vor ihrer Villa standen, wurde ihrem Mann die Fernbedienung entrissen. Das Tor der Einfahrt schloss sich hinter beiden Autos. Der *Säufer* zerrte die alte Dame aus dem Wagen. Ihr Mann öffnete die Eingangstür zur Villa, die einem Jagdschlösschen ähnelte. Die Außenbeleuchtung ging automatisch an, doch was nutzte das? Hella hatte ihren Mann immer wieder ermahnt, eine moderne Anlage einbauen zu lassen, die direkt bei der Polizei Alarm auslöste, doch er hatte sich zu alt für computergesteuerte Geräte gefühlt. Er pflegte zu sagen, dass es nicht darauf ankomme, lange zu leben, sondern in Frieden und Ruhe.

Ruhig blieb es nun nicht, denn die Kerle brüllten offenbar herum, weil der Dackel der von Bülows kläffend auf sie zukam. Er hörte auch nicht zu bellen auf, als sein Frauchen ihn auf den Arm nahm und streichelte.

Paula stand die Szene genau vor Augen: Das Innere des Hauses war mit dunkler Eiche getäfelt, was alles noch bedrückender machte, als es ohnehin schon war. Über einer hölzernen Freitreppe, die zu einer Galerie hinaufführte, hing ein Leuchter aus Hirschgeweihen. Buntglasscheiben in der Halle zeigten mittelalterliche Jagdszenen. Seit der Errichtung des Hauses im Jahr 1921 war fast nichts verändert worden. Im Garten hinter dem Schlösschen befand sich ein Granitstein-Schwimmbecken, dessen Heizung bis in die vierziger Jahre von einem eigenen Kraftwerk in der Havel mit Strom versorgt worden war.

Während der *Offizier* das Ehepaar in Schach hielt, schwärmten die anderen aus wie eine Militäreinheit, um sich zu vergewissern, dass keine weiteren Personen im Haus waren. Im Arbeitszimmer von Bülows entdeckten sie den Safe. Das Ehepaar wurde dort hingeschleppt. In der Mitte stand sein gewaltiger Schreibtisch, ein neoklassizistisches Ungetüm, verziert mit Reichsadlern aus schwarzem Marmor. An den Wänden hingen die Trophäen eines Jägerlebens: ausgestopfte Köpfe von Zwölfendern, Rehen, Wildschweinen, Füchsen, Raubvögeln.

Hella von Bülow war trotz des Schocks offensichtlich hellwach gewesen und hatte alles ganz genau beobachtet. Aufgrund ihrer Schilderung des Tathergangs mutmaßten

Paula und ihr Team, dass sie es mit Tätern zu tun hatten, die wohl im Nahkampf geübt waren. Die alte Dame sagte, ihr Bewacher habe noch am zivilsten gewirkt und nicht so gestunken wie die anderen. Der wildeste sei das *Tier* gewesen. Die Zeugin war sich sicher, dass er getrunken hatte. Außerdem wusste sie zu berichten, dass ihm ein Eckzahn fehlte. Er habe auch mit seiner Pistole auf die ausgestopften Tiere angelegt. Dann entdeckte er offenbar den Dackel, den sie auf dem Arm hielt. Er zielte auf den Hund und imitierte Schussgeräusche. Bis auf den *Offizier* stimmten die anderen in sein Gegröle ein. Frau von Bülow streichelte den kläffenden Hund, flüsterte ihm ins Ohr, aber er ließ sich nicht beruhigen. Plötzlich schob sich der Pistolenfuchtler seine Waffe in den Hosenbund, zog ein Survivalmesser, packte den Dackel und trennte ihm mit einem einzigen Hieb den Kopf ab. Den Hundekörper kickte er zur Seite, den Kopf spießte er lachend auf eines der Geweihe an der Wand. Dann wischte er seine mit Blut verschmierten Hände am Gesicht der wie gelähmt dastehenden Frau von Bülow ab. Als alte Preußin, so gab sie später zu Protokoll, habe sie keine Miene verzogen. Schließlich habe sie 1945 den Einmarsch der Russen und die große Hungersnot miterlebt. Ihr ganzes Leben habe aus Disziplin, Arbeit und Haltung bestanden.

Inzwischen habe ihr Mann den Safe geöffnet, in dem allerdings nur antiquarische Klavierauszüge einiger italienischer Opern aus dem 19. Jahrhundert lagen, was die Täter in helle Wut versetzt habe. Das *Tier* hätte sie daraufhin herumgeschubst, damit sie Geld oder Wertsachen herausrücke, sie hätte aber unten in der Halle schon alles abgeliefert gehabt. So musste sie mit ansehen, wie ihr Mann dann vor das Fenster gezerrt wurde und alle drei auf ihn feuerten. Wie bei einer standrechtlichen Erschießung, meinte sie später. Während das Exekutionskommando den Raum verlassen habe, hätte ihr Bewacher, der *Offizier*, auf sie angelegt, woraufhin sie sich einfach auf den Boden habe fallen lassen und reglos liegen geblieben sei.

Vor dem Fenster im Gras hatte man später nur die Hülsen, aber keine Projektile gefunden.

Hella von Bülow hatte das Kennzeichen des zweiten Autos nicht sehen können, aber sie konnte den Wagen exakt beschreiben. Tommi tippte auf einen Opel Zafira. Natürlich hatten sie sich auch diesmal alle als gestohlen gemeldeten Wagen vorgenommen, aber es war kein Zafira dabei gewesen.

Was die Sprache der Täter anbelangte, so vermutete Hella von Bülow, dass es sich um eine slawische Sprache handelte.

Aufgrund ihrer Täterbeschreibungen hatte Paula Phantombilder anfertigen lassen, die in den Medien veröffentlicht wurden, doch das hatte nur eine Lawine ergebnisloser Arbeit nach sich gezogen.

Es wurden jede Menge Spuren gesichert, nur gab es niemanden, dem man sie zuordnen konnte.

Hatten die Tatfahrzeuge womöglich ausländische Nummernschilder gehabt und waren gleich nach dem Verbrechen zurück über die Grenze gefahren worden? Was dafür sprach, war der zeitliche Abstand von vier Wochen, der zwischen den beiden Überfällen lag. Die Kollegen vom Raubdezernat bestätigten Paulas Vermutung. »Könnte sein. Die kommen als Touristen rein, sagen, sie wollen hier einkaufen, drehen das Ding und sind gleich wieder weg«, hatte der Kriminaloberrat gesagt.

Wie sicher sich die Typen fühlten, war daran zu erkennen, dass sie sich nicht maskierten. Fast hatte es den Anschein, als unterließen sie Vorsichtsmaßnahmen, weil sie ohnehin nicht beabsichtigten, Zeugen zurückzulassen. Doch das war ja nicht der Fall. Zwar hatte der *Offizier* jeweils vor dem Verlassen der Tatorte von den anderen einen Befehl bekommen, aber es konnte kein Erschießungsbefehl gewesen sein, sonst hätte er ihn wohl ausgeführt. Paula überlegte immer wieder, was der Grund dafür gewesen sein könnte, die Zeuginnen am Leben zu lassen.

Hella von Bülows Notruf war um 01:25 Uhr eingegangen. Ihre Stimme hatte so gepresst geklungen, dass der Dienst habende Beamte nur mit Mühe die Adresse verstehen konnte. Er wusste nicht, worum es ging und schickte erst einmal einen Streifenwagen. Sie fanden Henning von Bülow tot vor dem Fenster und verständigten die Kripo sowie den Notarzt und den Rettungswagen.

Die Beamten trafen auf eine gefasste Frau, die ihr Äußeres, so gut es ging, in Ordnung gebracht hatte und präzise Angaben zum Tathergang machte. Im Arbeitszimmer stank es nach Fäkalien, der Kopf des Dackels steckte noch auf dem Geweih, und sein Kadaver lag vier Meter weit davon entfernt. Es wurde die Fahndung nach einem blauen Kleinwagen mit vier Insassen eingeleitet. Bereitschaft hatte die fünfte Mordkommission, aber aufgrund der Ähnlichkeit mit dem Wegener-Fall war auch Paula verständigt worden.

Als sie mit ihrem Team eintraf, war das Grundstück schon von Journalisten und Fernsehteams belagert. Staatsanwalt Krüger und Inspektionsleiter Westphal beobachteten die Spurensicherung und Scholli schoss seine Fotos. Die alte Dame saß auf dem Bett in ihrem Schlafzimmer. Der Notarzt war bei ihr. Sie hatte Prellungen und Quetschungen am ganzen Körper und einen Rippenbruch. Einer gynäkologischen Untersuchung verweigerte sie sich. Immerzu wiederholte sie, dass ihr einziger Gedanke gewesen sei, dass sie das schon schaffen würden. In den fünfzig Jahren ihrer Ehe hätten sie immer alles geschafft – ohne große Liebesschwüre, ohne Zerwürfnisse. »Wir waren wie ein altes Grauganspaar«, sagte sie später.

Zwei Monate lag das erste Verbrechen nun zurück, und Paula war so erschöpft, dass sie an ihrem ersten freien Sonntag nachmittags auf dem Sofa einschlief. Die Zeitung mit der Prognose weiterer Verbrechen und dem Kommentar über die erfolglosen Bemühungen der Polizei war ihr aus der Hand gerutscht, auf Kasimir, den Kater, der neben ihr auf dem Boden lag und schnurrte. Er war erschrocken aufgesprungen und hatte ein paar Mal wütend mit den Pfoten nach den Blättern geschlagen.

Paula hatte das durch schmale Augenschlitze gesehen. Das Rascheln war in ihren Traum gedrungen, in dem sie auf einer Baustelle, wo sie vor Wochen wegen des Wegener-Falles ermittelt hatte, über einen hohen Eisenträger balancierte. Der *Offizier* kam ihr entgegen, sie spürte den nahen Tod. Ihre Angst wuchs, wandelte sich aber in Begehren, als der *Offizier* sie in seine Arme nahm. Sie genoss ihre Lust und packte ihn fest an der Schulter, aber genau in dem Moment stieß er sie von sich. Sie wäre in den Abgrund gestürzt, hätte Kasimir sie nicht geweckt.

Einen Moment lag sie unbeweglich da. Sie fühlte sich schwer. Die Zeitung knüllte sie zusammen. Immer wieder nahm sie sich vor, diesen Blödsinn nicht zu lesen, aber wenn Ralf ihr das Revolverblatt unter die Nase hielt, las sie es doch, um den Kokolores dann beim Essen verdrossen zu kommentieren.

Wie erwartet kochten die Medien die Grunewald-Morde seit Wochen hoch. »Am Wochenende schlagen sie wieder zu«, prophezeiten sie, nur weil zwischen den ersten beiden Taten auch vier Wochen gelegen hatten. Als würden sich Verbrecher nach dem Zeitplan der Presse richten. Doch dieses Mal hatten die Journalisten offenbar umsonst auf der Lauer gelegen, die *Carnapper* waren nicht wieder aufgetaucht. »Ist unsere Polizei den Grunewald-Bestien nicht gewachsen?«, fragte Horst Aigner von der *Bild*, der seine Artikel mit dem Kürzel »Hai« zeichnete, weswegen sie ihn im Team auch so nannten.

Ralf kam aus der Küche und holte die Sherryflasche aus dem Schrank. Kasimir fixierte Paula einen Moment, machte einen Sprung und rollte sich auf ihrem Schoß zusammen. Irgendwo begann ihr Handy zu schrillen, und wieder einmal nahm sie sich vor, es nicht achtlos in den Untiefen ihrer Tasche zu versenken, um es dann im entscheidenden Moment wieder nicht zu finden. Sie gab dem Kater einen Schubs. Das Handy steckte in der Sofaritze.

Ein Kollege vom Lagedienst. Paula warf Ralf einen entschuldigenden Blick zu und ging ins Schlafzimmer, wo sie ungestört reden konnte. Der Lagedienstler teilte ihr mit, dass eine Anzeige aus Tempelhof vorliege. Vier Ausländer, auf die die Täterbeschreibung zutreffen könne, hätten zu den fraglichen Zeiten jeweils ein paar Nächte lang bei einem polnischen Paar Quartier bezogen. Gestern Nachmittag seien sie wieder angereist und in der besagten Wohnung verschwunden. Man müsse also damit rechnen, dass sie in der kommenden Nacht wieder zuschlagen würden.

Sie hörte Kasimirs Miauen vor der Tür.

»Lass die Kollegen von der Sofortbearbeitung in Tempelhof abklären, was für ein Haus das ist, wer die Anzeige erstattet hat und wer die Mieter sind. Ich bin in einer halben Stunde im Büro.«

Sie stieg in ihre Cargohosen, streifte ein enges weißes T-Shirt und die hellblaue »Berlin«-Jacke über, dazu die roten Sneakers. Im Bad legte sie Wimperntusche und etwas Lippenstift auf. Mit Wasser und ein bisschen Schaum brachte sie ihre Locken in Form. Gut, dass sie fast braune Haare hatte – als Blondine hätte sie es sicher noch schwerer gehabt in ihrer Männerbehörde, zumal ihre blauen Augen immer etwas spöttisch wirkten. Frauen hielten sie deswegen gelegentlich für arrogant, aber Männer hatten das Gefühl, interessiert wahrgenommen oder gar bewundert zu werden. Ein Vorteil ihres Geschlechts, den sie bewusst zu nutzen verstand.

»Ja, ja« sagte Ralf resigniert, als sie sich, frisch gestylt und mit der Tasche über der Schulter, verabschieden wollte.

Er hatte aus dem Essen ein Riesengeheimnis gemacht.

»Ralf, es tut mir Leid ...«, aber er winkte nur müde ab und packte große, bereits marinierte Lachsforellen in einen Gefrierbeutel.

»Vergiss es. Ich kann für Manuel und mich nachher auch ein paar Nudeln kochen, okay?«

Manuel war ihr Neffe, der vierjährige Sohn ihrer Schwester Sandra, die aus Köln zu einem Filmseminar nach Berlin kommen wollte und Manuel nicht allein im Hotel lassen konnte. Paula liebte Manuel mit der Wehmut einer Mutter, die ihr eigenes Kind verloren hatte. Dass sie nun wegmusste, versetzte ihr einen Stich ins Herz. Ralf würde sich allein um den Jungen kümmern müssen.

Wie hatte sie sich auf ein gemütliches familiäres Abendessen gefreut! Aber es half ja nichts, sie konnte diesen Anruf beim besten Willen nicht einfach übergehen bei dem enormen Druck, unter dem sie mit ihrem Team stand. Sie hatte die Neunte gerade erst übernommen. Ihre rasante Karriere hatte bei einigen männlichen Kollegen ohnehin schon viel Neid und Empörung ausgelöst, und vermutlich warteten sie nur auf einen knalligen Fehlschlag, den sie genüsslich an den Mittagstischen durchkauen konnten. So jung, und dann noch als Frau! Aber warum musste sie ausgerechnet am Anfang so einen schwerwiegenden Fall auf dem Tisch haben? Auch der Polizeipräsident saß ihr tagtäglich im Nacken. Sie brauchte endlich Ergebnisse.

Wen sollte sie nur zu dem Einsatz mitnehmen?

Tommi vielleicht? Von ihm ließ sie sich gerne begleiten. Er war vorlaut und frech, aber sie mochte ihn wegen seines Humors. Wenn sie mit ihm unterwegs war, sah sie alles viel entspannter.

Leider sprang nur seine Mailbox an, wahrscheinlich war er, wie jeden Sonntag, beim Karate. Die erste Geschichte, die er ihr erzählt hatte, war eine Anekdote vom Geist dieses Kampfsports gewesen. Ein Schwertmeister fordert einen Karatemeister heraus. Gut, sagt der Karatemann, morgen früh auf der Insel im Fluss. Sie rudern, wie verabredet, im Morgengrauen beide zu der Insel, der Schwertmeister springt an Land, zückt das Schwert und brüllt: »Komm!« Gelassen rudert der Karatemeister davon. So hatte sich Tommi vorgestellt: als einer, der immer von Gelassenheit träumte.

Die Familienväter ließ sie außen vor.

Marius war ein besonnener Polizist, nur manchmal führte er sich auf wie ein wild gewordener Cowboy. »Auf diese Täter würde ich erst schießen und dann reden«, hatte er zu ihrem Vertreter Herbert Justus gesagt. Und das nahm sie ihm sogar ab. Sie zögerte einen Moment, wählte dann aber seine Nummer.

Während sie darauf wartete, dass Marius ans Telefon ging, dachte sie daran, wie er sich über die Bestien empört hatte. Jessica Wegener war immer wieder gefoltert und vergewaltigt worden. Vier Tage lang war sie wegen akuter Eigen- und Fremdgefährdung in der Psychiatrie stationär behandelt worden. Noch immer konnte sie sich nicht an Einzelheiten erinnern. »Es gibt Dinge, die ein Mensch nicht ertragen kann«, hatte der behandelnde Arzt zu Paula gesagt.

Seiner Empfehlung folgend hatte sie die Vernehmungen auf ein Minimum beschränkt und auf die Auswertung anderer Spuren gehofft. Vergeblich. Ein zweiter Überfall mit einem weiteren Mord war passiert. Sie nahm es fast als Angriff auf sich selbst. Die Zusammenarbeit im Team klappte von Tag zu Tag besser, alle taten, was sie konnten, aber sie standen immer noch vor einem Rätsel. Würde dieser Anruf nun die Lösung bringen?

Marius Seefeld meldete sich mit seiner dunklen Stimme, und Paula merkte, dass ihr Herz eine winzige Spur schneller schlug. Er war sofort bereit, sie in ihrem Büro zu treffen. Er lebte alleine und musste sich bei niemandem rechtfertigen.

Paula schlug den Kragen ihrer »Berlin«-Jacke hoch und machte sich auf den Weg zu ihrem Auto.

Der Himmel hatte sich verdüstert. Es fing an zu regnen.

Sie fand eine Parklücke gegenüber vom Haupteingang ihrer Dienststelle in der Keithstrasse. Rechts über dem Eingang des denkmalgeschützten Gebäudes reckten sich zwei starke, nackte Jünglinge, die über ihren Köpfen eine Schale voller Blumen trugen; zwei Jünglinge links über dem Eingang balancierten ein Gefäß mit Früchten. Sie lächelte. War es nicht ein gutes Gefühl, von so starken jungen Männern umgeben zu sein? Sie winkte dem Pförtner hinter der Holztheke zu und ließ den Blick über die Kassettendecke mit ihren Einfassungen in Lindgrün, Orange und Gelb schweifen. Das Zentrum der Rechtecke bildeten Sterne in pastellenem Violett. Beide Seiten der Eingangshalle wurden von Säulen mit lang gezogenen Kapitellen und farbenprächtigen Akanthusblättern flankiert. Schmiedeeiserne Lampen aus den zwanziger Jahren verströmten über der Treppe ein milchiges Licht.

Sie liebte dieses schöne alte Haus, und wenn sie sehr gut gelaunt war, drehte sie sich oben auf dem Treppenabsatz mit einer ausladenden Armbewegung um und rief: »Voilà!« In diesem Augenblick aber war sie alles andere als in der Stimmung dazu.

Ihr Büro lag im dritten Stock. Chaos häufte sich auf ihrem Schreibtisch. Vergangene Nacht um halb zwei hatte sie einfach keine Energie mehr zum Aufräumen gehabt. Der Tisch war übersät mit Notizen, Fotos und dem neuesten Gutachten über die mögliche Herkunft der Täter. Außer aus Deutschland konnten sie von überall her sein, vielleicht aus einem dieser Kriegsgebiete, wo schon Kinder zu Tötungsmaschinen abgerichtet wurden.

Nachdem sie alles sortiert und aufgeräumt hatte, warf sie die Kaffeemaschine an und entspannte sich. Alles war ordentlich in den Ablagekästen verschwunden, vor ihr lag nur noch ein leerer weißer Block mit Stift, die Tastatur des Computers und die schwarzweiß gefleckte Kuh. Nach der Kuh, die sie als kleines Mädchen von ihrer Großmutter geschenkt bekommen hatte, fragte sie jeder. Es gab auch oft dumme Sprüche nach dem Motto, ob das ihre Informantin sei. Die Kuh war aus Holz, wirkte aber wie aus Porzellan, so gut war sie lackiert. Irgendwann war das rechte Vorderbein abgebrochen, und Paula hatte es notdürftig wieder angeklebt.

17:11 Uhr. Wo Marius nur blieb? Sonst war er doch immer so pünktlich. Sie hatte sich über seine Zusage mehr als nur gefreut. Auf der Fahrt war sie sogar ein bisschen aufgeregt gewesen, aber gleichzeitig war da – schon wieder! – ihr schlechtes Gewissen Ralf gegenüber. Dabei war zwischen ihr und Marius eigentlich gar nichts passiert. Na ja, fast nichts. Es war nur einfach so, dass sie sich von ihm angezogen fühlte – und ihm, das wusste sie, ging es wohl ebenso. Er roch gut nach frischem Holz und Apfel, und jedes Mal, wenn sie zufällig nebeneinander standen, merkte sie, wie sie heimlich begierig seinen Duft einatmete. Und dann war da, kurz bevor sie ihren neuen Job als Leiterin der neunten Mordkommission angetreten hatte, diese kleine Sache gewesen. Sie hatten sich nach dem Poizeiball zusammen ein Taxi genommen, und da hatte Marius einfach nach ihrer Hand gegriffen und sie die ganze Fahrt über festgehalten. Und als das Taxi vor ihrer Tür in der Stargarder Straße hielt, da hatte er sie zum Abschied unglaublich zärtlich auf den Mund geküsst und sie dann – ganz gentlemanlike – sanft aus dem Auto geschoben. Noch immer wurde ihr reichlich warm ums Herz, wenn sie daran dachte.

Jetzt öffnete Marius ihre Bürotür, schüttelte seine nasse Regenjacke, warf sie mit Schwung an den Garderobenhaken und drückte ihr zur Begrüßung leicht die Schulter. Dann nahm er zwei Tassen aus dem Regal, füllte sie mit Kaffee, stellte sie auf ihren Schreibtisch und zog sich einen Stuhl heran: »Und, was machen wir nun mit diesem angebrochenen Sonntagabend?«

»Die Verdächtigen wohnen in der Kaiserin-Augusta-Straße«, sagte sie, ohne auf seine Anspielung einzugehen. »Das ist mitten in Tempelhof. Die Kollegen überprüfen gerade das Melderegister und die Situation vor Ort.« Sie sah nervös zur Uhr. »Eigentlich hätten sie sich schon längst melden müssen.«

»Du meinst wirklich, die kommen über Polen eingereist, hocken zwei Nächte in einer Privatwohnung, rauben und töten und reisen wieder ab?« Er sah ihr über den Tassenrand hinweg in die Augen.

Sie nickte. »Ein Wagen mit Stettiner Kennzeichen. Die Wohnung ist von einem polnischen Paar gemietet.«

Hart setzte Marius seine Kaffeetasse ab, stand auf und ging zum Fenster. »Wenn das so ist, brauchen wir MEK und

SEK, um die Wohnung zu stürmen. Alles andere wäre bei den Burschen viel zu gefährlich.«

Einerseits hatte Marius Recht, andererseits würde sie ziemlich blöd dastehen, wenn sie die Sondereinsatzkommandos zu Hilfe rufen würde und sich die Aktion als falscher Alarm herausstellen sollte. Sie hörte schon das Kantinengetuschel und die Kommentare ihres neidischen Stellvertreters Herbert Justus.

Und am Ende vielleicht noch ein Skandal in der Presse, denn wo die Kerle vom SEK hinlangten, blieb kein Auge trocken. Besser cool bleiben, sagte sie sich.

Der Anruf eines Beamten von der Verbrechensbekämpfung VB 1 bestätigte die Daten der Anzeige. Die vier aus Polen eingereisten Männer fuhren einen alten Trabant. Die konspirative Wohnung lag im dritten Stock eines Mehrfamilienhauses, die Mieter waren ein Ehepaar namens Karl und Silke Mattes. Die Haustür hatte ein einfaches BKS-Schloss, einen Fahrstuhl gab es nicht. Der Beamte empfahl, den Hintereingang vom Hof aus vorher zu besetzen.

»Was machen wir nun?«, fragte er am Schluss seines kurzen Berichtes.

»Behaltet die Wohnung im Auge. Und verfolgt den Trabi, falls nötig.« Sie legte auf und betrachtete einen Moment ihre Fingernägel. Müssten auch mal wieder gepflegt werden, dachte sie.

Ein Trabi! Irgendwie passte das nicht zu der Art von Tätern, wie Paula sie vor sich sah. Die Grunewald-Bestien wirkten nicht wie Männer, die sich klein machen konnten – egal in welcher Hinsicht.

Sie nahmen Marius' Dienstwagen, obwohl er weiter weg stand als ihrer. Wenn er fuhr, konnte sie alles noch einmal in Ruhe überdenken. Wieder kam diese störende Erinnerung, wie der Polizeipräsident sie in der Keithstraße aufgesucht und gesagt hatte, er habe schon von ihr gehört – fast eine Drohung. Ihre Freundin Christiane hätte ihn sich bestimmt gleich ohne Hosen vorgestellt, aber Paula stand unter Druck und verbarg hinter ihrem Erin-Brokovich-Lächeln einen ganzen Berg von eigenen Versagensängsten. Ohne dass sie darauf vorbereitet gewesen war, hatte der Präsident sich in Anwesenheit der heiligen Dreifaltigkeit, bestehend aus Abteilungs-, Referats- und Inspektionsleiter, den aktuellen Stand der Dinge und ihre Einschätzung präsentieren lassen. Als sie fertig war, hatten alle geschwiegen. Hatten sie sich verstohlene Blicke zugeworfen? Sie konnte selbst kaum glauben, dass sie rein gar nichts in den Händen hatte.

War die konspirative Wohnung in Tempelhof die Chance, mit einem einzigen Ruck das Netz mit den vier Raubfischen an Land zu ziehen? Sie sah schon, wie der Polizeipräsident sich im Blitzlichtgewitter sonnen würde. Obwohl sie es war, die die Drecksarbeit machte. Plötzlich stellte sich ihr die im Moment völlig unpassende Frage: Was ziehe ich bloß zur Pressekonferenz an? Und: Ich muss auf jeden Fall vorher noch zum Frisör. Du bist doch ganz schön blond, sagte sie sich und musste lachen. Marius fragte nach dem Grund, aber sie winkte ab. Sie brauchte jetzt ihre ganze Konzentration. »Ihre Gegner sind keine gewöhnlichen Verbrecher«, hörte sie noch den Polizeipräsidenten sagen.

»Eure Hypothese im Fall Wegener war doch immer, dass es sich um einen Racheakt gehandelt hat«, sagte sie aus ihren Gedanken heraus. »Wieso haben sie dann seine Frau nicht umgebracht?«

»Keine Ahnung. Hella von Bülow lebt ja auch noch.«

»Andererseits: Was Jessica Wegener angetan worden ist, macht man nicht aus Lust, sondern nur aus Hass oder perversem Sadismus.«

Marius nickte. Die Scheiben beschlugen, er drehte das Gebläse höher. Beide hingen wieder ihren Gedanken nach.

Sie hatten damit begonnen, Wegeners Umfeld und seine Firma zu durchleuchten. Das Auftragsvolumen der WEWA-Bau war gigantisch, aber es gab nur dreizehn Festangestellte. Keiner im Team hatte das anfangs glauben wollen. Nur dreizehn Angestellte, um Krankenhäuser, Schulen und Freibäder zu bauen? Sehr bald waren sie darauf gestoßen, dass Wegener über seinen polnischen Polier Sembowski illegale Arbeiter angeheuert hatte. Sembowski hatte sieben Euro pro Stunde gekriegt, seinen Landsleuten aber nur zwei Euro fünfzig weitergegeben. Außerdem hatten sie in ihrer Freizeit an Wegeners Privathaus schuften müssen, einem Marmorpalast in Dahlem mit Teichen, Pavillons und Tennisplatz. Als Paula zum ersten Mal dort gewesen war, war sie fassungslos gewesen über die goldenen Wasserhähne und den ganzen Protz.

Immer wieder musste Paula an Jessica denken, die diesen schmierigen Bau-Tycoon geheiratet hatte. Wegener hatte aus dem Osten Menschen als billige Arbeitssklaven geholt, und Jessica, ein hübsches Partyluder und ehemalige Miss Brandenburg, hatte er sich vermutlich mit teuren Geschenken gekauft. Natürlich gab sie das nicht zu. »Ich habe ihn geliebt«, hatte sie zu Paula gesagt.

Die Ermittlungen hatten einen Bauskandal in Berlin aufgedeckt, aber nicht eine einzige Spur für ihren Fall erbracht, obwohl die ausgebeuteten osteuropäischen Arbeiter durchaus Motive gehabt hätten. Paula quälte sich wochenlang damit herum, dass ihre Intuition möglicherweise nur auf dem alten Vorurteil beruhte, die aus dem Osten seien besonders brutal. Überraschenderweise war ausgerechnet Herbert Justus, ihr Ostler im Team, derjenige, der sie in ihren entsprechenden Vermutungen bestärkte.

Marius fuhr die Martin-Luther-Straße hinunter und bog vom Sachsendamm in die Alboinstraße ein. Mit den Kollegen vom Sofortdienst hatten sie sich an der Glaubenskirche verabredet.

»Fahr hinter dem Friedrich-Ebert-Stadion links in die Bosestraße.«

»Wird gemacht«, sagte er.

Paula sah den Beamten vor der kleinen Kirche stehen. Trotz Zivil erkannte sie ihn sofort. Er hatte die Hand in der Tasche seiner Windjacke, aber die Antenne des Sprechfunkgerätes ragte heraus. Sie winkte ihm.

Der Kriminalbeamte sagte, ein weiterer Kollege sitze im Auto gegenüber vom Hauseingang und habe den polnischen Trabi im Blick. Bisher sei niemand aus dem Haus gekommen.

Paula wusste ebenso gut wie Marius, dass mit den wenigen Männern dort nichts auszurichten war, wenn es sich tatsächlich um die Täter handelte, die sie suchten.

»Wir seh'n uns das mal an«, sagte sie in einem Tonfall, der locker klingen sollte. »Wenn Sie was Auffälliges bemerken, rufen Sie mich auf dem Handy an.«

Der Beamte nickte, und sie hakte sich bei Marius ein, so dass sie wie ein Pärchen beim Sonntagsspaziergang wirkten.

Nervös beobachtete sie das Haus auf der anderen Straßenseite. Marius wirkte ruhig. Sie drückte seinen Arm fester, und die Erinnerung an ihre gemeinsame Taxifahrt schoss ihr durch den Kopf, während sie wieder einmal seinen Duft nach Holz und Apfel einsog.

Marius sah sie an, als hätte er ihre Gedanken gelesen. Doch dann verschwand sein versonnener Blick ganz plötzlich, und er wurde ernst.

»Wir sollten das MEK und das SEK einschalten«, sagte er. »Du kannst die Verantwortung nicht übernehmen, wenn hier was schief geht.«

»Gib mir noch zwei Minuten Zeit zum Nachdenken«, antwortete Paula.

Das Haus mit der schmucklosen Fassade hatte kleine Fenster. Im dritten Stock waren die Stores zugezogen, von der gegenüberliegenden Wohnung aus würde man also nichts sehen können. Der beigefarbene Trabi stand hundert Meter weiter.

Als sie wieder an der Kirche waren, fragte der Beamte leicht genervt, wie es denn nun weitergehen solle. Sein Partner sitze seit zwei Stunden im Wagen, das könne allmählich auffallen.

Sie überlegte einen Moment und beschloss, mit Marius' Auto in die Position einzurücken und die Observation zu übernehmen.

»Jetzt sitzen wir hier blöd rum. Mensch, Paula, was soll der Scheiß?«, maulte Marius, als sie Position bezogen hatten.

Paula rieb sich die Schläfe. Auf der Höhe der nächsten Querstraße zerrte ein Frührentner im Trainingsanzug seinen Pitbull-Terrier an der Leine durch eine Pfütze, machte aber wieder kehrt, als ein Wagen um die Ecke bog.

»Willst du die Typen alleine verhaften, oder was?«, hakte Marius nach.

»Quatsch.«

Vielleicht waren die Verdächtigen längst über den Hinterhof abgehauen und stiegen bereits an einer Ampel in einen teuren Wagen. Aber wenn es nicht ohnehin zu spät war, gab es tatsächlich nur die Möglichkeit, sie jetzt dort in der Wohnung festzunageln, alles andere war zu gefährlich.

»Okay«, gab Paula schließlich nach. »Verständigen wir SEK und MEK. Rufst du an?«

Marius zog sein Handy aus der Tasche. Welche privaten Nummern er wohl gespeichert hatte? Seltsam, dass sie eigentlich so gut wie nichts über sein Privatleben wusste. Hatte er überhaupt eines? Egal, zu welcher unmöglichen Tages- und Nachtzeit sie ihn anrief, immer war er sofort zur Stelle, wenn sie ihn brauchte, und noch nie hatte er sich über die zahlreichen Überstunden beklagt, die ihm dieser Job fortlaufend einbrachte.

Während sie auf die Kollegen warteten, gingen ihr die Einzelheiten des zweiten Falles durch den Kopf. »Beim zweiten Mal war keine Vergewaltigung dabei«, murmelte sie. Irgendetwas passte für sie nicht zusammen.

Marius reagierte nicht. Angespannt blickte er die Straße hinunter.

»Erinnerst du dich, wie Hella von Bülow ihre Ehe dargestellt hat?«, fragte sie. »Sie hat gesagt, wenn man so lange zusammen ist, dann hat man zwei Körper und eine Seele.«

Marius warf ihr einen skeptischen Blick zu. Das war wohl nicht sein Thema.

»Es geht los«, sagte er plötzlich und stieg aus.

Die Einsatzkommandos hatten sich auf dem Hof der angrenzenden Schule versammelt.

Etwa dreißig Polizisten saßen in ihren Einsatzwagen, alle maskiert. Paula klärte die Teamführer über die Situation auf. Ruckzuck riegelten sie das Viertel ab und verteilten sich auf die Hauseingänge. Paula sah zur Uhr. Es war kurz nach sechs.

Jemand öffnete die Haustür. Wie Katzen huschten die SEK-Männer die Treppen hinauf. Ein Moment Konzentration, dann sprengten sie die Tür und stürmten hinein.

Paula machte sich auf einen Schusswechsel gefasst, aber nichts passierte. Einer der Maskierten kam wieder heraus, zog seine Gesichtsmaske ab und winkte, sie könnten nun kommen.

Im Flur der Wohnung lag ein zitternder alter Mann in ausgewaschener Strickjacke neben seinen Hausschuhen am Boden und etwas weiter entfernt eine alte Frau in einem blauen Kostüm, die Haare grellblond gefärbt, die Lippen leuchtend rot. Im Wohnzimmer hatten die SEKler vier Männer zwischen fünfundsechzig und fünfundsiebzig zu Boden gebracht. Über jedem stand ein Maskierter mit entsicherter Waffe. Spielkarten lagen auf einem polierten altmodischen Tisch und auf dem Teppich verstreut.

»Wer sind Sie und woher kommen Sie?«, fragte Paula energisch.

Mit zittriger Stimme erklärte die Frau, sie sei aus Pommern, lebe aber schon seit Ewigkeiten mit ihrem Mann in Berlin, und die vier am Tisch seien ihre Brüder aus Stettin. Sie seien übers Wochenende zu Besuch.

Harmlose alte Leute beim sonntäglichen Kartenspiel?

Paula war vollkommen entgeistert.

Es war nach zehn, als sie endlich einen Parkplatz gefunden hatte und die Wohnungstür aufschloss. Ralf kam ihr schon entgegen, in der Hand ein Glas Rotwein: »Na, alles klar, Herr Kommissar?«

Paula seufzte lächelnd, gab Ralf einen Kuss, zog Jacke und Schuhe aus und ließ sich aufs Sofa fallen. Sie nahm das Glas, das Ralf schon für sie bereitgestellt hatte, und trank einen Schluck. Der Rotwein wärmte ihr sofort Kopf und Herz. »Und bei dir?«, fragte sie.

»Ganz schön aufregend, kann ich dir sagen. Manuel ist vom Klettergerüst gefallen, und wir haben fast zwei Stunden in der Charité verbracht. Er hat eine kleine Wunde am Hinterkopf. Musste aber zum Glück nicht genäht werden.«

»Hat er eine Gehirnerschütterung?«, fragte sie erschrocken.

»Nein, nein, beruhige dich.«

»Hast du Sandra erreicht?«

»Eben gerade. Sie war die ganze Zeit unterwegs. Morgen früh holt sie ihn ab. Manuel schläft jetzt.«

Paula stellte das Glas ab, ließ Kasimir von ihrem Schoß springen und ging ins Gästezimmer. Sie setzte sich ans Bett und legte dem Jungen die Hand auf die Stirn. Er hatte kein

Fieber. Sie hielt ihren Mund ganz nah an seine Wangen, so dass ihr Atem ihn streichelte.

Als sie gehen wollte, öffnete er seine großen Augen und sah sie neugierig an. Sie nahm ihn in den Arm, bis er wieder eingeschlafen war. Dabei erfüllte sie eine Ruhe, die ihr nach all der Hektik gut tat. Sie zog ihm die Decke bis unter das Kinn und schlug sie unter seinen Füßen um, damit er es schön warm hatte. So hatte das ihre Omi früher auch immer gemacht. Die Tür ließ sie einen Spalt auf.

Kerzen brannten in der Küche, und auf einem Glasteller lagen Auberginenscheiben, Artischocken, Champignons und getrocknete Tomaten in Ralfs berühmter Sauce aus bestem Olivenöl, frisch gehackten Kräutern, etwas Senf, Salz und Pfeffer und zerdrückten Knoblauchzehen.

»Soll ich dir noch ein paar Nudeln aufwärmen?«, fragte er.

Für einen kurzen Moment dachte sie an statistische Untersuchungen, die darüber Auskunft gaben, wie viele Kilos eine Frau pro Ehejahr zunahm. Auch wenn Ralf und sie nicht verheiratet waren, hätten die Statistiker in ihr eine perfekte Probandin gehabt.

Gierig griff sie nach einem Stück Ciabatta und tauchte es in die leckere Sauce. Sie hatte seit dem Frühstück nichts gegessen.

Ihr fiel ein, dass sie – entgegen den Statistiken – in den sieben Jahren mit Ralf auch schon abgenommen hatte. Besonders in dem Jahr, als sie zur stellvertretenden Leiterin der zweiten Mordkommission aufgestiegen war, waren ihr die häufigen Krisen mit Ralf auf den Magen geschlagen. Ein Job mit Verantwortung und Entfaltungsmöglichkeiten war immer ihr Ziel gewesen, und plötzlich hatte sie es erreicht. Es ging ihr dabei nicht um die Beförderung in eine höhere Gehaltsstufe, sie wollte einfach die größeren Fälle. Außerdem machte es ihr Spaß, ein Team zu leiten. Es lag ihr, zuwiderlaufende Interessen freundlich und mit Witz auszugleichen. Dass Frauen aufgrund höherer emotionaler Intelligenz zwangsläufig die besseren Chefs waren, wie Christiane immer behauptete, glaubte sie nicht wirklich, aber sie hielt sich selbst ziemlich geeignet für ihre Aufgabe.

Ralf aber hatte mit ihren Kollegen, die sie fast als Familie empfand und mit denen sie tatsächlich mehr Zeit als mit ihm verbrachte, nie etwas anfangen können. Er belächelte sie vielmehr, so wie er auch ihren Ehrgeiz belächelte, mit dem sie versuchte, sich in diesem Männerhaufen zu behaupten. Lange Zeit hatte sie diese Attitüde von ihm für pure Arroganz gehalten, aber irgendwann war ihr klar geworden, dass sie seine Distanz zu ihrem Arbeitsalltag brauchte, um darin nicht gnadenlos unterzugehen. Sie brauchte seine Fürsorglichkeit und sein leckeres Essen ebenso wie seine sanften Massagen. Sie brauchte diese Höhle der Geborgenheit, die er für sie daheim in der Stargarder Straße geschaffen hatte. So wie er umgekehrt vermutlich sie brauchte als Rechtfertigung für sein zurückgezogenes Leben als Maler und als Hausmann, der nichts lieber tat, als vormittags über den Markt zu strolchen und sich die aberwitzigsten Menüs auszudenken und die Nächte an seiner Staffelei zu verbringen. Karriere? Ehrgeiz? Nichts lag ihm ferner als das. Und genau dafür liebte sie ihn. Doch bis zu dieser Erkenntnis hatte es eine ganze Weile gedauert.

Ihre Krise hatte mit so einer seltsamen Nörgelei begonnen. Alles, was er in den Anfangsjahren sexy an ihr gefunden hatte, bemäkelte er nun als übertrieben oder deplatziert. Auf die geringste Veränderung – Strähnchen im Haar, figurbetonte T-Shirts, Schuhe mit etwas höheren Absätzen – reagierte er aggressiv. Eifersucht? Bei ihrer vielen Arbeit? Anfangs wollte sie das nicht glauben. Manchmal hatte sie das Gefühl, sie sollte ihm zuliebe nur noch in weiten Jeans und zeltartigen Shirts herumlaufen – ein geschlechtsloser Hüter des Gesetzes. Aber selbst dann waren wohl immer noch genügend Männer scharf darauf, mal mit einer Polizistin ins Bett zu gehen. Sie hatte keine Ahnung, warum das für viele Typen der ultimative Kick war, aber sie hatte die entsprechende Anmache immer wieder selbst erlebt. Ob die sich vorstellten, dass sie im entscheidenden Moment die Handschellen rausholte? Selbst Ralf hatte sie mal als Verkehrspolizistin gemalt. »Das Entscheidende ist der Verkehr, my dear«, hatte er gewitzelt. Christiane war in schallendes Gelächter ausgebrochen, als sie das Bild gesehen hatte. »Wahrscheinlich war das die Rache für die Sache im *Frida Kahlo*«, vermutete sie als Ergebnis ihrer zynischen Analyse.

Ja, dieser Abend war unvergessen. Damals war Paula pünktlich vom Dienst gekommen, weil Ralf sie dorthin eingeladen hatte. Er verbrachte ganze Nachmittage im *Frida Kahlo*, einem gemütlichen Café und Restaurant in der Nachbarschaft, und machte Skizzen. »Irgendwie siehst du heute anders aus«, sagte er, kaum dass sie das Lokal betreten hatte.

Sie dachte, im Gegensatz zu anderen Männern fällt ihm das wenigstens auf, und beschloss, die Bemerkung als Kompliment zu nehmen. Aber er ließ nicht locker. »Hast du noch was vor? Hast du noch einen Einsatz?« Sie blickte ihn verständnislos an, doch das brachte ihn erst in Fahrt. »Für mich, das weißt du ganz genau, brauchst du dich wirklich nicht so albern aufzubrezeln.«

Sie lehnte sich zurück. Sollte sie wirklich darauf eingehen? »Mensch, Ralf, ich hab mich nicht aufgebrezelt, sondern nur ein bisschen Lippenstift aufgetragen. Immerhin bin ich mit dir verabredet! Oder glaubst du, dass ich sämtliche Männer, die mir über den Weg laufen, zum Vögeln auffordern will?«

Er grinste böse: »Das würde dir wohl kaum gelingen. Du hast durchaus deine Qualitäten, aber das sind nicht die, die Männer im Allgemeinen verrückt machen.«

Seine Selbstgerechtigkeit machte sie wütend: »Männer im Allgemeinen? Was soll das heißen?«

»Na, der da drüben beispielsweise«, konterte Ralf. »Da kannst du noch so intelligent sein, du könntest sogar eine Akrobatik-Nummer hinlegen, der würde nicht mal den Kopf heben.«

Paula folgte seinem Blick und wäre beinahe in lautes Gelächter ausgebrochen. Es war Tommi, die Sportskanone aus der Neunten, der dort drüben saß. Auf dem letzten Sommerfest hatte Ralf ihn als »Schwarzenegger für Arme« bezeichnet, aber nun erkannte er ihn offenbar nicht wieder.

Sie sah Ralf an: »Und du meinst, für so einen bin ich Luft?«

»Abgas.«

Wenn Ralf verletzt war, konnte er ziemlich gemein werden.

»Das wollen wir doch mal sehen!« Sie nahm Mantel und Tasche und ging an den Tisch ihres Kollegen. »Ein wichtiger

Einsatz. Komm mit!« Tommi sah Paula verdattert an, erhob sich zu seiner vollen Größe von einem Meter neunzig, faltete wortlos seine Zeitung zusammen, legte ein paar Münzen auf den Tisch und folgte ihr zur Tür. Sie hakte sich bei ihm ein.

So hatte sie das *Frida Kahlo* verlassen, ohne sich noch einmal nach Ralf umzusehen.

Zu Paulas Überraschung hatte Ralf auf dem Höhepunkt ihrer Krise plötzlich vorgeschlagen, ein Kind zu bekommen. »Und wie soll das funktionieren?«, hatte sie zunächst gefragt, beseelt von der Angst, er wolle ihrer beruflichen Laufbahn einen Riegel vorschieben. Aber Ralf hatte ihr relativ schnell klar gemacht, dass ein frustriertes Frauenzimmer, das dann schlecht gelaunt zu Hause rumsitzen und seine Idylle stören würde, das Letzte war, was er sich wünschte. Als ohnehin schon perfekter Hausmann, hatte er gemeint, würde er das Kind auch noch schaukeln. Außerdem müsse einer von beiden schließlich die Kohle ranschaffen, und da sei sie als Beamtin doch eher auf der sicheren Seite als er mit seiner brotlosen Kunst.

Nach mehreren schlaflosen Nächten nahm sie seinen Vorschlag als endgültigen Beweis dafür, wieviel ihm wirklich an ihr lag. Sie hatte sich immer ein Kind gewünscht und wusste, mit sechsunddreißig wurde es langsam Zeit. Aber noch war sie nicht mal schwanger. Doch schon nach kurzer Zeit hatte es geklappt, und bald versetzte sie beide das Ultraschallfoto am Kühlschrank in einen euphorischen Zustand.

Im dritten Monat verlor sie das Baby. Anfangs hatte sie das Unglück zusammengeschweißt, aber nach dem ersten Schock machte Ralf gelegentlich Bemerkungen. Dunkel und vage erst, irgendwas von Lebenswandel, der sich auf die Empfängnisfähigkeit auswirke. Sie stellte ihn schließlich zur Rede. Er wich aus und unterließ von da an seine seltsamen Spekulationen.

»Na, schmeckt's?« Gut gelaunt ist er, registrierte sie zufrieden. »Nudeln sind auch gleich fertig, das hält Leib und Seele zusammen«, sagte Ralf und hängte die Küchenschürze an ihren gewohnten Platz zurück. »Und jetzt erzähl! Habt ihr das achtbeinige Ungeheuer ins Netz gekriegt?«

»Im Gegenteil.« Sie erzählte ihm, während sie sich über die dampfenden Spaghetti hermachte, wie die letzten Stunden verlaufen waren.

»Ach, komm«, beruhigte sie Ralf. »Was hättest du denn anderes tun sollen? Du konntest ja nicht ahnen, was dich in der Wohnung erwarten würde.«

Er stand auf, nahm sie von hinten in die Arme und streichelte ihr Gesicht. Dann ließ er die Hand in ihren Ausschnitt gleiten und küsste sie, erst sanft und dann leidenschaftlicher, wobei er ihren Stuhl immer weiter nach hinten legte, so dass sie langsam zu Boden sank. Sie rollte sich auf die Seite, um dem Stuhl zu entkommen, und da war Ralf schon hinter ihr, lag eng an sie gepresst, zog ihr Hose und Slip herunter und drang von hinten in sie ein. Das Bild des *Offiziers*, wie er sie in ihrem Traum am Nachmittag umarmt hatte, huschte ihr durch den Sinn. Manchmal nahm Ralf sie so heftig, als wolle er sie bestrafen – für die vielen Stunden, die er allein verbringen musste. Doch auch sie machte sich Luft in diesen Umarmungen: Die Anspannung, der Ärger, das schlechte Gewissen ... all das brach sich Bahn in ihrem wilden Atem, einem Sturm, der ihr durch die Lungen fegte.

Sie lagen noch eine Weile schweigend auf dem Küchenfußboden. Irgendwann holte Ralf die Bademäntel, verteilte gleichmäßig zwischen ihnen den letzten Tropfen Wein. Er räumte den Tisch ab, und sie half ihm dabei.

Hinter vier Fächern aus überdimensionalen Spielkarten kamen vier Bestien mit ekelerregenden Fratzen zum Vorschein. Sie fielen über Marius her, um ihn zu verschlingen. Paula wusste, dass die Reihe jetzt an ihr wäre, aber vorher würden sie mit ihr tun, was sie auch mit Jessica Wegener getan hatten. Sie schlug um sich, trat mit den Füßen in alle Richtungen ... Ralf stöhnte auf und legte schwer den Arm über sie. Sie richtete sich auf und wischte sich den Schweiß von der Stirn. Dann begann sie zu frieren.

Leise nahm sie ihre Sachen und verließ um halb zwölf das Zimmer. Sie wusste, dass sie nicht mehr einschlafen konnte, und statt sich im Bett herumzuwälzen, würde sie sich anziehen und mit dem Auto durch die Stadt fahren. »Wo treibst du dich da nachts eigentlich rum?«, fragte Ralf immer wieder, obwohl sie ihm schon etliche Male erzählt hatte, dass sie nicht zum Vergnügen um die Häuser zog, sondern weil das langsame Autofahren durch nächtliche Straßen sie beruhigte.

Tatsächlich beruhigte es sie nicht. Es regte sie ziemlich auf, aber durch die Aufregung wurde sie müde und konnte einschlafen, wenn sie zurückkam.

Sie fuhr vom Prenzlauer Berg nach Mitte. Die Linden waren menschenleer, am Brandenburger Tor fegten ein paar orangefarbene Gestalten von der Stadtreinigung den Pariser Platz. Es zog sie auch dieses Mal zum Ku'damm. Die Ampel an der Ecke zur Knesebeckstraße stand auf Rot. Sie fuhr zwar keine Luxuskarosse, aber dennoch war ihr, als könnte sie die Mörder irgendwie herbeizwingen.

Ziellos kurvte sie herum, über den S-Bahnhof Halensee hinaus in Richtung Roseneck. Jetzt war sie schon in Grunewald und ganz in der Nähe wohnte Christiane, ihre beste Freundin. Links sah sie die Hubertus-Sportplätze. Bei Christiane, die gegenüber wohnte, brannte noch Licht, wahrscheinlich studierte sie irgendwelche Akten.

Christiane war Staatsanwältin, aber beruflich hatte Paula mit ihr bislang nichts zu tun gehabt. Wenn sie gelegentlich im Kriminalgericht oder im Untersuchungsgefängnis war, rief sie Christiane vorher an, und manchmal ergab sich ein schneller Kaffee zusammen.

Christiane hatte ihr erzählt, dass sie schon als Schülerin oft zu Hause gehockt und irgendwas gelernt hatte. Zuerst war es die Geschichte des Altertums gewesen, dann Klavier, später E-Gitarre. Sie stammte aus Göttingen und hatte wegen ihres Vaters Jura studiert. Der war Richter am Göttinger Landgericht. Sie bewunderte ihn. Und ihr Vater bewunderte sie, weil sie auf vielen verschiedenen Gebieten glänzte. Auch Paula gefiel das, sie hörte ihr gerne zu, genoss es geradezu, wenn Christiane zu ihren Rundumschlägen ausholte. Immer schnell, immer ironisch, manchmal auch ziemlich sarkastisch.

Aber meistens schwatzten sie über Männer, obwohl – oder gerade weil – Christiane keinen hatte. Was Paula nicht verstand, denn ihre Freundin war keine graue Maus. Sie war sportlich, hatte große, graublaue Augen, dichtes langes Haar, das sie oft hinten zusammenband. Glänzend und füllig fiel es auf ihre Schultern, wenn sie es offen trug. Was ihre

Kleidung betraf, stylte sie sich eher klassisch. Jil-Sander-Kostüme, gedeckte Farben, wenig Make-up. Im Vergleich zu ihr fühlte sich Paula wie ein dickes warmes Hefebrot. Dick ist schick, war Christianes Spruch, und Paula wusste nicht einmal, ob sie das ironisch oder ernst meinte. Möglich war bei ihr vieles. Ralf ist schuld, war dann Paulas böser Gegenspruch, und Christiane setzte fort: Richtig, weil er dich nicht genug vögelt! – und Paula: Ha ha. Jedenfalls hatten Ralfs Kochkünste und seine Schwäche für guten Wein an ihrem Hintern, an ihren Hüften und Oberschenkeln eben Spuren hinterlassen.

Sie wusste, es war Blödsinn um diese Zeit, aber sie konnte es sich nicht verkneifen, Christianes Nummer zu wählen.

»Hallo, ich bin's. Schläfst du schon?«

»Du kannst mal wieder nicht schlafen und kurvst durch die Gegend in der Hoffnung, das Schicksal zu streifen, stimmt's? Seid ihr denn weitergekommen?« Sie hörte Christianes Stimme an, dass sie sich über den Anruf freute.

»Im Gegenteil. Heute war mal wieder blinder Alarm. Eine totale Blamage, sag ich dir!«

Ein Seat Ibiza in Schwarz-metallic mit Berliner Kennzeichen überholte und schnitt sie. Der Rambo bremste ab, als wollte er sie absichtlich blockieren.

»Idiot«, sagte sie. »Na warte, der kriegt 'ne Anzeige!«

Jetzt fuhr der Seat so langsam, dass sie bremsen musste. In dem Wagen saßen zwei Männer, und sie sah, dass der Fahrer eine Flasche an den Mund setzte.

»Der säuft am Steuer«, entfuhr es Paula und fragte Christiane, ob sie gerade einen Stift parat habe.

»Schreib mal auf: B-HC 9516. Danke.«

»Sag mal, machst du gerade eine Verkehrskontrolle?«, rief die Freundin lachend. »Wenn der Übeltäter so gut aussieht wie der spanische Flamenco-Tänzer neulich, dann verhafte ihn und schlepp ihn her!«

»Nein, leider nicht. Nur ein Idiot. Der Beifahrer macht gerade Stretchübungen. Er reckt und streckt sich wie Kasimir. Komm ans Fenster, dann kannst du ihn sehen, bin nämlich direkt vor deinem Haus.«

Aber kaum dass Christiane ans Fenster trat, war der Wagen schon mit quietschenden Reifen davongefahren.

»Krieg ich bei dir noch ein Glas Wasser?«, fragte sie, als sie kurze Zeit später in Christianes Küche saß. »Du hast keinen mitgebracht, und ich glaub, ich finde nie einen«, sagte Christiane. »Vielleicht sind ja auch meine Ansprüche zu hoch. Gibt's den Rilke lesenden Automechaniker, der Salsa tanzen und mich dazu orgiastisch in den Armen wiegen kann?«

»Du musst für Überraschungen einfach offen sein!«, sagte Paula und dachte an Ralf, der seelenruhig schlief, während sie sich die Nächte um die Ohren schlug. »Ich hätte auch im Traum nie mehr damit gerechnet, mitten in der Nacht in einem Taxi geküsst zu werden.«

Sie hatte Ralf nie etwas davon erzählt. Wozu auch? Aber mit Christiane konnte sie ganz offen darüber reden. »Weißt du, ich hab überhaupt keine Erklärung dafür. Aber ich kann ihn einfach gut riechen. Hmmm, und dieser Duft, irgendwie törnt mich der an. Inspiriert mich einfach.«

»Ja, ja, turtel du nur mit deinem Marius, wenn es dir gut tut. Aber ich glaub, es ist doch besser, der Mann geht fremd. Da muss man als Frau nur gute Miene zum geilen Spiel machen, und gute Miene verlangt gutes Make-up. Gutes Make-up ist teuer, und du legst ihm die Rechnung dafür auf den Nachttisch, gelle?«, sagte Christiane.

Paula goss sich noch ein Glas Wasser ein, als ihr Handy klingelte. Es war die kühle Stimme eines Kollegen vom Lagedienst. »Die Grunewald-Bestien haben wieder zugeschlagen!«

Als Paula in die Joachim-Friedrich-Straße einbog, in der eigentlich nur dreißig gefahren werden durfte, gab sie Gas. Sie blickte zur Uhr. Kurz nach halb drei. Eine heiße Dusche und ein Espresso wären nicht schlecht gewesen, aber egal. Natürlich hatte sie sich über die unvollständigen Informationen vom Lagedienst geärgert. Offenbar war keiner der Knaben vor Ort imstande gewesen, sich einen Überblick zu verschaffen. Alles Nieten, aber wehe, sie würde das durchblicken lassen! Wehe, sie würde Zweifel an deren männlicher Kompetenz aufkommen lassen. Das letzte Mal war es bis zu ihrem Referatsleiter gedrungen. »Sei doch froh, dass du ein Kommissariat leiten darfst. Das hat's bisher noch nie gegeben«, hatte Erich Saenger gesagt. »Erwartest du, dass sie dir jetzt auch noch vorbeten, dass du die bessere Polizistin bist?« Nein, natürlich nicht. Die Blödmänner sollten einfach nur ihren Job richtig machen.

Immerhin schienen sie sich darüber einig, dass es die Grunewald-Bestien waren, die wieder zugeschlagen hatten. Wie aber hatten die vier Gesellen überhaupt unbemerkt in den von der Polizei inzwischen rund um die Uhr bewachten

Bezirk eindringen können? Und wieso hielten alle daran fest, dass Rache das Motiv für die brutalen Verbrechen sein sollte? Rache an Wegener für die Ausbeutung der Schwarzarbeiter aus dem Osten. Das traf bei den von Bülows nicht zu.

Sie hielt das für eine sehr männliche Sichtweise. Sie hatte den Polizeipsychologen gefragt, wie Männer sich verhalten, die am Arbeitsplatz ausgebeutet und unterdrückt werden, und wie deren Reaktionen etwa ablaufen könnten. Das Recht auf Entlohnung und der Anspruch auf Gerechtigkeit galten als selbstverständlich. Wenn so ein Recht verletzt wurde, konnte es wohl mal zu Überreaktionen kommen, aber die waren dann meist spontan: Ein Angestellter brüllte den Chef an, vielleicht gab er ihm sogar eins auf die Nase. Die Verbrechen der Grunewald-Bestien aber hatten eine völlig andere Qualität. Das roch nach Mafia oder Cosa Nostra, folglich musste es – wenn überhaupt – um Machtkämpfe auf einem ganz anderen Niveau gehen. Nächtelang hatte sie Organisationsstrukturen und Verhaltensmuster der Mafia studiert und ihre Vermutungen immer wieder den Vorgesetzten wie auch dem Team vorgetragen. Es hatte nichts genutzt, und sie musste schließlich dem aufwändigen Ermittlungsverfahren im Umfeld der Baufirma Wegeners zustimmen. Gigantische Summen hatte das gekostet, zentnerweise Akten hatten sich angesammelt – und die Täter lachten sich vermutlich über einen unaufholbaren Vorsprung von zwei Monaten ins Fäustchen.

Wenn es diesmal dieselben waren, lachten sie nicht nur, sondern verhöhnten sie. Wer war das Opfer? Wieder ein Baulöwe, ein Industrieboss oder ein mächtiger Wirtschaftstycoon? War seine Frau wieder als geschändete und gefolterte Zeugin zurückgeblieben?

Sie hupte wütend, als ein Betrunkener auf die Straße taumelte. Was war schief gegangen? Sie hatten alles getan, um das Viertel zu sichern, in dem die beiden ersten Verbrechen stattgefunden hatten. War es denkbar, dass die Täter in Grunewald wohnten oder erst vor kurzem extra dort eine Wohnung gemietet hatten? Lohnte es sich, diese Möglichkeit zu überprüfen?

Sie hatte Marius gleich vom Auto aus verständigt und ihn gebeten, auch die anderen zu benachrichtigen, einschließlich Ulla. Es war besser, wenn sich alle vor Ort ein genaues Bild machen konnten, obwohl es ihr Leid tat, weil Ulla sehr unter den brutalen Verbrechen litt. Aber sie wusste auch, dass Ulla stinksauer wäre, wenn sie sie jetzt außen vor lassen würde.

Als Paula den Tatort erreichte, standen mehrere Streifenwagen und die Feuerwehr vor dem Hauptportal. Eine Zivilstreife hatte Rauch und Flammen in der Villa bemerkt und Feuerwehr und Rettungsdienst benachrichtigt.

Paula ließ ihren Wagen auf der Straße stehen, sprang heraus und packte einen Journalisten am Bein, der gerade versuchte, über den hohen Staketenzaun der Villa zu klettern. Als er sich empört umdrehte, erkannte sie Horst Aigner von der *Bild*.

»Untersteh dich!«, brüllte sie ihn an.

»Die von *RTL* sind doch auch drin«, sagte er aufsässig.

»Das glaub ich nicht«, knurrte sie und stürmte los.

Die Einfahrt war von einem querstehenden Streifenwagen blockiert, in dem ein rauchender Uniformierter saß, der genau in dem Moment seine Kippe in den Vorgarten schnippte, als Paula neben ihm auftauchte. Ob er wahnsinnig geworden sei, dort falsche Spuren zu hinterlassen, raunzte sie ihn an.

Unter dem Portal der Villa empfing sie Feuerwehrhauptbrandmeister Larssen, den sie von früheren Einsätzen kannte.

»Tach Paula. Det Haus jehört Großbankier Bredenbach.«

Also wieder dieselbe Opferkategorie.

»Der is jedenfalls nicht da. Wir mussten die Tür aufbrechen. Im Keller und ein Stück die Treppe ruff hat et jebrannt.«

»Mir wurde gesagt, es gibt einen Verletzten.«

»Auf der Kellertreppe liegt 'ne nackte Frauenleiche. Wir ham nischt anjerührt. Sieht so aus, als ob sie ausjezogen und dann mit 'nem Lösungsmittel überjossen worden wär. Hat offenbar versucht, über die Treppe zu flüchten.«

Paulas Magen zog sich zusammen. »Irgendwelche Zeugen?«

»Vermutlich der Sohn. Ist vor zehn Minuten in die Uniklinik jebracht worden.«

Paula zog sich Schutzanzug, Überschuhe und Handschuhe an und bat Larssen, dasselbe zu tun. Das Team war inzwischen vollständig eingetroffen: Tommi, Max, Waldi, Ulla, Marius und Justus. Tommi als Erster, weil er ganz in der Nähe wohnte.

Sie sagte, wer nicht dazu gehöre, solle das Grundstück verlassen.

Zwei Zivilpolizisten meldeten sich. Sie hatten unabhängig voneinander beobachtet, wer wann in die Villa hinein- und herausgekommen war. Paula ordnete an, dass sie sich bereithalten sollten. Sie wollte erst schauen, was im Haus los war. Die beiden warfen sich einen viel sagenden Blick zu. Es war immer dasselbe – auf Anweisungen einer Frau reagierten Männer oft allergisch.

Die Kellertreppe war aus Granit, das Geländer aus verchromtem Stahl. Die Flammen hatten deswegen am Material so gut wie nichts anrichten können. Um so absurder war der Anblick der Leiche, die auf halber Höhe der Stufen lag.

Die Haare waren völlig heruntergesengt, das Gesicht verkohlt. Unter den Brandwunden war rohes Fleisch zu sehen, so als hätte das Opfer in seiner Verzweiflung versucht, sich die brennende Haut abzureißen. Die Frauenleiche lag halb zusammengekrümmt da. Mit aufgerissenen Augen starrte sie in die Luft, ihre weißen, ebenmäßigen Zähne lagen frei, als würde sie grinsen. Es roch nach verkohltem Fleisch, und Paula spürte Übelkeit in sich aufsteigen. Sie musste sich zusammennehmen, Justus' und Larssens Aufmerksamkeit war auf sie gerichtet, und ihr kam es vor, als würde selbst die Tote sie erwartungsvoll anblicken.

Paula fiel plötzlich Conny aus ihrer Kindheit ein, die Tochter der Schünemanns, die oben im Haus gewohnt hatten. Conny war drei Jahre älter als Paula und lag nachmittags oft im Hausflur auf der Lauer, um die anderen Kinder im Haus zu verprügeln. Wenn Paula Kartoffeln aus dem Keller holen sollte oder gelbe Limonade, sperrte Conny die Kellertür zu, bis Paula anfing zu weinen und gegen die Tür zu trommeln. Manchmal kam die Mama zu Hilfe, aber Conny war dann längst schon verschwunden. Nicht ein einziges Mal konnte sie ihrer Missetaten überführt werden. Paula tat sich schließlich mit ihren Schwestern zusammen, um die Bestrafung selbst in die Hand zu nehmen. Eines Nachmittags war es endlich so weit. Als Conny vom Nachsitzen nach Hause kam, umklammerte Paulas jüngste Schwester Connys Beine und fesselte sie mit einem Ledergürtel. Sandra hielt sie an den Armen fest, und Paula wollte sie ohrfeigen. Sie zog sie an den Haaren, aber Conny wehrte sich, konnte ihre Arme zeitweise lösen und schlug um sich und spuckte. Paula wusste sich schließlich nicht mehr zu helfen, so dass sie Conny so kräftig in den Arm biss, bis Blut kam, wobei sie selbst schrie: »Jetzt hab ich eine Blutvergiftung!« Dabei weinte sie, obgleich sie es doch gewesen war, die zugebissen hatte. Conny weinte nicht, weil sie so erstaunt war, dass man sie überwältigt hatte. Dann fing sie laut an zu kreischen und zu schreien, so dass Frau Schünemann von oben die Treppe runterbrüllte, was denn da los sei, und Conny solle sofort nach oben kommen. Aber Conny konnte ja nicht mehr die Treppe hochgehen, denn ihre Füße waren mit dem Ledergürtel gefesselt und von ihrem Arm lief das Blut herunter. Außerdem wollte sie, dass die Mutter sie so fand, und rührte sich kein bisschen mehr. Bewegungslos lag sie da, wie tot. Paulas Schwestern waren schon davongesaust, aber Paula blieb noch stehen, betrachtete die »Leiche« auf der Treppe und dachte, beim nächsten Mal würde sie Conny auch noch in den anderen Arm beißen.

»Ist dir was?«, fragte Larssen.

Paula spürte ihren trockenen Hals und nahm erst einmal Zuflucht zu Routinefragen. »Habt ihr die Position verändert, oder hat sie so gelegen?«

»Ick hab den Puls jefühlt, für alle Fälle«, sagte Larssen. »Dabei hab ick aber nischt verändert.«

Sie wandte sich an Justus. »Ist der Fotograf schon da?«

»Ist unterwegs.«

»Mach du die Befragung der Zeugen draußen. Jahnke soll mit Waldi zusammen die Villa innen aufnehmen. Und Tommi soll verdammt noch mal darauf achten, dass nirgends geraucht wird und niemand durch die Absperrungen kommt.« Sie ging wieder zu Larssen. »Ist noch jemand im Haus?«

Larssen schüttelte den Kopf.

»Wo steckt überhaupt dieser Bredenbach? Und würdest du Marius zu mir schicken?«

»Bin schon da«, ertönte es von der Eingangstür.

Sie sah ihn an. Er trug ein Lacoste-Hemd, dunkelbraun, passend zur Farbe seiner Augen. »Zieh den Anzug an«, rief sie.

Die Treppe führte in eine Art Halle, von der aus man in den hinteren Teil des Kellers gelangte. Eine riesige Tür öffnete den Blick auf einen futuristisch eingerichteten Film- und Fernsehvorführraum, aus dem Rauch drang. Das Licht funktionierte aber noch. Larssen sagte, sie könne es auch heller haben und tippte auf eine Fernbedienung.

»Mach's so hell wie möglich.«

Durch eine große elektrische Schiebetür konnte sie in eine mondän eingerichtete Bar sehen, die fast wie eine kleine Disko aussah. Sie hatte immer gedacht, so etwas gäbe es nur im Fernsehen.

Die Sitzkissen auf dem Boden und die schweren Vorhänge an den Fenstern hätten Feuer gefangen, erklärte Larssen, und das habe die Zivilstreife gesehen. Ein Stuhl mit einer hohen Lehne lag auf dem Boden. An diesen Stuhl sei der junge Mann gefesselt gewesen. Er habe den Stuhl wieder in die ursprüngliche Position gelegt, in der er gewesen war, als er den wimmernden Jungen fand.

Sie trat näher. Neben dem Stuhl lagen zerschnittene Kordeln in den Farben der Vorhänge.

»Det Jesicht war blutüberströmt, die Nase einjeschlagen. Auf der Brust, hier«, Larssen deutete auf sein Herz, »det sah so aus, als ob man auf ihn jeschossen hätte. Aber kein Blut. Ick hab jesagt, direkt uff die Trage und ab. Und det haben wir in seiner Brusttasche jefunden.« Er zeigte auf einen Tisch, auf dem mehrere Gegenstände lagen, bereits in einzelne Plastiktütchen verpackt.

Sie hielt vorsichtig eine Tüte mit einer runden CD-Box hoch. »Songs for Moments in Love« stand darauf. Vom Aufprall der Kugel war die Blechbox stark eingedellt. Sie schüttelte die Tüte und hörte, dass im Inneren der Box alles zersplittert war. Sie hatte dem Jungen offensichtlich das Leben gerettet. »Vermutlich ein kleines Kaliber, vielleicht 'ne 7,65er, räsonierte sie, und Larssen nickte. »Gut, dass er seine Songs für die Momente der Liebe so nah am Herzen getragen hat, sonst würde er nicht mehr leben. Vielleicht war es sogar die Liebe *in* seinem Herzen, die ihn vor dem Tod bewahrt hat.« Sie meinte das nicht esoterisch, nicht in dem Sinne von beschützenden Energien, auch nicht wie in Science-Fiction-Filmen, wo geheime Kräfte als Schutzpanzer gegen Kugeln wirkten, sondern ganz konkret. Sie wusste, dass ein Überfall aus vielen zum Teil unbewussten Entscheidungen bestand. Der Mörder zielt auf den jungen Mann, dieser blickt ihn furchtlos an oder lacht ihn aus, er beschimpft ihn oder schreit qualvoll auf oder er schließt die Augen und gibt sich dem Tod hin, noch bevor sich der Finger am Abzug gekrümmt hat – tausend Möglichkeiten, die den Schützen beeinflussen konnten. So lief es in der Regel vom ersten

Moment an ab, in dem Täter und Opfer aufeinander trafen. Für die Liebe war das bekannt, aber auf dem Feld der Zerstörung war es nicht anders. Der Junge hatte überlebt, das Mädchen nicht. In den zwei vorigen Fällen war es umgekehrt gewesen. Was war passiert?

Tief in sich spürte sie die Angst, den Bestien nahe zu kommen, auch die Wut und den Hass, die sie drängten, den Verbrechern nachzustellen. Doch all dies musste sie unterdrücken und stattdessen kühl und rational sein. Dabei fiel ihr wieder ein, dass sie dagegen gewesen war, das Viertel mit einem Netz von Polizeistreifen zu überziehen. Sie hatte im Gegenteil für wechselnde Fahrzeugkontrollen an den Ampelkreuzungen plädiert, über die der Verkehr an den Wochenenden nach Grunewald zurückfloss. Das war aber auf kategorische Ablehnung gestoßen, besonders bei Westphal.

Larssen schien ihre Gedanken zu lesen. »Ick begreif nicht, dass die Täter überhaupt nach Grunewald reinjekommen sind.«

Sie nickte. »Vielleicht sind die Täter ja aus Grunewald. Oder hier imitiert jemand die beiden vorigen Fälle. Die Medien haben mit den Details ja nicht gerade hinterm Berg gehalten, und so was fasziniert Psychopathen. Vielleicht hat jemand seinen eigenen Wahn ausgelebt und will den Verdacht auf die Bestien zu lenken. Wie war denn der Überlebende gefesselt?«

Larssen überlegte einen Moment. »Ick bin keen Spezialist, aber ick würde sagen, er hätte sich alleene befreien können, wenn er es versucht hätte.«

»Könnte es auch sein, dass er sich die Fesseln selbst angelegt hat?«

»Jenau jenommen ja, wär wohl möglich jewesen.«

Der Schuss war jedoch mit Gewissheit nicht aus unmittelbarer Nähe abgefeuert worden. Der Junge selbst konnte es nur getan haben, wenn er das Hemd auf eine Kleiderpuppe oder Ähnliches gehängt, geschossen, und sich dann das Hemd wieder angezogen hätte.

»Meinst du, der ist vernehmungsfähig?«

Larssen zuckte mit den Schultern. »Schwer zu sagen.«

»Wie alt?«

»Achtzehn, neunzehn.«

»Hast du versucht, ihn irgendwas zu fragen?«

»Ja, hab ick. War aber nüscht.«

»Sonst noch irgendwas?«

Er zeigte auf die Stirnseite des Diskoraumes, wo Eimer, Leitern und Farbtöpfe standen. Eine Parklandschaft mit Seeblick sollte den Eindruck erwecken, als setze sich der Raum über Terrasse und Freitreppe in einen Park bis zum Meer hin fort. Vor der Malerei stand eine Gruppe von Sitzhockern, in der Form von Schafen. Doch die Herde war ziemlich verkohlt. »Det ham wer noch jelöscht. Und hier hat wahrscheinlich der Kanister mit dem Lösungsmittel jestanden.«

Marius, der sich um die Spurensicherung bei der Leiche gekümmert hatte, kam die Treppe herunter und hörte die letzten Worte. »Lösungsmittel?«

»Leicht entzündbar. Steht jetzt im Kinosaal links. Als wir rinkamen, kohlte und glimmte allet, dicke Rauchschwaden, det Licht wechselte in grellen Farben, laute Musik, und da lief 'n Kriegsfilm.« Larssen bückte sich. »Hier ist die Hülle.«

Black Hawk Down, las Paula.

»Wie konnte der Junge überleben?«, fragte Marius.

Paula hielt wortlos die Tüte mit der CD-Hülle hoch.

Marius sah sich die Vorführanlage im Kinoraum an. Paula folgte ihm. Was war das nur für eine perverse Veranstaltung gewesen?

Marius bückte sich und hielt eine CD hoch: »Guns 'n Roses haben die gespielt. Hübsche Momente der Liebe, was?«

Tommi kam die Treppe herunter. Es fehle der rote Ferrari von Bredenbach, ein Maranello F 1. »Zwei von der Fußstreife meinen, die wären um Viertel vor zwölf noch mal raus, also der Sohn und die Freundin.«

»Wieso noch mal?«

»Sie sind zuvor schon mal weg gewesen.« Tommi warf einen kurzen Blick auf seinen Notizblock. »Um 21:04 Uhr sind sie vom Grundstück gefahren. Zurückgekommen sind sie um 23:58 Uhr, dann waren sie eine Dreiviertelstunde hier und sind um 00:45 Uhr wieder weg.«

Wenn das stimmte, war der junge Mann vielleicht gar nicht Bredenbachs Sohn und die Tote möglicherweise nicht seine Freundin, wie Paula vermutet hatte. Sie musste den Verletzten so schnell wie möglich vernehmen.

Als sie zurück zur Kellertreppe gingen, wurde gerade die Leiche des Mädchens abtransportiert. Dr. Kirch stellte den vorläufigen Totenschein aus.

»Können Sie schon etwas sagen, Doktor?«, fragte Paula.

»Soweit ich sehe, Verbrennungen ersten bis dritten Grades mit Blasenbildung. 85 Prozent der Körperoberfläche sind verbrannt. Die Schleimhäute in Nase und Mund sind durch die heiße Luft abgelöst. Ich vermute, es hat einige Minuten gedauert, bis sie tot war. Morgen früh sind wir schlauer.«

Einige Minuten. Was hatte das Mädchen nur durchmachen müssen. Wie werden Schmerzempfindungen während der Zerstörung des Körpers von den Nerven weitergeleitet? Paula hatte keine Ahnung, aber eines war klar – sie würde den Anblick des toten Mädchens ihr Leben lang nicht vergessen.

Sie überließ Justus und den Kollegen den Tatort, nur Marius sollte sie begleiten. Draußen auf der Straße wimmelte es von Journalisten, Fotografen und Kamerateams. Mit Sicherheit hatten die Rücksichtsloseren unter ihnen bereits die Nachbarn aus dem Bett geklingelt, um Informationen über die Bredenbachs zu bekommen. In jeder Dienststelle gab es einen Spitzel, und außerdem hörten sie ständig den Polizeifunk ab. Nur so war es möglich, dass die Presse manchmal sogar vor der Polizei am Tatort war.

Als sie aus der Villa kam, flammten Blitzlichter auf. Mit jedem Fall fiel es ihr schwerer, diese Rücksichtslosigkeit zu akzeptieren. Okay, das war deren Job, so wie es ihr Job war, die Täter zu finden.

»Frau Zeisberg, haben die Bestien ein weiteres Mal zugeschlagen?«

Paula winkte ab, überquerte die Absperrung und schob sich zu ihrem Auto. Marius war dicht hinter ihr, die Pressemeute ebenso. Fragen hagelten auf sie ein.

Was war vorgefallen? War es Brandstiftung? Gab es Tote? Wie hießen die? Wie alt? Wer war der Täter? Hatte die Polizei eine Spur? Irgendwelche Anhaltspunkte?

Horst Aigner, der Hai von der *Bild*, versperrte ihr den Weg. »Frau Zeisberg, dass Sie hier sind, bedeutet ja wohl, dass es wieder die Grunewald-Bestien waren!« Egal ob oder was sie antwortete, er würde ohnehin jede Information so verdrehen, dass eine Sensation dabei herauskam. Der Konkurrenzkampf der Medien war gnadenlos, jeder wollte der Erste sein, und jeder wollte mehr Informationen, als die Presseabteilung der Polizei herausgab. Natürlich war ihr klar, dass die Polizei auf die Presse angewiesen war: sowohl beim Austausch von Informationen als auch bei der Stimmungsmache in der Bevölkerung.

»Ist die Berliner Polizei überhaupt in der Lage, ihre Bürger zu schützen? Wie kommt es, dass die Täter ein drittes Mal zuschlagen konnten?« Aigners Stimme schrillte in ihr linkes Ohr. »Mitarbeiter haben Sie doch genug. Fehlt es an Kompetenz? Haben sie überhaupt schon eine Spur?«

Endlich hatten sie den Wagen erreicht, drängten die Journalisten zurück, schlugen die Autotüren zu und verriegelten von innen.

»Wär' kein Job für mich«, brummte Marius.

»Auf geht's!«, brummte sie lakonisch zurück.

Es war kurz nach vier Uhr morgens. Auf dem Weg in die Uniklinik fragte sie ihn, ob er sich schon ein Bild von dem Ablauf machen könne. Marius zuckte mit den Achseln. »Die Bredenbach-Villa stand unter ständiger Beobachtung«, begann sie. »Zwei sind im Ferrari auf das Gründstück gefahren. Die Tote und den Verletzten hat man im Haus gefunden. Und zwei sind wieder weg. Möglichkeit eins: Der Verletzte war's selbst. Larssen hat mir bestätigt, dass er sich selbst hätte fesseln können.«

»Warum hätte er das tun sollen?«

Klang nicht besonders freundlich, sein Ton. »Vielleicht um den Verdacht von sich abzulenken«, sagte sie und versuchte, es nicht mürrisch klingen zu lassen.

»Um das Mädchen umzubringen, hat er versucht, die beiden anderen Verbrechen möglichst genau nachzustellen und das Ganze wie einen Raubüberfall aussehen zu lassen? Okay, aber wie soll er auf sich selbst geschossen haben? Und wo ist überhaupt die Waffe?«

»Er könnte sein Hemd ausgezogen und aus einiger Distanz darauf geschossen haben.«

»Ob er sich die Verletzungen beigebracht haben könnte, werden wir ja gleich vom Arzt erfahren«, entgegnete Marius trocken.

»Das Paar, das nach der Tat mit dem Ferrari weggefahren ist, das könnten Freunde sein, Komplizen.«

Er sah sie kurz an. »Du meinst, er hat sie umgebracht und die Freunde dann gebeten, auf ihn zu schießen und ihn zu fesseln? Und dann sind sie weggefahren?«

»Vielleicht stecken die alle drei unter einer Decke, und er tischt uns jetzt eine Geschichte auf.« Sie fuhren das letzte Stück durch die Fabeckstraße auf die Uniklinik zu. »Oder es waren Bredenbach junior und seine Freundin, die im Ferrari weg sind und die Tote und den Verletzten zurückgelassen haben.«

Marius schüttelte skeptisch den Kopf.

Tommi rief an und teilte ihr mit, dass der Ferrari mit laufendem Motor und offenen Türen auf dem Ku'damm gefunden worden war. »Vielleicht wollten die, dass er geklaut wird und erst einmal andere verdächtigt werden ...«, dachte sie laut. Marius murmelte etwas von auch 'ne Möglichkeit.

Auf der Station kam ihnen schon der Arzt entgegen, der von ihrem Kommen verständigt worden war. Der Notfall in der 21 stehe unter Schock und sei sedativ behandelt worden. Er sei durch einen heftigen Schlag aufs Herz ohnmächtig geworden.

»Das war ein Schuss«, sagte Paula. »Eine Metallbox in der Brusttasche hat ihm anscheinend das Leben gerettet. Kann das sein?«

»Durchaus möglich, ja.«

»Ich würde gerne mit ihm sprechen«, sagte sie. »Geht das?«

Der Arzt zuckte mit den Schultern. Der junge Mann habe eine Nasenbeinfraktur, Schnittwunden in der Kopfhaut und einige weitere kleine Verletzungen, sei prinzipiell also ansprechbar. »Uns gegenüber hat er allerdings kein Wort gesagt.« Er wies Paula den Weg zu Zimmer 21. »Er hat nicht mal seinen Namen genannt, hat auch keinen Ausweis bei sich. Aber versuchen Sie es ruhig. Vielleicht haben Sie ja mehr Glück.«

»Könnte er sich die Verletzungen selbst beigebracht haben?«

»Schwer vorstellbar«, sagte der Arzt und öffnete die Tür.

Der Patient hatte einen Kopfverband, aus dem nur Mund und Augen herausguckten. Sie setzten sich auf die linke Seite des Bettes. »Wie geht es Ihnen?«, fragte sie. »Wir sind von der Polizei, mein Name ist Paula Zeisberg. Können Sie uns erzählen, was passiert ist?« Sie bekam keine Antwort. Marius versuchte es ebenfalls. Es war sinnlos. Sie gingen.

»Wenn der Arzt ihn für vernehmungsfähig hält, er aber noch nicht mal seinen Namen nennt, wird er wohl verdammt gute Gründe dafür haben. Er will die Ermittlungen blockieren«, sagte sie zu Marius auf dem Flur und ordnete die Bewachung des Krankenzimmers durch einen Zivilbeamten an. Sie wollte sich so schnell wie möglich um einen Haftbefehl kümmern, falls sie weiterhin keine Aussage von dem Verletzten bekäme. »Bitte setz dich mit unserem Psychologen in Verbindung. Er soll sich den Patienten ansehen und mit den Ärzten sprechen.«

Als sie gegen fünf zum Tatort zurückkamen, sah es eher nach einer Promi-Hochzeit als nach einem schweren Verbrechen aus. Die Straße stand voller Autos, Schaulustiger und Journalisten. Die Villa lag in grellem Scheinwerferlicht, als würden Nachtaufnahmen gedreht. Ein Brezelverkäufer und ein Zeitungsjunge umkurvten die Autos.

Paula kämpfte sich zum Haus vor. Justus war noch im Keller, die Leiche war inzwischen in der Gerichtsmedizin.

»Konntet ihr die Identität der Verbrannten feststellen?«

Justus verneinte. »Aber wir haben eine Patronenhülse. 7,65 mm. Ist schon unterwegs zur ballistischen Untersuchung.«

»Habt ihr Terminkalender oder irgendwelche anderen Informationen über die Hausbewohner gefunden?«

Justus verneinte. Er hätte versucht, einen Blick in einen Computer zu werfen, den sie in einem kleinen Arbeitszimmer im Obergeschoss der Villa entdeckt hätten. Aber der Zugang zu den Daten sei gesichert. Selbst er als Informatiker hätte auf die Schnelle nichts ausrichten können. Das wollte etwas heißen, denn für Justus waren selbst militärisch verschlüsselte Codes kein Problem. Seine Ausbildung hatte er bei der Volksarmee erhalten und war seit der Zusammenführung der Ost- und Westpolizei ein unverzichtbares Mitglied im Team.

»Hat der Verletzte in der Klinik denn nichts gesagt?«, fragte er.

Paula schüttelte den Kopf. »Entweder steht er total unter Schock, oder er will nichts sagen. Wir müssen warten. Vor allem keine Mutmaßungen an die Presse. Ich möchte nicht, dass die Eltern des Mädchens aus der Zeitung erfahren, wie bestialisch ihre Tochter ermordet worden ist. Mach das auch den anderen im Team klar.«

»Wir haben ganz strenge Kontrollen«, beruhigte er sie. »Und die Nachbarn haben gesagt, dass die Bredenbachs in ihrem Haus in Südfrankreich sind. Wir haben ihre Telefonnummer.«

»Gut«, sagte Paula. »Marius soll da anrufen.« Sie war froh, diese Aufgabe abgeben zu können.

Sie blickte sich um. Überall waren die Kollegen von der Spurensicherung in ihren Plastikanzügen am Werk. »Haben wir ansonsten alles?«

»Ich denke, ja«, sagte Justus.

»Gut, dann machen wir jetzt Schluss. Wir treffen uns um neun zur Besprechung.«

Als Paula nach Hause fuhr, begann es wieder zu regnen. Sie stellte das Radio an. Es lief die Filmmusik vom *Fahrstuhl zum Schafott*. Besonders, wenn es so heiß herging wie jetzt, mochte sie coolen Jazz. Miles Davis beruhigte sie.

Als sie ins Bett kroch, fragte Ralf, was los sei. Gern hätte sie sich an ihn geschmiegt und sich bei ihm darüber ausgeheult, was sie in den letzten Stunden Furchtbares gesehen hatte. Aber ihre Beherrschung würde dann wie ein Kartenhaus zusammenfallen. Sie wollte in diesem Moment nicht weinen. »Ich erzähl's dir später. Weck mich um halb acht, okay?«, murmelte sie und zog sich die Bettdecke über den Kopf. Sie hatte nur noch knapp zwei Stunden und musste versuchen, die toten Augen des verbrannten Mädchens wenigstens für kurze Zeit zu vergessen.

Ralf weckte sie mit einem Kuss auf die Stirn. Sie war entsetzlich müde, als wäre sie erst vor wenigen Minuten eingeschlafen. Wenn sie nicht sofort aufstand, würde es eine endlose Quälerei werden. Also schlüpfte sie in ihren Bademantel und tapste ins Bad. Weil Paula immer so früh raus musste, war es zur Gewohnheit geworden, dass sie das Frühstück machte. Sie liebte es, in Ruhe die erste Mahlzeit des Tages einzunehmen. Es war wie eine Galgenfrist. Wenigstens in dieser kurzen Zeit konnte sie die Illusion aufrechterhalten, dass die Welt in Ordnung sei, dass sie Ruhe und Muße hätte.

An diesem Morgen war Ralf schon auf und spielte mit Manuel. Als sie die beiden, umringt von Playmobilfiguren und Bauklötzern, auf dem Küchenfußboden sitzen sah, fiel ihr schwer zu erkennen, wer dort lieber spielte, Manuel oder Ralf.

Der Tisch war schon gedeckt, mitsamt frischen Brötchen. Paula stellte Cornflakes und Milch dazu, zog das dampfende Teesieb aus der Kanne und ließ zwei Eier in den Topf mit kochendem Wasser gleiten. Sie sah zur Uhr – Ralf bestand auf dreieinhalb Minuten.

Auch er schätzte diese ruhige halbe Stunde am Morgen. Fast immer war sie noch total verschlafen, aber gerade ihre

Müdigkeit machte die Atmosphäre entspannt. Sie war noch nicht so angriffslustig, und Ralf gefiel das.

Sie besprachen morgens alles, was zu organisieren war, und er versuchte oft, die kostbare gemeinsame halbe Stunde auszudehnen. Indem er zum Beispiel begann, über irgendwelche schlimmen Zustände zu räsonieren. Am liebsten entwarf er pessimistische Szenarien, Umweltkatastrophen oder weltwirtschaftliche Krisen.

Oder er knüpfte, während er seinen Tee schlürfte, an ihre Fälle an und versuchte, die politischen oder sozialen Hintergründe der Verbrechen zu analysieren. Sie musste ihn dann bremsen. Hatte sie gute Laune, klang das so: Du hast ja so Recht, aber ich muss trotzdem los. Und bei schlechter Laune: Dein düsteres Gerede hilft mir auch nicht weiter.

An diesem Morgen war Ralf zum Glück mit Manuel beschäftigt, so dass sie in aller Ruhe ihr Ei verzehren konnte, bevor sie in ihre Jacke schlüpfte. Doch bevor sie loszog, setzte sie sich noch einmal, nahm Manuel auf den Schoß, und genoss es noch fünf Minuten lang, dem fröhlichen Geplapper des Kindes zuzuhören, bevor der graue Alltag sie wieder in seinen Krallen hatte.

Immer wenn sie spät dran war, spürte sie ihren Magen. Deswegen plante sie bei Verabredungen normalerweise einen kleinen Zeitpuffer ein. Diesmal aber hatte sie zu lange gefrühstückt. Als sie in die Keithstraße einbog, war es bereits neun. Kein Parkplatz. Mist, sie würde zu spät zur Besprechung kommen. Sie sah schon die vorwurfsvollen Blicke der

Kollegen, wenn sie als Letzte hereinstürmte. Und das als neue Chefin.

Das nächste Mal wähle ich eine Partei, die den Autoverkehr in den Innenstädten abschafft, dachte sie. Sie stellte sich vor, wie da die Autohengste wiehern würden und musste lachen.

Ralf meinte, sie als Polizistin könne doch einfach einen Parkplatz blockieren. Dabei hatte sie ihm schon tausendmal erklärt, dass man nur im Rahmen spezieller Aufgaben Sonderrechte hatte. Es gab eine kleine Halteverbotszone vor dem Gebäude, aber da durften nur Dienstfahrzeuge stehen wie Gefängnistransporter, die Untersuchungshäftlinge zum Verhör brachten. Als der Polizeipräsident neulich da gewesen war, hatte dessen Fahrer anderthalb Stunden direkt vor dem Eingang geparkt, war aber im Wagen geblieben, um jederzeit einem Einsatzwagen Platz machen zu können. Ja, ein Fahrer! Vielleicht sollte Ralf sie in Zukunft morgens fahren.

Ihr Team hatte die Büros 310 bis 314 im Hauptflügel des dritten Stocks. Als Kommissariatsleiterin hatte sie ein Zimmer für sich alleine, ein schönes Altbauzimmer, groß und hoch, nicht die mickrigen Zellen wie im Landeskriminalamt. Auch ein Grund, warum Paula sich hier so wohl fühlte.

Das größte Büro war das Zimmer 312. Hier saßen ihr Vertreter Herbert Justus sowie Kommissar Max Jahnke. Max war zwar schon achtundzwanzig, sah aber mit seinen großen hellblauen Augen aus wie ein Kind, das über Nacht plötzlich gewachsen war. Verstärkt wurde dieser Eindruck noch durch seinen struppigen Blondschopf und seine ständige Süßigkeitenfresserei.

Paula musste manchmal den Impuls unterdrücken, dem Lulatsch mit den schlaksigen Armen, Beinen und Riesenfüßen die Schokoladenreste mit einem feuchten Taschentuch aus den Mundwinkeln zu wischen.

Im Raum 312 stand auch der lange Tisch, an dem das Team zu Besprechungen aller Art zusammenkam. Manche aßen dort sogar zu Mittag, eine Kantine gab es in der Keithstraße nicht. Kein Wunder, dass es in Justus' Büro immer wüst aussah. Aber Paula mochte die Atmosphäre und war überzeugt, dass das Chaos aus Fünf-Minuten-Terrinen, Kaffeepulver und angebrochenen Milchtüten bei allen die Kreativität steigerte.

Mit einem Blick sah sie, als sie an diesem Morgen den Raum betrat, dass Waldemar »Waldi« Wehland fehlte. Wahrscheinlich verspätete er sich wieder einmal, weil seine neugeborene Tochter ihn noch beschäftigte. Er war ganz vernarrt in das Baby und rief täglich zwanzig Mal zu Hause an, um flüsternd zu erfahren, ob es schon sein Bäuerchen gemacht habe, ob es jetzt schlafe, ob die Blähungen vorbei seien, ob, ob und ob. Die Kollegen lauschten hinter der angelehnten Tür, wenn Waldi seine Babygespräche wisperte. Alle kicherten dann wie sechsjährige Mädchen. Sie nahm Waldi in Schutz, denn sie mochte diese zärtliche Seite an dem massigen Brummbär.

Tommi machte eine einladende Geste. »Endlich! Wir warten schon«, rief er. »Torten-Ulla hat zugeschlagen und möchte nicht ohne dich anschneiden.« In der Mitte des Tisches stand ein Frankfurter Kranz, und zwar die Variante aus Frankfurt an der Oder – mit Haferflocken statt Krokant. Wollte Ulla sich bei Justus einschmeicheln? Paula grinste bei der Vorstellung.

»Torten-Ulla?«, drohte die furchtlose Sekretärin mit einem langen Messer. Dann erhob sie sich, um ihr Meisterwerk anzuschneiden. Paula konnte nicht anders, als ihren üppigen Hintern zu begutachten, obgleich sie immer Sachen trug, die sie etwas schlanker machten, und zur weiteren Ablenkung dichtes dunkelrotes Haar, lackierte Nägel in knalligen Farben und ein Make-up, das man gut und gerne kräftig nennen konnte. Bis vor kurzem noch war Ulla ständig auf Diät gewesen. Jedes Mal hatte sie sich das große Wunder versprochen. In kleinen Tupperdosen hatte sie die absonderlichsten Snacks mitgebracht – von Körnerbrei über Wirsingsuppe bis zu Instant-Schlankheitspulver – und jedem unaufgefordert das Geheimnis ihres neuen Ernährungsprogramms erklärt. Schließlich hatten alle gleich gebrüllt, wenn sie den Mund aufmachte: »Bitte Pietät! Keine Diät!« Sie hatte jedoch nicht locker gelassen und war dabei immer dicker geworden. Doch dann, eines Tages, war ihr Schlankheitswahn mit einem Mal verschwunden. Sie brachte die erste Torte mit. Sie sei zufrieden mit sich und der Welt, verkündete sie mit einer geheimnisvollen Resolutheit, die es unmöglich machte, nach den Gründen ihres Sinneswandels zu fragen.

Paula nahm lächelnd einen Teller Torte entgegen. »Guten Morgen allerseits«, sagte sie und nahm am Kopfende Platz zwischen Tommi Blank und Max Jahnke. Sie hatte den Platz aus einem praktischen Grund gewählt, denn die beiden waren ziemliche Extreme. Max war äußerst introvertiert. Ein typischer Spätentwickler, diagnostizierte Ralf aus der Ferne, und Christiane vermutete auf ihre unvergleichliche Art, ein Häppchen für den kleinen Hunger zwischendurch. Paula fühlte sich von ihm nicht im Geringsten angezogen und überlegte manchmal, ob es überhaupt Frauen gab, die ihn interessant fanden. Vielleicht junge Mädchen, die seine Räuber-und-Gendarm-Storys toll fanden? Wahrscheinlich mehr der mütterliche Typ, denn optisch war er der arme Hochgeschossene, auf den man Rücksicht nahm.

Der bullige Tommi besaß als Sportler ein gutes physisches Durchhaltevermögen, wenn er auch manchmal bei seinen Aktionen zu weit ging, weil er das Risiko nicht richtig einschätzte. Dafür kümmerte er sich rührend um seine Eltern, die in Leverkusen wohnten, und war alten Leuten gegenüber generell ritterlich. Nur bei Ausländern und Asozialen verstand er keinen Spaß. Ralf meinte, er sei ein latenter Faschist, woran sich auch dadurch nichts ändere, dass er SPD wähle. Paula nahm an, dass Ralf ihn wegen der Geschichte im *Frida Kahlo* nicht mochte. Eine Woche lang hatte er damals mit ihr nicht gesprochen, obgleich sie die Sache natürlich sofort aufklären konnte. Das Einzige, was ihr an Tommi wirklich auf die Nerven ging, war sein krampfhaftes Bemühen, immer der Super-Witzbold zu sein.

Auf Waldis Platz, neben Max, saß an diesem Morgen Justus, ihm gegenüber hockte Marius. Am anderen Ende des Tisches ließ sich gerade Ulla mit ihrem Tortenteller nieder.

»Paula, Paula«, sagte sie augenzwinkernd, »das ist schon das zweite Mal, dass du diesen Monat zu spät kommst.«

Alle lachten. Jeder war in diesem Augenblick dankbar für dieses kleine Geplänkel, denn sie hatten es mit einem Fall zu tun, der selbst erfahrene Ermittler auf eine harte Probe stellte. Sie fragte, ob es schon etwas von Dr. Krampe, dem Psychologen, gebe, der im Krankenhaus den Zeugen befragen sollte. Sie mussten als Erstes versuchen, sich eine Vorstellung vom Ablauf des nächtlichen Verbrechens zu machen. Justus verneinte, und sie bat ihn zu beginnen, weil er am Tatort die Streifenbeamten befragt hatte.

Die zentrale Frage war: Mussten sie den oder die Täter unter den Villenbewohnern und deren Freunden suchen, oder war es den Bestien gelungen, trotz der intensiven Bewachung unbemerkt nach Grunewald einzudringen?

Justus bat, einen Blick auf die Kopien zu werfen, die Ulla von einer Grunewalder Ortsteilkarte gemacht hatte. »Sechs Mann waren in der Nacht auf Streife, zwei Wagen waren unterwegs, außerdem zehn Mann vom MEK in Zivil zur Observation der Gegend. Sie haben untereinander in Verbindung gestanden, haben jedes Kfz-Kennzeichen notiert. Es war scheußliches Wetter und wenig Verkehr. Aber uns interessiert ja ohnehin nur die Waldmeisterstraße. Dort war Polizeiobermeister Hohmann postiert.«

Alle warteten, dass Justus endlich aufhörte, die bekannten Fakten herunterzuleiern. Aber er war eben sehr gründlich.

Er spülte einen Bissen Frankfurter Kranz mit Kaffee hinunter und sagte: »Hohmann schließt aus, dass in der Zeit von 23:00 bis 01:00 Uhr andere Fahrzeuge als der Ferrari an ihm vorbeigefahren sind. Als der Ferrari vom Wildpfad in die Waldmeisterstraße eingebogen ist, kam aus der Gegenrichtung gerade ein Wagen, in dessen Licht Hohmann die Insassen des Ferrari sehen konnte: Am Steuer einen jungen Mann und auf dem Beifahrersitz eine weibliche Person mit langen blonden Haaren. Der Ferrari ist nicht sehr schnell gefahren und nach fünfzig Metern auf das Bredenbach'sche

Grundstück eingebogen. Hohmann ist dem Wagen zu Fuß gefolgt und hat noch gesehen, wie er in der Garage verschwunden ist.«

Er wurde unterbrochen, weil Ulla noch mal Torte abschneiden wollte und dabei eine Kaffeetasse vom Tisch stieß.

Ehe jemand sagen konnte, dass Scherben Glück bringen, war Tommi mit einem seiner blöden Sprüche zur Stelle. »Wisst ihr, wie man ein Atom spaltet?« Alle sahen ihn zweifelnd an. Tommi lehnte sich zurück und grinste. »Gib es Ulla und sag ihr, sie soll es nicht kaputtmachen.«

Justus schüttelte ungnädig den Kopf und fuhr fort: »Diese Aussage wird von Polizeimeister Möring bestätigt, der den Ferrari an der Wache Grunewald vorbeifahren sah. Das war gegen 23:50 Uhr. Er hat noch geschaut, ob irgendein anderes Auto folgen würde. Das war aber nicht der Fall. Polizeimeister Wetzler von derselben Wache hat den Ferrari gegen 23:55 Uhr auf der Griegstraße, Richtung Wildpfad fahren sehen. Er meinte, Jonas Bredenbach erkannt zu haben. Auf dem Beifahrersitz war eine Blondine, aber er konnte ihr Gesicht nicht sehen, weil sie Bredenbach zugewandt war. Dieselben Zeugen sahen den Ferrari dann zwischen 00:45 Uhr und 00:50 Uhr die Strecke von der Villa zurück in die Koenigsallee fahren. Wetzler meint, dass es dieselbe Blondine war, die er bei der Hinfahrt gesehen hatte, und sagt, auch der Mann hinter dem Steuer könnte wieder Bredenbach junior gewesen sein. Allerdings kann er das nicht mit hundertprozentiger Sicherheit sagen, weil der Wagen recht schnell gefahren ist.«

Alle verfolgten den Bericht anhand der kopierten Stadtteilkarte. Marius fragte: »Heißt das, wir können ausschließen, dass irgendein anderes Auto in der fraglichen Zeit auf das Bredenbach-Grundstück gefahren ist?«

»Ja«, sagte Justus. »Stellt sich nur die Frage, ob im Ferrari noch weitere Personen saßen.«

»Quatsch«, entfuhr es Tommi. »Dat is'n Zweisitzer mit Ablage hinten. Da kannste höchstens noch Pygmäen im Fußraum verstecken. Un' auch dat nur mit 'nem Schuhlöffel.«

Man konnte Justus anmerken, dass er Tommis flapsige Art nicht mochte, besonders, wenn der Leverkusener in seinen Dialekt verfiel. Er beschwerte sich später bei Paula. »Dieser Rheinlandaffe tut, als hätte ich noch nie 'n Ferrari gesehen, nur weil ich aus dem Osten komme.«

Doch bevor Justus kontern konnte, lenkte Marius ein: »In den ersten beiden Fällen waren unsere vier Täter in zwei Autos unterwegs.«

»Die Täter könnten auch im Taxi gekommen sein. Dann sind sie ein Stück gelaufen und haben den Ferrari an einer Ampel überfallen«, sagte Justus.

»Wie wäre es denn so?«, sagte Max. »Das Ferrari-Paar fährt kurz vor Mitternacht in die Villa, begeht das Verbrechen und fährt nach fünfundvierzig Minuten im Ferrari wieder davon.«

Justus erklärte, dass der Ferrari auf Bredenbach senior zugelassen sei und Polizeimeister Wetzler beobachtet habe, wie Jonas Bredenbach in Begleitung einer jungen Frau um 21:00 Uhr vom Grundstück in Richtung Koenigsallee fuhr. Der ortskundige Beamte habe zu berichten gewusst, dass der Junior sonst immer seinen Golf GTI benutze. Er habe ihn noch nie im Ferrari des Vaters gesehen. Laute Musik sei aus dem Auto gekommen, und alles habe sehr übermütig gewirkt. Der Fahrer habe ihm sogar aus dem Autofenster zugewinkt. »Wer aber war in der Villa, als das Ferrari-Paar kurz vor Mitternacht angefahren kam?«, fragte Justus am Ende seiner Zusammenfassung. Paula hatte sich Ulla zuliebe ein zweites, ganz schmales Stückchen Torte geben lassen, und wie zur Strafe hatte sich eine Haferflocke zwischen ihren Backenzähnen festgeklemmt. Sie zerrte, schob und drückte mit der Zunge, während die Männer den Ferrari in ihrer Diskussion hin- und herfahren ließen. Würden sie es mit den Fahrstrecken ebenso genau nehmen, wenn es sich um einen Opel Kadett gehandelt hätte? Schließlich unterbrach sie das fruchtlose Hin und Her. »Okay. Das würde also heißen, dass Jonas Bredenbach mit einer Freundin weggefahren, nach etwa drei Stunden zurückgekommen, eine dreiviertel Stunde in der Villa geblieben ist, dort zusammen mit seiner Begleiterin das Verbrechen begangen hat, und zwar an Opfern, die entweder schon im Haus waren oder dorthin gekommen sind. Anschließend ist er mit ihr wieder weggefahren, hat den Wagen am Ku'damm stehenlassen und ist spurlos verschwunden. Was bedeuten würde, dass der junge Mann im Krankenhaus nicht Jonas Bredenbach ist.«

Alle glotzten sie an, und sie wurde ungeduldig: »Mensch, Leute, wir müssen feststellen, wer die Freundin war, wo und wie sie die drei Stunden zwischen neun und zwölf verbracht haben, wer sich in welcher Zeit in ihrem Haus aufgehalten haben könnte und wo Bredenbach und seine Freundin jetzt sind. Und wer der Unbekannte in der Klinik ist.«

Alle machten Notizen.

»Aufschluss über all das könnte ja wohl am besten der Unbekannte selbst liefern«, sagte Justus. Er nahm sein

Handy und sagte, er werde den Psychologen anrufen, vielleicht gebe es schon was Neues.

Paula hätte gerne selbst mit Dr. Krampe telefoniert, sagte aber nichts.

Max lieferte einen kurzen Bericht, wie es in der Villa ansonsten aussah. Auch da gab es einen Unterschied zu den beiden vorherigen Verbrechen. Während die Häuser in den ersten beiden Fällen verwüstet worden waren, hatten die Täter diesmal offenbar nichts angerührt, wenn man vom Tresor im Kleiderzimmer und dem Schlachtfest im Keller mal absah.

Waldi rief an. Die Grunewald-Wache hatte die ganze Nacht die Gegend durchkämmt und dreihundert Meter von der Bredenbach-Villa entfernt einen beschädigten Seat Ibiza, schwarz-metallic, gefunden, der möglicherweise mit der Tat in der vergangenen Nacht im Zusammenhang stand. Einer der Beamten hatte Waldi um halb sieben angerufen. Er war gleich hingefahren. Der Wagen war aufgebrochen und kurzgeschlossen worden, und auch die Halterin hatte man bereits. Es war eine Frisörin namens Sylvia Bernacher, wohnhaft in der Siedlung Neue Heimat in Buckow. Sie hatte den Diebstahl ihres Autos am Vorabend um 20:45 Uhr bei der Polizei gemeldet.

Paula fragte sich, ob das vielleicht der schwarze Seat war, der sie vor Christianes Haus geschnitten hatte, schob den Gedanken aber erst mal beiseite und wies Waldi an, den Wagen zu sichern, damit keine Spuren verlorengingen. Er sagte, das sei schon erledigt, das Kfz-Kennzeichen habe er auch schon abmontiert, aber ein paar Neugierige hätten trotzdem spitz gekriegt, dass die Kutsche etwas mit dem Verbrechen zu tun haben könnte.

Der Hai war bestimmt auch wieder mit von der Partie, dachte Paula, aber sie sagte nur: »Prima. Fahr zu dieser Bernacher raus. Ich schick dir noch Justus. Hier, sprich selbst mit ihm.« Sie reichte Justus das Telefon und stand auf. »Marius und ich fahren jetzt ins Krankenhaus. Tommi, du fährst zur Bredenbach-Villa und siehst dir den Seat an.« Sie merkte genau, dass Ulla die Augenbrauen hochzog. Natürlich war dieser nicht entgangen, dass Paula oft mit Marius unterwegs war. Doch was Ulla dachte, war ihr in diesem Augenblick egal. »Max, du checkst, ob die Spurensuche was herausgefunden hat. Wir brauchen die Auswertung der aufgefundenen Patronenhülse. Außerdem möchte ich einen genauen Bericht, ob Drogen am Tatort gefunden wurden.« Damit war sie hinaus, gefolgt von Marius.

Auf der Fahrt nach Dahlem hatte Paula Gelegenheit, sich danach zu erkundigen, wie es am Vortag in der Wohnung der alten Leute aus Stettin nach ihrem Aufbruch in die Keithstraße weitergegangen war.

Marius hatte einen Schlüsseldienst zur Reparatur der Wohnungstür bestellt. Nachdem dann das SEK und MEK verschwunden waren und alle sich vom Schreck erholt hatten, sagte Frau Mattes, Marius könne das wieder gutmachen, wenn er ihr beim Abendbrot helfe. Sie hatte groß eingekauft, und als alles auf dem Tisch stand, klingelte es, eine junge Frau vom MEK stand vor der Tür, hielt einen riesigen Blumenstrauß und eine Flasche Wodka hoch und sagte, sie habe bei ihren Kollegen gesammelt, es tue allen Leid, den Herrschaften so einen Schreck eingejagt zu haben. Marius fand das überraschend nett, und Paula wusste sofort, dass es sich um die Drahtige mit den kurzen braunen Haaren handeln musste, die ihr schon häufiger dadurch aufgefallen war, dass sie anscheinend alle Polizisten Berlins kannte. Für jeden hatte sie einen Spruch parat – ausgenommen Kolleginnen. Paula grüßte sie nicht einmal. Jedenfalls war Marius von ihrem Auftritt ziemlich begeistert.

»Ist die auch noch zum Essen geblieben?«

»Ja. Ziemlich sympathisch.«

»Und? Wie viel Wodka hast du getrunken?«, fragte sie gespielt amüsiert. Sie wusste, wie anhänglich Marius wurde, wenn er zu tief ins Glas geschaut hatte.

»Zwei.«

»Das geht ja noch«, spöttelte sie.

»Trotzdem habe ich mich von der Kollegin nach Hause fahren lassen.«

»Hat sie denn nichts getrunken?«

»Doch, drei.«

»Oh, da warst du ja in guter Gesellschaft. Hast du ihr dann wenigstens noch einen Kaffee bei dir angeboten?« Der Gedanke versetzte ihr einen Stich.

Marius verzog keine Miene, sondern blickte konzentriert auf den Verkehr.

Irgendwie ärgerte sie sich. »Wie heißt noch mal die Kollegin?«

»Kicki Michel.«

Sie begriff, dass dieses Verhör keinen Zweck hatte. Sie drehte das Radio lauter, um Nachrichten zu hören.

Der Sprecher berichtete über den Brand in der Villa von Gregor Bredenbach, Eigentümer der Bredenbach & Söhne Privatbank und Mehrheitsaktionär der Bredenbach Holding. Es habe eine Tote und einen Verletzten gegeben. Brandstiftung oder Raubmord seien nicht ausgeschlossen. Im vorletzten Herbst, so wurde weiter berichtet, habe der Banker für Schlagzeilen gesorgt, als er die Villa und zwei Nebengebäude in der Waldmeisterstraße entgegen den Denkmalschutzvorschriften des Landes Berlin ausbauen ließ.

Als Marius an einer Ampel hielt, fiel Paulas Blick auf die Schlagzeile der *Bild* an einem Kiosk. »Warte mal kurz«, rief sie und sprang aus dem Auto. Sie schnappte sich eine Zeitung, warf einen Euro hin und saß wieder im Wagen, bevor die Fahrer hinter ihnen zu hupen begannen.

Fassungslos starrte sie auf die Titelseite: »Grunewald-Bestien verbrannten nackte Schülerin. Saskias letzte Horrorstunden.« Darunter neben dem üblichen blonden Pin-up das Foto einer verkohlten grinsenden Leiche.

»Steht was drin?«, fragte Marius.

»Statt Traumnacht Bluthochzeit«, las Paula vor. »Die bildhübsche Schülerin Saskia G. (18) und ihr Freund Jonas B. (19) freuten sich auf die erste gemeinsame Liebesnacht, aber stattdessen erlebten sie ein Inferno. Während die Eltern von Jonas B. in ihrer Villa in Südfrankreich Ferien machten, wurden der einzige Sohn und dessen Freundin zu Hause von den Grunewald-Bestien überfallen, gefoltert und ausgeraubt. Zuvor hatten sie mit ihren Schulfreunden Sabrina H. (18) und Alex S. (18) im Dahlemer Nobelrestaurant Diekmann getafelt.«

Sie fuhren direkt zum Eingang der Notaufnahme, da der Haupteingang bereits von Reportern belagert war. »Lass mich auch mal sehen«, sagte Marius, überflog den Artikel und schleuderte die Zeitung wütend auf den Rücksitz.

Er kochte. »Wie ist dieser Aigner bloß an die Informationen gekommen? Und vor allem an das Foto von der Leiche? Ist der mit seinem Fotografen quer über den Tatort gelatscht? Tommi und Justus haben doch geschworen, dass das Bredenbach-Grundstück vollkommen gesichert sei!«

Paula nickte.

»Der Hai muss also noch gestern Nacht die Schulkameraden interviewt haben. Oder vielleicht heute morgen gleich vor der Schule, aber nein, da wäre die Morgenausgabe der *Bild* schon raus gewesen.« Er nahm sich das Blatt noch einmal vor und betrachtete es genau. »Es ist eine Sonderausgabe, bei der sie lediglich das Titelblatt ausgetauscht haben. Ich fass es einfach nicht!« Seine Wut überraschte sie. Sie spürte die Energie, und irgendwie machte sie das an.

»Entweder stimmt die Information oder zumindest ein Teil davon. Dann hat uns jemand Arbeit abgenommen. Oder sie stimmt nicht, kann uns aber als Anlass dienen, die zitierten Zeugen zu befragen. Müssen wir ja sowieso.«

»Immer praktisch, immer gelassen! Da merkt man, dass du keine Kinder hast.« Er regte sich wirklich auf. »Gegen so was müsste es ein Gesetz geben! Ein Elternschutzgesetz!«

Paula schloss die Augen und atmete tief ein. Er hatte ja Recht, es war wirklich furchtbar, wenn die Eltern durch die Zeitung vom Tod ihrer Tochter erfuhren. »Du hast Recht«, sagte sie.

»Wie konnte die Presse bloß an das Foto kommen?«, brüllte er.

»Der Aigner macht seinen Job wie wir«, versuchte sie ihn zu beruhigen. »Wenn er gut ist, schafft er es eben, an solche

Fotos ranzukommen. Entweder akzeptiert man Kompetenz oder nicht. Von uns selbst verlangen wir das doch auch.«

»Du findest den Aigner wohl noch geil, wie?«

»So ein Unsinn!«

»Der Tatort sollte gesichert werden! Wo war da bitteschön die Kompetenz von Tommi oder Justus?!«

Sie nahm die Zeitung und warf noch mal einen Blick auf das Foto. Das Opfer hatte, da war sie sich ziemlich sicher, keinen Schmuck getragen, die Leiche auf dem Foto aber hatte eine Kette um den Hals. »Mensch, Marius, ich glaube, das ist gar nicht der Tatort.«

»Wieso nicht?« Er riss ihr die Zeitung aus der Hand.

»Das ist nicht das Mädchen von gestern. Das ist irgendein Verbrennungsopfer aus dem Archiv«, sagte sie trocken und hätte am liebsten hinzugefügt: »Erst denken. Dann reden.« Marius stieg aus. Sie klickte das Alphabet ihres Handys durch und wählte Aigners Nummer. »Morgen«, sagte sie mürrisch. »Hier ist Paula Zeisberg. Ich brauche mal die Anschriften von den beiden Schülern und auch die von dem angeblichen Mordopfer.« Sie bemühte sich, gelassen zu klingen und daran zu denken, dass er eben einfach nur gut in seinem Job war.

Aigner war hellwach. »Angeblich? Wer *ist* denn das Opfer?«

»Das hier ist kein Interview, Hai, du gibst mir nur die Namen und Adressen und sagst mir, in welcher Schule wir die Kids finden!« Sie war auch ausgestiegen, hatte den Notizblock auf das Wagendach gelegt und den Kuli gezückt. »Ich höre.«

»Duzen wir uns seit neuestem?« fragte er kess, und sie meinte, sein Grinsen zu sehen.

»Das ist ein Archivfoto. Wenn Sie nicht wollen, dass ich den betroffenen Eltern rate, Sie zu verklagen, dann lesen Sie jetzt die Namen vor, Sie ... Sie ...«

»Sie was?«

»Wollen Sie raten?«

Für einen Moment war es still. Dann kamen seine Infos, und sie konnte mitschreiben. »Eine Frage hab ich noch, ist das jetzt die große Sülze in Ihrer journalistischen Meisterleistung, oder waren das in etwa die Antworten, die Sie bekommen haben?«

Er regte sich auf, es sei genau so gewesen, wie er es geschrieben habe, und fügte hinzu: »Die Geschichte ist so wahnsinnig, da müsste man ein Idiot sein, wenn man was dran ändert.«

»Die erste Selbsterkenntnis in Ihrem Leben?« Er holte Luft, aber da hatte sie das Gespräch schon beendet. Dass sie bei diesem Kotzbrocken als Bittstellerin dagestanden hatte, wurmte sie, auch wenn er ihr wichtige Informationen geliefert hatte. Aber Marius gegenüber ließ sie sich nichts anmerken, sondern rief gleich Justus an, um ihn zu beauftragen, Informationen über eine gewisse Familie namens Gundereit zu besorgen. Möglicherweise sei Saskia Gundereit die Tote. Justus wollte wissen, was wichtiger wäre, die Gundereits oder die Vernehmung von Sylvia Bernacher, der Frisörin, deren Seat gestohlen worden war.

»Beides«, sagte Paula.

Auf dem Klinikflur kam ihnen die Stationsschwester entgegen. Es war nicht die Schwester von der vergangenen Nacht, aber offensichtlich konnte sie Paula und Marius schon von weitem ansehen, um was es ging. Im Vorbeigehen sah Paula in einer Glasscheibe ihr Spiegelbild und erschrak über die Verbissenheit, die sie ausstrahlte. Wenn du nicht aufpasst, bist du in zehn Jahren eine verhärmte frustrierte Zicke, dachte sie. Entspann dich, Baby!

Die Schwester sagte, Dr. Bredenbach, der Vater des Patienten, sei schon da. Also ist zumindest die Identität des Verletzten geklärt, dachte sie. Eine Frage weniger.

Die Schwester bestätigte, dass der Polizeipsychologe bis vor kurzem bei dem Verletzten gewesen war und jetzt in der Kantine Kaffee trinke, um dem Vater Gelegenheit zu geben, mit seinem Sohn alleine zu sein.

Dr. Bredenbach, ein hagerer Mann mit Adlernase, schmalen Lippen und wachem Blick, saß vor dem Krankenzimmer und hatte ein Mobiltelefon am Ohr. Er beendete das Gespräch und erhob sich, als Paula und Marius erschienen.

»Er spricht nicht«, sagte er. Sie hatte gehofft, die Eltern würden ihren Sohn zum Reden bringen. Sie wunderte sich auch, dass der Vater und nicht die Mutter gekommen war. Sie überlegte, wie die Entscheidung in ihrer eigenen Familie ausgefallen wäre. Ihre Mutter oder ihr Vater? Nein, beide, ganz klar.

Er spricht nicht? Blieb noch Dr. Krampe. Vielleicht hatte der Psychologe was erreicht.

»Ein Kollege von Ihnen hat mich gestern Nacht angerufen, und ich habe sofort eine Maschine gechartert. Meine Frau hat zu hohen Blutdruck, und ich dachte, es ist erst mal besser, wenn sie nicht so direkt mit diesem Wahnsinn ...« Er unterbrach sich und blickte von einem zum andern. »Er sagt nichts. Ich weiß gar nicht, wie ich ihm helfen kann.« Seine Stimme zitterte, und sie dachte daran, wie wenig das den Hai interessierte. Sie bat Marius, Dr. Krampe anzurufen, ob er etwas erreicht hätte. »Unser Psychologe war bei ihm, vielleicht hat er ihm etwas gesagt.«

Als Bredenbach ihren mitleidigen Blick sah, berichtete er mit kühler Stimme, er sei vom Flugplatz aus direkt hierher gekommen und würde gerne erfahren, was bei ihm im Haus genau vorgefallen sei.

Sie erzählte ihm das Wenige, das sie wusste, und versuchte dabei so ruhig wie möglich zu bleiben.

Bredenbach wunderte sich, dass sein Sohn mit dem Ferrari gefahren sein sollte. Er verwahre die Schlüssel im Tresor, und für den habe Jonas nicht den Code. Und dass er den abgeschlossenen Ferrari geknackt hatte – ausgeschlossen.

»Ihr Tresor hat offen gestanden und ist ausgeplündert worden«, sagte Paula.

Bredenbach runzelte die Stirn und starrte sie an. »Das verstehe ich nicht.«

Er war verstört. Sie fragte sich, was ihm mehr zu schaffen machte – die Verletzungen seines Sohnes oder der Verlust seiner Wertsachen. »Was war denn außer den Autoschlüsseln im Tresor?«

Er überlegte einen Moment. »Einige hunderttausend Euro, Schmuck, mehrere teils goldene Markenuhren, Papiere. Eine Münze von Mercedes Benz, die es zum ersten 190 SL dazu gab, mit Typenprägung. Im Büro habe ich eine Liste.«

Sie war feinfühlig genug, ihn nicht zu fragen, ob er das Innenleben seines Sohnes auch so gut kenne.

Marius hatte inzwischen Dr. Krampe erreicht. »Er hat ihn auch nicht zum Reden bringen können.«

»Gut, versuchen wir's noch mal.« Sie wandte sich wieder an Bredenbach. »Mein Kollege und ich würden gerne versuchen, mit Ihrem Sohn zu sprechen«, sagte sie.

Bredenbach nickte, er werde auf dem Flur warten.

Jonas lag auf der Seite und starrte ins Leere. Er war zwar zugedeckt, aber die nackten Füße ragten heraus. Marius stellte sich ans Fußende und fasste mit beiden Händen die Querstange, als wollte er das Bett schütteln.

Keine Reaktion.

Er sprach ihn mit Namen an, aber auch darauf reagierte er nicht.

Er kniete sich so vor das Bett, dass Jonas ihm in die Augen sehen musste. »Was ist passiert? Wir müssen es wissen, um dir zu helfen.«

Keine Reaktion.

Paula wollte es allein versuchen. Sie machte Marius ein Zeichen, woraufhin er das Zimmer verließ.

Sie nahm die Hand des Verletzten, die vor ihr aus dem Bett hing. Nach der Schule hatte sie ein halbes Jahr lang in einem Kinderkrankenhaus gearbeitet. Dort hatte sie gelernt, *den anderen zu halten,* wie es die Lehrschwester nannte. Das nützte ihr bis zum heutigen Tag, denn oft musste sie einfach nur zuhören, mitfühlen, aushalten, ohne dass es etwas zu tun oder zu sagen gab. In solchen Momenten bestürmten sie meist viele Gedanken, die nicht zulassen wollten, dass sie einfach nur da war und nicht agierte. Auch jetzt bemühte sie sich, innerlich bereit und offen für den anderen zu sein. Wenn ihr das gelang, löste es den andern, und ihr gab es Kraft.

Sie wusste nicht, wie viel Zeit vergangen war, als Jonas sich plötzlich bewegte. Er entzog ihr die Hand und richtete sich auf. Beide sahen sich an, und es schien ihr, als flackerte ein leichter Wahn in seinen Augen.

»Sie sind *The Sting*, ja?«, hauchte er.

Sie nickte. Meinte er den Sänger?

»Ich habe Ihr Bild in den Zeitungen gesehen.« Er musterte sie.

Er hatte an diesem Morgen bestimmt noch keine Zeitung in der Hand gehabt. Sie war gespannt, wohin das führen würde. Was hatte er in der vergangenen Nacht erlebt?

»Der mächtige Jackson Blade, den alle den Daywalker nennen«, fing er mit fiebriger Stimme an, »stoppte seinen Streitwagen, um in das Antlitz der edlen Prinzessin Nyssa zu schauen. Die Tür seines Gefährts wurde aufgerissen, und es erschien der widerwärtige Schädel des grässlichen Orkhul.«

Paula hatte *Blade Runner* gesehen, damals mit Ralf, kurz nachdem sie sich kennen gelernt hatten. Etwas anderes fiel ihr nicht ein, also versuchte sie es: »Der Runner?«

»Nein. Der Daywalker.«

Jackson Blade – dieselben Initialen wie Jonas Bredenbach? Paula versuchte es aufs Geratewohl.

»Fährt er einen Ferrari?«

»Er fährt einen Streitwagen.«

»Wer ist Nyssa?«

»Sie ist die Thronfolgerin des Reinen Landes.«

Meine Güte, dachte sie, wovon redet der? Aber sie machte einfach weiter. »Und was sah Blade in ihren Augen?«

»Liebe«, sagte er. »Aber die Flanke des Gefährts wurde aufgerissen, und es erschien der grässliche Orkhul. Sein Schädel war umrahmt von goldenen Vipern.« Wenn sie nur wüsste, woher diese Begriffe kamen. Jungs interessierten sich ja für die merkwürdigsten Dinge. Star Wars, Star Trek, Lara Croft. Andere verkleideten sich am Wochenende als Ritter, um Mittelalter zu spielen, wenn sie nicht gerade *Herr der Ringe* sahen. Und vor *Harry Potter* machten nicht mal erwachsene Männer Halt.

Vielleicht so: Er war der mächtige Jackson Blade (schließlich wollen Jungs immer die Mächtigen sein), dann war der Streitwagen der Ferrari und der grässliche Orkhul der Verbrecher, der die Autotür aufgerissen hatte. Immerhin ein Ansatz. Sollte sie es damit versuchen, oder würde er wieder verstummen, wenn sie damit falsch lag? »Was hat Orkhul gemacht?«

»Er packte die Prinzessin an den Haaren. Sie schlug ihm in die Fratze. Grünes Blut spritzte aus seinen Wunden, und sein Schrei versteinerte die Vögel am Himmel. Aber durch Schmerz war er nicht zu besiegen, er zerrte sie aus dem Wagen. Sie verschwand im Dunkel.« Er knirschte mit den Zähnen.

»Wer ist der mächtige Jackson Blade?«, versuchte sie es mit sanfter Stimme.

»Daywalker. Daywalker ist verletzt«, kam es leise zurück.

»Wo wurde er verletzt?«

Jonas legte die Hand auf die linke Brust, dorthin, wo die Hemdtasche gewesen sein könnte, in der die CD-Box gesteckt hatte. Ihr Kopf brummte. Ihre Kollegen würden sie für verrückt erklären, wenn sie ihnen diese Szene schilderte und die Schlussfolgerungen aufzählte, die sie daraus zog.

»Das ist eine schöne Geschichte.« Sie hoffte, dass der Psychologe vielleicht etwas herauslesen würde. »Kannst du sie weitererzählen?«, fragte sie und hütete sich, irgendeinen Nachdruck in die Frage zu legen. Er sollte nicht das Gefühl haben, dass dies ein Verhör war.

Er lachte krächzend und mit aufgerissenen Augen, und sie fühlte sich unbehaglich.

»Sie kam zurück aus den Nebeln der ewigen Nacht. Nyssa. Schöner und unbefleckter denn je. Nackt und rein und mit glänzender Haut. Orkhul, dessen Mutter eine Ziege und dessen Vater ein Ork war, wusste, dass er sie nur mit Feuer bezwingen konnte.«

War die Verbrannte die Freundin des Jungen? War es so gewesen, wie der Hai geschrieben hatte? War Jonas mit seiner Freundin Saskia im Restaurant Diekmann gewesen? War Saskia auf dem Weg nach Hause aus dem Auto gezerrt worden? War einer der Täter hinzugestiegen? Oder hatten die anderen sie in ihre Gewalt genommen und waren später in die Villa der Bredenbachs gekommen? Aber wie hatten sie sie gefunden, denn direkt hinter dem Ferrari war kein Auto gefahren. Wie viele waren es überhaupt gewesen?

»Wie viele Dämonen sind gekommen?«, fragte sie.

»Das kalte Messer der Hölle ... brachte ... Nyssa.«

Sie musste herausbekommen, ob es sich um die Grunewald-Bestien handelte, ob also noch zwei weitere Täter dabei gewesen waren. »Es gab Orkhul, und es gab das kalte Messer der Hölle, aber wo waren die anderen?« Sie zögerte einen Moment. »Gab es noch mehr?«

Jonas hatte sich von ihr abgewandt und reagierte nicht mehr. Sein Atem ging gleichmäßig. Sie beugte sich über ihn. Er war eingeschlafen.

Im Flur erklärte sie Bredenbach, sein Sohn fantasiere.

»Was hat er gesagt?«, fragte er und griff nach ihrem Arm.

Sie spürte seine Verzweiflung und schlug vor, ihn zu Hause zu besuchen, sobald die dringendsten Ermittlungen abgeschlossen waren.

»Ja, rufen Sie mich an!«, sagte Bredenbach und gab ihr die Hand. »Ich danke Ihnen. Ich hoffe, Sie finden die Täter schnell.« Sein Händedruck war fest. Sie empfand es wie ein Geschenk, dass Jonas am Leben geblieben war.

Sie schickte den Wachbeamten nach Hause und berichtete dem Dienst habenden Arzt von dem, was Jonas gesagt hatte. »Wann wird er wieder klar reden können?«, fragte sie.

»Das ist der Schock. Habe ich dem Vater auch schon gesagt. Aber in ein, zwei Tagen können wir wahrscheinlich wieder mit ihm reden.«

Dr. Armin Krampe saß in der Ecke der Cafeteria und blickte von seinen Notizen auf, als Marius und Paula sich zu ihm setzten. Der wird ja immer dünner, dachte sie. Seine durchdringenden blauen Augen blitzten unter buschigen Brauen. Er hatte einen Zweitagebart im knöchernen Gesicht. Wegen seiner atemlosen Art zu sprechen wirkte er auf Paula stets, als glühe er innerlich.

Krampes Hand lag auf einem dicken Wälzer. Alle spotteten darüber, dass er ständig Bücher mit sich herumschleppte.

Ich dachte immer, Intellektuelle haben alles im Kopf, hatte Paula mal Christiane gegenüber gescherzt, und ihre Freundin hatte lachend gekontert: »Im Kopf? Wie kommst du denn darauf?«

Krampe lächelte Paula an. »Sie sehen abgespannt aus«, sagte er zur Begrüßung. »Hat Sie das Gespräch mit dem Verletzten so mitgenommen?«

Fehlt nur noch, dass er mir eine Anti-Aging-Creme in die Hand drückt, dachte sie und zwang sich zu einem Lächeln. »Sie hingegen sehen sehr erholt aus. Verraten Sie mir Ihr Rezept?« Sie sah Marius kurz an, der nur mühsam ein Grinsen unterdrückte. Er gab Dr. Krampe den Zeitungsartikel vom Hai. Er überflog ihn.

»Der Junge fantasiert. Hat er Drogen genommen?«, fragte Paula und berichtete, was der Verletzte ihr erzählt hatte.

»Jonas Bredenbach ist auf Ihren Wunsch hin auch auf Drogen untersucht worden, aber der Arzt hat mir gesagt, es sei nichts festgestellt worden außer einem zurückgerechneten Alkoholgehalt von 0,76 Promille. Natürlich könnten noch irgendwelche Halluzinogene in Frage kommen, aber ich glaube, die Ursache ist mehr von psychologischer Natur, nach dem, was der Junge erlebt hat. Wir suchen Distanz zu dem, was uns Angst macht. Der Junge hat seine Erlebnisse in einen Film verwandelt, den er sich wie ein Unbeteiligter ansehen kann. Es ist dasselbe wie in Träumen, nur sind da die Verschiebungen größer. Seine Geschichte ist eigentlich noch ganz verständlich.«

Paula hatte gespannt zugehört. Immer, wenn sie mit dem Psychologen sprach, dachte sie auch über sich selbst nach:

Was versuchte sie selbst auf Distanz zu halten? Wovor hatte sie Angst?

»Und das hier?«, fragte Dr. Krampe und hielt die Zeitung hoch.

»Das Foto ist eine geschmacklose Ungeheuerlichkeit«, protestierte sie. »Aber der Tathergang in dem Artikel könnte stimmen.«

Er nickte nachdenklich. »Wie deuten Sie die goldenen Vipern in Jonas' Erzählung?«

Sie überlegte. »Vielleicht hatte der Täter eine seltsame Kopfbedeckung auf oder hatte ein Stirnband um, an dem irgendwelche Goldstreifen hingen. Oder Rastazöpfe vielleicht? Jedenfalls stelle ich mir vor, dass sich Saskia gewehrt hat. Vielleicht hat sie ihm das Gesicht zerkratzt, und der Kerl hat sie daraufhin an den Haaren aus dem Auto gezerrt. Dann hat er sich auf den Beifahrersitz gesetzt und Jonas mit einer Waffe gezwungen, nach Hause zu fahren. Wie es dann genau weitergegangen ist, werden wir noch anhand der Spuren rekonstruieren.«

Dr. Krampe ließ das Gesagte auf sich wirken und nickte. »Das hat was«, sagte er leise.

Marius hatte die ganze Zeit konzentriert zugehört, nur ab und zu auf seinem Block eine Notiz gemacht.

Der Psychologe sah ihr mit hochgezogenen Brauen ungewöhnlich lange in die Augen. Sie hatte das Gefühl, dass sie rot wurde und sagte schnell, seltsam seien die Abweichungen und die Übereinstimmungen mit den beiden vorangegangenen Verbrechen der Grunewald-Bestien.

»Was genau meinen Sie?«, fragte Dr. Krampe.

Sie blickte zu Marius, vielleicht wollte er dem Psychologen das erklären. Aber Marius schüttelte den Kopf.

»In den vorangegangenen beiden Fällen sind die Täter äußerst zielgerichtet vorgegangen«, sagte sie. »Die ausgewählten Fahrzeuge ihrer Opfer waren Viersitzer, wo hinten zwei Personen bequem Platz haben, ohne aufzufallen. Die anderen beiden sind in einem anderen Auto gefolgt, und diesen Wagen haben sie hinterher zur Flucht benutzt. Gestern haben sie es aber am Tatort stehen lassen, weil sie es dort fahrlässig gegen einen Baum gesetzt hatten. Der Wagen war nicht mehr fluchttauglich. Es war ein gestohlener Seat. Wir vermuten, dass sie dem Ferrari nicht mit diesem Auto gefolgt sind, sondern auf einem anderen Weg zum Tatort gelangt sind. Mehrere Streifenpolizisten haben den Ferrari alleine kommen sehen. Der Fahrer in dem Seat muss die Villa der Bredenbachs auf Umwegen erreicht haben. Vielleicht hielten sie Kontakt über ein Handy und kamen so an die Adresse.«

»Vielleicht hat Saskia versucht, wegzulaufen«, sagte Marius, »und sie mussten sie erst wieder einfangen und in den Seat zerren. Dadurch haben sie den Anschluss an den Ferrari verloren.«

»Was ja günstig für die Täter gewesen wäre«, überlegte Dr. Krampe. »Zwei hintereinander fahrende Wagen wären der Polizei sofort aufgefallen.«

»Sie meinen, das war kalkuliert, um die Kontrollen zu umgehen?«

»Wäre möglich.«

Sie holte nachdenklich Luft. »Aber es war trotzdem ziemlich riskant. Sie hätten sich doch einfach einen anderen Stadtteil aussuchen können.«

»Das stimmt«, sagte der Psychologe. »Aber dieser Typus von Verbrecher plant nur scheinbar. In Wirklichkeit folgen sie einem Muster von Angst und Aggression, das nicht viele Variationen zulässt. Wobei ich mich frage, warum sie sich dieses Mal keinen Viertürer, sondern einen Ferrari ausgesucht haben.«

Marius schob seine Kaffeetasse beiseite und lehnte sich etwas vor. Paula hatte schon öfter beobachtet, dass er aktiver wurde, wenn der Psychologe mit am Tisch saß. »Vielleicht waren diesmal nur zwei der Täter unterwegs, und einer von ihnen ist Ferrari-Freak. Er sieht das Auto und sagt, oh, ein Ferrari, los, hinterher.«

Das leuchtete Paula ein. Ein roter Ferrari, Michael Schumacher – und der männliche Verstand setzte aus.

Der Psychologe wandte ein, dass der Ferrari-Freak ja dann wohl auch selbst gefahren wäre.

»Ist er ja auch«, sagte Marius. »Hinterher.«

Paula glaubte nicht, dass er den Schlitten dann sofort am Ku'damm abgestellt hätte.

»Das kann man so nicht sagen«, meinte Dr. Krampe. »Vielleicht hat er sich mit seinem Komplizen gestritten. Oder Panik bekommen.«

»Könnten es auch Trittbrettfahrer gewesen sein?«, fragte Paula.

»Das hängt davon ab, wie extrem die Tat war. Je ausgefeilter das Aktionsmuster, desto geringer die Wahrscheinlichkeit, dass es nachgeahmt wird.«

Sie nickte. Das war der entscheidende Punkt. Sie mussten den Tatablauf ganz genau rekonstruieren und mit den ersten beiden Verbrechen vergleichen.

Als hätte der Psychologe ihre Gedanken erraten, sagte er, die Rekonstruktion des Falles setze eine intensive Beschäftigung mit allen Details voraus. Das bedeute eine enorme psychische Belastung für ihr Team. Schon vor vier Tagen habe er versucht, sie anzurufen, um ihr zu sagen, dass sie eine richtige Supervision bräuchten.

Wie stellte er sich das denn vor, fragte sie sich. Sollten sie im Besprechungszimmer etwa eine Couch aufklappen und sich nacheinander die Probleme von der Seele reden? Da kannte er ihre Jungs aber schlecht.

Anstatt ihm zu antworten, griff sie zum Handy, um Dr. Bredenbach zu bitten, ihr etwas über Saskia zu erzählen. Sie erreichte ihn, aber er sagte, er könne ihr da wohl wenig helfen. Saskia sei ein paar Mal bei ihnen zu Hause gewesen, ein hübsches und ruhiges Mädchen aus Jonas' Klasse, doch viel mehr wisse er nicht.

Sie wollte das so nicht hinnehmen. »Es ist nicht ausgeschlossen, dass Ihr Sohn mit ansehen musste, wie Saskia angezündet wurde.«

Es war still in der Leitung. Dann sagte er: »Sind Sie sicher?«

»Wir sind nicht sicher, ob die Tote Saskia ist.«

»Sie meinen, es könnte eine andere gewesen sein, aber er musste zusehen, wie sie auf so grausame Weise starb?«

»Ja.«

Sie hörte ihn schwer atmen.

»Danke«, sagte er schließlich, dann knackte es.

Dr. Krampe hatte während ihres Telefonats die Tabletts weggebracht, und Marius hatte ihr ein Zeichen gemacht, dass sie am Ausgang warteten.

Dr. Krampe öffnete seinen Regenschirm und bot Paula an, sie zum Auto zu begleiten. »Ich bin wirklich nicht sicher, ob wir es auch in diesem dritten Fall mit den Grunewald-Bestien zu tun haben«, sagte er. »Aber ich erkenne doch vergleichbare Strukturen: Quälen, Folterung, Verstümmelung. Sie wissen, dass ich mich in meinem Forschungsprojekt schon seit Jahren mit diesen Dingen beschäftige ... Glauben Sie mir, Paula, Ihre Mitarbeiter brauchen intensive, professionelle Unterstützung, wenn sie jetzt länger mit solchen Grausamkeiten zu tun haben.«

Sie hatte ihm nicht richtig zugehört, denn immer noch spürte Paula das Entsetzen Bredenbachs. Er hatte also bisher keine Zeitungen gelesen. Was erwartete sie wohl, wenn sie den Eltern des Mädchens gegenüberstand? Sie merkte, dass sie feuchte Hände hatte. Das konnte nicht vom Regen sein. Sie wischte sie in ihren Manteltaschen ab.

Dr. Krampe schien auf eine Reaktion von ihr zu warten. Was hatte er noch mal erzählt? Irgendwas von einem Forschungsprojekt. Marius schien hoch interessiert. Er war im Regen neben Dr. Krampe hergetrottet, anstatt schnell zum Auto zu spurten, wie es sonst seine Art war, wo er doch Regen so hasste. In diesem Moment schien er ihn gar nicht zu bemerken. »Das verstehe ich nicht. Wir sind doch in diesen Fällen weder Täter noch Opfer«, sagte er und fing mit der Zunge Tropfen auf, die von seiner Nasenspitze fielen.

»Ich arbeite innerhalb des Projektes nicht mit den Tätern oder Opfern, sondern mit denen, die indirekt mit den Verbrechen zu tun haben. Solche Verbrechen, wie Sie sie gerade aufklären müssen. Wir sprechen mit den Menschen, die Interviews gemacht, Protokolle geschrieben oder Fotos archiviert haben. Die Bilder, die dabei in der Fantasie entstehen, haben so eine überwältigende Intensität, dass die Betroffenen es kaum aushalten. Bei Menschen aus Ländern, in denen Bürgerkrieg herrscht, kommt es zu tiefen Depressionen, Zwängen oder vegetativer Übererregbarkeit. Es sind im Prinzip dieselben Reaktionen, die wir auch bei den unmittelbaren Opfern feststellen.« Er wandte sich an Paula und lächelte. »Nehmen Sie das alles nicht zu leicht.«

»Keine Sorge.«

Sie verabschiedete sich hektisch, weil ihr Handy dudelte und stieg zu Marius ins Auto. Es war Justus. Er hatte einiges über Saskias Eltern herausgefunden: »Elisabeth und Karl Gundereit sind wohnhaft im Carl-Heinrich-Becker-Weg 40. Er ist technischer Leiter des Botanischen Gartens.«

Die Amtsstubensprache ihres Kollegen nervte sie. Warum konnte er nicht einfach sagen, *die Gundereits wohnen im Carl-Heinrich-Becker-Weg*? Warum nicht, verdammt noch mal, schrie es in ihr, aber dann merkte sie, dass ihre Aufgebrachtheit gar nichts mit ihm zu tun hatte.

»Die Mutter Elisabeth arbeitet dort halbtags im Labor«, fuhr Justus beflissen fort. »Außer Saskia haben sie noch drei weitere Kinder. Hanna, 16 Jahre, Lisa, 13 Jahre und Oliver, 10 Jahre alt. Alle drei sind im Sportinternat Schloss Rolstorf in Schleswig-Holstein untergebracht.« *Untergebracht*, dachte sie wütend.

»Der Schuldirektor hat schon versucht, die Eltern zu Hause zu erreichen, aber da ist keiner. Soll ich die Gundereits aufsuchen?«

»Nein, nein, lass mal«, sagte sie ungeduldig. Er wäre wohl kaum der Richtige für diese Aufgabe.

Sie notierte die Telefonnummer vom Botanischen Garten, wo die Gundereits zu erreichen waren, bedankte sich und ließ die Hand mit dem Handy in den Schoß sinken.

Marius bog in eine ruhige Seitenstraße ein. »Wir sind gleich am Gymnasium.«

Beim Betreten der Aula nahm Paula den typischen Geruch von Bohnerwachs und Pubertätsschweiß wahr und spürte ihre Erleichterung darüber, keine Schülerin mehr zu sein.

Der Direktor begrüßte sie, er habe die Polizei schon erwartet, die Schüler seien sehr beunruhigt, weil bei einigen von ihnen nachts Journalisten angerufen hätten. Und dann die Schlagzeile in der *Bild*. Ob es denn stimme, dass Saskia und Jonas die Opfer seien. Beide fehlten heute! Er habe schon bei den Gundereits angerufen, aber die hätten nicht einmal einen Anrufbeantworter.

»Ich würde mich gerne mit Alexander und Sabrina aus Jonas' Klasse unterhalten«, entgegnete sie, ohne etwas vom Stand der Ermittlungen preiszugeben.

Der Direktor führte sie in sein Büro, entschuldigte sich mit einem Kopfnicken und ging, um die beiden Schüler zu holen.

»Wie hat der Hai eigentlich die ganze Geschichte so schnell herausgefunden?«, fragte Marius.

Paula spürte ihre Müdigkeit wie einen körperlichen Schmerz. »Wahrscheinlich ganz einfach: Er wusste, wem die Villa gehört. Von den Nachbarn oder von einem der Polizisten hat er erfahren, dass die Bredenbachs nur einen Sohn haben. Dann das Übliche: Wo geht er zur Schule? Wer sind seine Klassenkameraden? Und dann haben sie die Schüler nachts durchtelefoniert.« Sie hatte diesen Schritt auch erwogen, aber keine Notwendigkeit gesehen, für einen sehr fragwürdigen Vorsprung eine Reihe von Menschen nachts völlig durcheinander zu bringen.

Sabrina und Alexander kamen herein und blickten sich scheu um. Sie bat Alexander, erst noch draußen zu warten.

Sabrina hatte rotes Haar, das ihr wie ein flammender Busch vom Kopf abstand, grüne Augen und einen großen Mund, den sie über die Konturen ihrer Lippen hinaus geschminkt hatte, und zwar genau im Farbton ihrer Haare. Es sah ziemlich schräg aus, fand Paula, aber gut. Selbstbewusst. Paula fragte sich, wie sie Sabrina als Mitschülerin gefunden hätte. Ein bisschen zu herausfordernd vielleicht. Sie selbst war damals bescheiden, fast schüchtern gewesen.

Sie bat Sabrina Platz zu nehmen und holte ihr Aufnahmegerät heraus. »Sabrina, ich möchte dich um eine offizielle Zeugenaussage bitten. Einverstanden, wenn ich unser Gespräch aufnehme?«

»Kein Problem«, antwortete Sabrina.

Paula nahm die Personalien auf und kam dann auf den vergangenen Abend zu sprechen. »Bist du heute Nacht von einem *Bild*-Reporter angerufen worden?«

»Ja, der hat mich total ausgequetscht. Ich war echt total geschockt.«

Sie nickte ihr beruhigend zu, während sie innerlich den Hai ein weiteres Mal verfluchte. »Das verstehe ich. Aber noch haben wir die Tote nicht identifiziert. Außer deiner Aussage haben wir keinen Hinweis, um wen es sich handelt.«

»War es denn gar nicht Saskia?«, fragte Sabrina mit bebender Stimme.

»Wir wissen es nicht. Aber vielleicht kannst du uns helfen. Wo könnte Saskia jetzt sein?«

»Ich weiß es doch nicht«, sagte Sabrina und brach in Schluchzen aus. Paula hielt es für besser, das Gespräch vorerst abzubrechen. Vielleicht hätte ich Dr. Krampe mitnehmen sollen, dachte sie, während Marius hinausging, um nachzuschauen, ob vielleicht eine Lehrerin Zeit hätte, sich um Sabrina zu kümmern, und um Alexander zu holen.

Paula spürte, wie nah ihr das alles ging. Sie stellte sich ans Fenster. In einem der Bäume, der schon Laub verloren hatte, saß eine Schar Krähen. Einige von ihnen flogen auf, ließen sich auf einem Ast nieder, vertrieben dabei andere, die sich wieder Plätze erstritten und andere zum Auffliegen zwangen. Sie liebte es, aus dem Fenster zu schauen. Auch in der Stargarder Straße. Von dort aus sah sie die Gethsemanekirche und den kleinen Park, der sie umschloss, und manchmal hörte sie die S-Bahn.

Marius und Alexander kamen herein. Sie stellte Alexander die gleichen Fragen wie Sabrina und forderte ihn auf, der Reihe nach zu erzählen, was am Abend zuvor geschehen war.

Am Sonntagnachmittag hätte Jonas ihn ganz begeistert angerufen, er habe es endlich geschafft, den Tresor seines Vaters zu knacken. Jonas hätte sich immer darüber geärgert, dass der Vater ihn nie ans Steuer seines Ferrari gelassen habe, obwohl er selbst den Sportwagen kaum benutzte. Um an den Autoschlüssel zu kommen, hätte er schon seit einiger Zeit versucht, den Sicherungscode des Tresors zu knacken.

»Und dann hat er's geschafft?«

»Genau. Er hat gesagt, heute gibt's Party. Lass uns essen gehen, du bringst Sabrina mit, und ich lade Saskia ein.« Sie hätten dann eine Weile darüber gerätselt, ob Saskia wohl mehr auf den Ferrari abfahren würde oder auf Jonas. »Er hat gesagt: Sie hat ja immer Nein gesagt, und wenn sie heute Ja sagt, dann ist es der Ofen, das ist doch klar«, zitierte Alex seinen Freund.

Aber er hatte Jonas geraten, cool zu bleiben und eine CD von Xavier Naidoo einzulegen, weil Saskia darauf stehen würde.

Gegen neun hätten sie sich dann zu viert in dem Restaurant getroffen, das Sabrina ausgesucht hätte. Zum Essen hätten sie zwei Flaschen Wein getrunken, nur Saskia sei bei Wasser geblieben. Als die beiden Mädchen auf der Toilette gewesen seien, habe Jonas gesagt, dass er alles beachtet habe und schön langsam gefahren sei, als er Saskia nachmittags abgeholt und mit ihr noch ein bisschen Cruising gemacht hätte. Er habe eine CD-Box dabei, die er nicht im Auto vergessen dürfe, weil sein Vater das sofort bemerken würde. Beim Essen dann seien die Grunewald-Bestien das Thema Nummer eins gewesen. »Wir haben echt alle Bruce-Lee-Filme abgesponnen.«

Paula fragte, ob die Mädchen auch mitgemacht hätten.

»Die kennen die Filme nicht so«, sagte Alexander. »Saskia überhaupt nicht. Die Familie ist ja mehr so kirchenmäßig drauf. Aber Jonas kann Kickboxen, Kung Fu und all die Sachen so richtig vormachen. Total abgefahren. Die anderen Gäste im Diekmanns waren echt abgenervt.«

Paula konnte sich das gut vorstellen. Die Mädels hatten sich den Abend vermutlich auch ein bisschen anders vorgestellt. Paula hatte in solchen Situationen früher ziemlich gelitten.

Alexander erzählte, Jonas habe damit geprahlt, den Tresor im Haus für die Bestien offen gelassen zu haben. Natürlich war Alexander klar gewesen, dass Jonas erst noch die Ferrarischlüssel zurücklegen musste, bevor er ihn wieder schließen konnte.

Paula bedankte sich und gab ihm ihre Karte. »Falls dir noch was einfällt, ruf mich an.«

Der Direktor brachte Sabrina herein, die sich wieder ein bisschen gefangen hatte.

Sie erzählte, wie sie gerade mit ihrer Mutter am Sonntagnachmittag einen Geburtstagskuchen für ihren kleinen Bruder gebacken habe, als der Anruf von Alexander gekommen sei. Er habe gefragt, ob sie Lust hätte, mit ihm, Jonas und Saskia abends essen zu gehen. Sie habe das Restaurant Diekmann vorgeschlagen und Saskia angerufen, um sie zu fragen, was sie anziehen würde. Die Prada-Stiefel, hätte Saskia gesagt, und da habe sie gewusst, dass Saskia tatsächlich mitkommen würde.

»Was hatten die Prada-Stiefel damit zu tun?«

Sabrina zögerte einen Moment. »Es sollte keiner wissen außer ihren Eltern, dass sie manchmal Depris hatte. Sie war sogar in Behandlung, hat sogar 'ne ganze Zeit Prozac genommen. Aber die Prada-Stiefel zog sie immer an, wenn kein Tief in Sicht war.«

Paula nickte nachdenklich. »Wegen Prozac?«

»Nein. Sie hatte das Mittel seit einiger Zeit abgesetzt, weil sie nicht wollte, dass Jonas etwas davon erfuhr. Sie hatte sich schon entschieden, ihn nach dem Studium zu heiraten und dann ganz auf Familie zu machen.«

Wofür dann ein Studium, hätte Paula am liebsten gefragt

und wunderte sich über die konservative Lebenseinstellung der Kids.

Jonas und Alex aber hätten von Saskias Problemen keine Ahnung gehabt und gemeint, sie stehe einfach nicht auf Jonas. Dabei habe sie erst mal abwarten wollen, ob er das Rumgemache mit anderen Mädchen sein lassen könne. Umgekehrt wusste Sabrina von Alex, dass Jonas ziemlich in Saskia verknallt war und das Herumgeplänkel mit anderen Mädchen reine Show gewesen war. »Aber seit der Osterparty hat er total damit aufgehört«, sagte sie. »Er hatte überhaupt nicht mehr sein Hey-ich-bin-der-coole-Supertyp drauf.«

Ich habe wohl völlig verdrängt, wie kompliziert und nervig die ersten Liebes-Plänkeleien sind, dachte Paula. Wahrscheinlich wird das erste Mal nur deshalb romantisiert, weil man erst monatelang überhaupt nicht versteht, was der andere denkt. Und wenn sich endlich klärt, dass beide genau das Gleiche wollen, nämlich miteinander in die Kiste, hält man die Erleichterung darüber für die große Liebe. Nun ja, dachte Paula, eine etwas skeptische Sichtweise vielleicht, aber sie konnte nicht weiter darüber nachdenken, weil Sabrina erzählte, sie habe schon während des Telefonates geschnallt, dass Saskia am vergangenen Abend den Kurs habe ändern wollen. »Ihre Eltern waren verreist, und dann so ihre ganze Art«, sagte Sabrina und blickte Paula prüfend an, ob sie das verstehe. »Sie war total entschlossen, die Nacht mit Jonas zu verbringen.«

»Ich verstehe«, sagte Paula. »Und dann?«

»Im Restaurant waren alle super drauf, und Jonas hat Witze über die Grunewald-Bestien gemacht. Er ist sogar aufgestanden und hat King Kong gespielt, und dann hat er einen Löwen nachgemacht und gezeigt, wie er die Bestien mit seinem Gebrüll verjagen würde. Erst hab ich gedacht, Saskia törnt das ab, weil sie auf Grusel- und Horrorstorys überhaupt nicht steht, aber sie hat sogar erzählt, dass sie vor ein paar Tagen einen Film gesehen hätte, in dem ein paar Typen Frauen gefangen genommen und brutal behandelt hätten. Dann hätten die ihnen aber 'ne Chance gegeben wegzulaufen. Als sie dann wirklich gerannt seien, hätten die auf sie gezielt, sie einfach abgeknallt wie Freiwild.« Sie stoppte einen Moment, und Paula dachte, sie würde wieder anfangen zu weinen. »Aber die Bestien lassen einen nicht weg, oder?« Sie sah Paula mit großen feuchten Augen an. »Saskia hatte keine Chance, oder?«

»Ich glaube nicht.«

Sabrina starrte sie einen Moment an, und dann erzählte sie, wie sie ihrer Freundin für die Nacht bei Jonas den Tipp mit auf den Weg gegeben habe, nicht passiv zu sein, sondern mitzumachen. Dann hätte sie ihr auf der Toilette die Lippen genau so nachgezogen wie bei sich selbst, damit der Mund ein bisschen größer wirke. »Ihr Mund war ein bisschen kleiner als meiner, aber sie hatte so Wahnsinnshaare, so ein helles Blond, und wenn sie am Fenster stand, sah es aus wie dicke Goldfäden.«

Paula sah Saskia vor sich, wie sie am Fenster stand, jung und schön und unbeschwert, die Sonne in ihrem leuchtenden Haar. Aber dann verdrängte die verzweifelte Fratze der Leiche am Tatort die schöne Saskia im Sonnenlicht. Ihr Magen zog sich zusammen.

Sabrina begann wieder zu weinen. »Sie hat mal gesagt, nur wer durch die Brille des Leides schauen kann, sieht wirklich etwas«, schluchzte sie.

Marius putzte seine Brille. Paulas Vernehmungen nahmen oft solche emotionalen Wendungen. »Eigenwillige Methoden«, hatte Kriminaloberrat Westphal ihr schon zwei Mal vorgeworfen.

Sie fragte Sabrina, ob ihr beim Abschied von Jonas und Saskia irgendetwas aufgefallen sei.

Sabrina drückte sich das Tempotaschentuch gegen die Augen, das Marius vor sie hingelegt hatte. »Saskia hat mir auf dem Parkplatz durch das Ferrarifenster ein Päckchen gegeben. Ich wusste, dass ein Geheimnis drin war und habe es eingesteckt. Erst nachdem dieser Typ von der Bildzeitung angerufen hat, hab ich es aufgemacht.«

Paula wartete. »Und?«

»Da war ein Ring eingewickelt. Und auf einem Zettel stand ...«, sie stockte einen Moment und fuhr mit gepresster Stimme fort: »Wenn alles gut wird, soll auch dir der Ring immer Glück bringen.«

»Wenn was gut wird?«

»Das mit Jonas.«

Paula stellte das Aufnahmegerät ab, legte Sabrina den Arm um die Schultern und führte sie hinaus.

Sie dachte daran, wie ihr eigenes Leben als Schülerin gewesen war. Teure Restaurants waren da nicht drin gewesen, und schon gar nicht auf Daddys Kreditkarte. Sie hatte auch keinen Freund gehabt, der seinem Vater das Auto klaute. Vor allem hatte sie sich niemals auf Horrorfilme bezogen, um mit der Wirklichkeit fertig zu werden. Plötzlich fühlte sie sich alt. Nicht einmal zwanzig Jahre lagen zwischen ihr und Sabrina, und doch hatte sie das Gefühl, als wären es zwei Generationen.

Als sie wieder mit Marius im Auto saß, griff sie gleich nach dem Telefon und rief Max an, um die Kleidungsstücke der Ermordeten, die im Kinoraum der Villa am Boden gelegen hatten, so schnell wie möglich von der polizeitechnischen Untersuchung zurückzubekommen. »Sabrina hat zwar beschrieben, was Saskia gestern Abend anhatte, aber um sicherzugehen, müssen wir die Sachen den Eltern zeigen. Erst dann können wir sagen, ob sie das Opfer ist oder nicht.« Er sagte, er werde sich darum kümmern und die Klamotten vom LKA abholen.

Sie scheute sich, die Gundereits zu diesem Zeitpunkt in die Gerichtsmedizin zu bitten, um ihre Tochter zu identifizieren. Sie würde die Eltern erst einmal zu Hause aufsuchen und ihnen Kleidung und Stiefel zeigen. Sie bat Max, die Sachen zum Tatort zu bringen, wo sie mit Marius jetzt noch einmal hin wollte.

Zu ihrer Verwunderung stellte sie fest, dass Marius nicht direkt zum Tatort fuhr.

»Ich dachte, wir wollen zu den Bredenbachs?«

»Stimmt«, sagte er und beobachtete den Wagen vor ihm, der langsamer als nötig fuhr und mit vier finster aussehenden Typen besetzt war.

»Dann ist das aber die falsche Richtung.«

»Wer weiß«, erwiderte er leicht gereizt. Der Wagen vor ihnen bog links in die Saargemünder Straße, und Marius schien unschlüssig, ob er folgen sollte.

»Hör auf mit dem Räuber-und-Gendarm-Spiel, Marius!«, sagte sie und zeigte geradeaus. »Du willst doch nicht jetzt allen dubiosen Gestalten nachfahren, die in Berlin im Auto rumkutschieren?« Was war bloß los mit ihm? »Wo willst du hin?«, hakte sie nach, als er noch immer nicht die Richtung wechselte.

Er redete sich raus, sie könnten sich schnell noch das Restaurant Diekmann ansehen, wenn sie schon in der Nähe seien. »Es ist dieselbe Strecke, die die gestern gefahren sind. Die können wir doch mal nachfahren.«

Damit war sie einverstanden.

Das im Stil eines spitzgiebligen Schweizer Chalets gebaute Restaurant lag mitten im Grunewald. Die meisten Tische waren besetzt. Die Servicekräfte waren jung, trugen schwarze Westen über weißen Hemden und wadenlange Bistroschürzen. Paula merkte, dass sie Hunger hatte.

Der Restaurantchef, ein arabisch aussehender Mann, stellte sich als Serdar Balaban vor. Sie wollte wissen, ob er sich an seine Gäste vom Vorabend erinnere.

»Wen meinen Sie?«

Sie beschrieb Jonas und seine Freunde.

Er hob beschwörend die Hände. »Um Himmels willen, das sind doch die Opfer dieses Verbrechens! Natürlich erinnere ich mich an die. Die haben hier an dem Tisch gegessen, warum wollen Sie das wissen?«

Sie zeigte ihm ihren Polizeiausweis. »Ich leite die Ermittlungen.«

»Ich wusste, dass Sie kommen, ich habe den Kreditkartenabschnitt und die Rechnung schon herausgelegt. Kommen Sie in mein Büro.« Er ging voraus, bot ihnen etwas zu trinken an, aber beide lehnten ab.

»Hier, sehen Sie. 270 Euro. Die haben es richtig krachen lassen.«

Für vier Schüler eine Menge Geld, dachte Paula, aber die Alten hatten's ja.

Auf dem Abschnitt war die Uhrzeit zu erkennen: Jonas hatte um 23:15 Uhr bezahlt. »Sie sind früh gegangen«, sagte sie und fragte, ob er sich an Einzelheiten erinnere.

»Ja sicher«, sagte Balaban eifrig. »Die haben die ganze Zeit von den Bestien geredet. Der, der bezahlt hat, hatte die größte Klappe. Balaban stand auf und ahmte Schläge und Tritte nach. »Erst dachte ich, er erzählt von einem Kung-Fu-Film, aber dann haben sich die anderen Gäste beschwert, weil es um die Grunewald-Bestien ging. Daran will man ja nicht erinnert werden bei einem guten Essen. Ich bin dann hin und hab gesagt, es reicht, hier ist die Rechnung. Sie haben noch ein paar Witze über mich gemacht und sind weg.«

Sie bat darum, die Rechnung und den Kreditkartenabschnitt mitnehmen zu dürfen.

»Ein umsichtiger Mann«, sagte Marius im Wagen.

Paula sah zur Uhr. »Ich möchte mir den schwarzen Seat noch mal ansehen, bevor er abgeschleppt wird. Also fahr jetzt bitte direkt zum Tatort und nicht wieder irgendwelchen Pennern hinterher.«

»Jawoll, Chef!«, murmelte Marius grinsend.

Vor der Bredenbach-Villa winkte Tommi sie auf einen freien Parkplatz. Er schien die Situation vor Ort im Griff zu haben, und sie freute sich, dass er mitdachte und zupackte, ohne erst auf Anweisungen zu warten.

Weitere Ü-Wagen der Fernseh- und Radiosender waren hinzugekommen, Richtmikrofone hingen an langen Galgen in der Luft, Teleobjektive waren aufs Haus gerichtet.

Was für ein Zirkus, dachte sie. Sie versuchte, möglichst im Windschatten von Tommi zu bleiben.

»Kein Kommentar«, brüllte dieser und bahnte ihnen einen Weg durch den Pulk der Journalisten.

»Wo ist der Wagen?«

Tommi machte eine Bewegung in Richtung Grunewaldsee. »Drüben, vor der Tennisanlage.«

»Lungern da auch so viele rum?«

»Wir haben alles abgesperrt und sechs Uniformierte postiert. Das müsste eigentlich reichen. Man will ja nicht auf das Medienhochwild schießen, oder?« Tommi lachte.

Diesen blöden Spruch hatte er bestimmt schon zwanzigmal gemacht. Erwartete er im Ernst, dass sie sich jedes Mal auf die Schenkel klopfte?

Die Journalisten verfolgten sie und bombardierten sie mit Fragen. Tommi streckte die Arme aus, so dass sie hinter seinem breiten Kreuz verschwinden konnte, bis die Absperrung erreicht war.

Die Kollegen von der Spurensicherung waren noch am Werk. Scholli Klein hatte seine Fotos schon gemacht, er saß auf einer Bank und schob sich den Rest eines Pfannkuchens in den Mund.

»Mahlzeit«, sagte sie. Er grinste und holte einen weiteren aus der Tüte.

Sie seufzte und versuchte ihren Hunger zu ignorieren. Scholli war dünn wie ein Spargel, obwohl er ständig riesige Mengen Süßigkeiten in sich hineinstopfte.

Der Wagen war nicht mal ein Jahr alt, schätzte sie, aber durch den Unfall ziemlich demoliert. Die Nummernschilder waren abgeschraubt, damit die Presse dem Halter des Wagens nicht auf die Pelle rückte.

Scheiße, dachte Paula erschrocken. Das ist der Seat von gestern nacht! Wenn ich den doch überprüft hätte!

»Was für ein Kennzeichen hatte der Wagen?«, fragte sie Tommi.

»Weiß ich nicht, muss ich anrufen. Soll ich?«

Während er telefonierte, sah sie die beiden Typen von der vergangenen Nacht wieder vor sich. Der eine am Steuer mit den langen Haaren, wie er aus einer Flasche trank, und der Beifahrer, der sich so komisch gereckt hatte. Sie hatte sie überprüfen lassen wollen, war aber durch Christiane abgelenkt worden und hatte es dann vergessen.

Sie fragte Heike Wulfsen von der Spurensuche, ob irgendetwas gefunden worden sei. Sie kannten sich schon lange.

»Tach, Paula.« Sie grinste. »Ihr geht davon aus, dass der Seat mit dem Mord in der Villa zu tun hat?«

»Ja. Ist irgendwas auffällig?« Paula ging langsam um den Wagen herum.

»Der Wagen ist offensichtlich von einem Profi geknackt und kurzgeschlossen worden. Die Halterin hat ihn gestern Abend als gestohlen gemeldet.« Paula konnte noch keinen klaren Gedanken fassen. »Er ist mit etwa zwanzig gegen den Baum geknallt. Fahrer- und Beifahrertür standen offen. Dank der Schuhspuren lässt sich feststellen, dass zwei Personen ausgestiegen sind.«

»Ist das alles?«, fragte sie lahm.

»Ja, ich bin zwar immer froh, in diesem Job mal einen normalen Menschen zu treffen, aber mehr Infos hab ich leider nicht, um dich hier festzuhalten«, sagte sie lächelnd.

»Wir könnten doch mal 'nen Kaffee trinken, wenn diese Geschichte vorbei ist«, schlug Paula vor.

»Gerne!«

»Wissen wir, in welche Richtung die Insassen gegangen sind?«

»In Richtung Eichhörnchensteig.«

Paula nickte und ging ein paar Schritte in Richtung Wald. Sie musste einen Moment für sich sein. Hätte sie den als gestohlen gemeldeten Wagen überprüfen lassen, wie sie es vorgehabt hatte, wäre das Verbrechen nicht geschehen. Es gäbe kein verbranntes Mädchen. Aber vielleicht war es doch nicht der Wagen, den sie gesehen hatte? Wo blieb Tommi mit der Nummer? Als sie sich umdrehte, kam er auf sie zu.

»Körbchengröße B-HC 9516«, lachte er, aber ihr war weder nach Körbchen noch nach Lachen zumute.

»Lass deine Witze, gib mir das Kennzeichen.«

Er gab ihr den Zettel mit der Nummer, und sie rief sofort Christiane an.

»Du hast Glück, ich hab sie tatsächlich hinten auf den Aktendeckel geschrieben. Moment.« Während Paula wartete, spürte sie ihr Herz in der Magengegend schlagen. Der Hörer wurde wieder aufgenommen und dann kam die Nummer. Sie hatte die Killer vor sich gehabt, während sie mit Christiane schwatzte. Leise sagte sie »danke« und legte auf.

Ihre Ohren sausten, und sie hatte Hunger. *Die Frau eines Kollegen bringt ihrem Mann jeden Mittag ein warmes Essen ins Büro.* Warum kam ihr dieser bescheuerte Satz in den Sinn? Wo hatte sie ihn überhaupt her? Drehte sie jetzt völlig durch? Zum Glück erschien Max in diesem Moment und sagte, er habe die Kleidung der Toten im Auto, wem er sie geben solle.

Marius bot an, alles in sein Auto zu legen. Dann könnten sie gleich zu den Eltern des toten Mädchens fahren.

Paula nickte. »Komm«, sagte sie. Sie wollte den Gundereit-Termin so schnell wie möglich hinter sich bringen. Zuvor schickte sie Max noch los, um im nahegelegenen Jugendheim Erkundigungen einzuholen, ob dort von dem Unfall des Seat etwas bemerkt worden war.

Dann griff sie zum Handy und wählte die Nummer des Botanischen Gartens. Es dauerte eine ganze Weile, bis sie mit dem Labor verbunden wurde, wo Frau Gundereit arbeitete. Paula atmete noch ein paar Mal kräftig durch, als sich Saskias Mutter schließlich meldete.

Frau Gundereit wähnte ihre Tochter in der Schule. Am Sonntag früh sei sie mit ihrem Mann nach Leipzig zum Kirchentreffen gefahren und habe ihre Tochter seitdem nicht mehr gesehen.

»Wann sind Sie denn zurückgekommen?«, fragte Paula.

»Heute morgen um zehn. Aber sagen Sie mir doch um Gottes willen, was los ist!«

»War Saskia da zu Hause?«

»Nein, natürlich nicht. Die Schule fängt doch schon um neun Uhr an! Warum sagen Sie mir nicht endlich, worum es geht?«

Paula zögerte einen Augenblick. »Das hätte ich gerne mit Ihnen persönlich besprochen. Wann können Sie zu Hause sein?«

»Wir sind in zehn Minuten da«, erwiderte Frau Gundereit mit einem Anflug von Panik in der Stimme, und noch bevor Paula etwas darauf sagen konnte, hatte sie auch schon aufgelegt.

Auf dem Weg zu den Gundereits bat Paula Marius darum, nicht zu sprechen. Mitfühlend klopfte er ihr auf die Schulter und nickte. Eltern die Nachricht zu überbringen, dass ihr Kind nicht mehr am Leben war, gehörte mit zum schlimmsten Teil ihres Jobs.

Wie so oft, wenn man es eilig hatte, standen auch an diesem Morgen sämtliche Ampeln auf Rot, und zu allem Überfluss schlich direkt vor ihnen ein Müllwagen durch die enge Seitenstraße, auf die Marius schließlich ausgewichen war, um schneller ans Ziel zu kommen. Nervös sah Paula auf ihre Uhr.

»Hey, ganz ruhig bleiben, okay?« sagte Marius. Aber Paula konnte nicht mehr ruhig bleiben. Stattdessen griff sie noch einmal zu ihrem Handy und wählte die private Nummer der Gundereits.

»Frau Gundereit? Zeisberg hier. Ich wollte Ihnen nur sagen, dass wir uns um ein paar Minuten versp...«

»Aber die Presse weiß schon alles!« kreischte Frau Gundereit am anderen Ende der Leitung. Paula sah auf die Uhr. Frau Gundereit hatte zu Hause vermutlich sofort den Fernseher angestellt. Sie musste sie beruhigen. »Das sind alles noch reine Spekulationen! Die Medien kümmern sich nicht darum, ob etwas stimmt oder nicht«, versuchte sie abzuwiegeln, aber Frau Gundereit schrie ins Telefon, was sie alles erfahren hatte. Paula bat sie, sich zu beruhigen und versicherte ihr, dass sie in wenigen Minuten da sein würden.

Das Haus, ein flacher Bungalow aus den 60er Jahren und ehemaliges Bürogebäude der Freien Universität, wirkte zwischen den modernen mehrgeschossigen Bauten wie ein Fremdkörper.

Als sie klingelten, wurde die Tür mit einem Ruck aufgerissen. Es war offensichtlich Saskias Vater, der da kreidebleich in der Tür stand.

Paula zeigte ihren Ausweis. »Ich habe eben mit Ihrer Frau telefoniert.«

Schweigend trat er einen Schritt zurück, um sie hereinzulassen.

Im Eingang standen Filzpantoffeln, dicke Wollsocken lagen daneben. Rechts war die Garderobe, über der Tür hing ein schlichtes Holzkreuz, und links an der Wand ein Poster vom 29. Evangelischen Kirchentag in Frankfurt und von der Pariser Menschenkette für den Frieden.

Eine schlanke Frau erschien in der Wohnzimmertür. Sie trug das hellblonde dicke Haar in einem lockeren Knoten. Ihre Tochter muss sehr hübsch gewesen sein, dachte Paula. Der Vater war ebenfalls attraktiv, auch wenn er jetzt ziemlich durcheinander schien. Saskias Mutter sei erst sechsunddreißig, hatte Justus gesagt. Also hatte sie früh das erste ihrer vier Kinder bekommen. Ein christliches kinderreiches Leben. Als pubertierender Teenager hatte man es da bestimmt nicht leicht.

»Die Polizei«, sagte Gundereit tonlos und bat Paula und Marius ins Wohnzimmer.

Es hatte eine Glaswand zum Garten und wirkte mit all den Zimmerpflanzen wie ein Wintergarten. Überall standen Kinder- und Familienfotos herum. Ein Schauer lief Paula über den Rücken.

Frau Gundereit rührte sich nicht von der Tür weg. Paula sah sofort, dass sie davon überzeugt war, dass ihre Tochter nicht mehr lebte. Der Vater kämpfte gegen die Aussage der

Medien an, aber für die Mutter war alles eine einzige Todesbotschaft. Dennoch – Paula musste ihre Pflicht tun und alles genau überprüfen. Gewissheit hatten sie noch nicht.

Marius legte das Paket mit den Sachen des ermordeten Mädchens auf den Tisch. Paula hatte im Wagen noch eine Tüte über den durchsichtigen Plastiksack gezogen, um den Blick der Eltern nicht gleich darauf zu lenken.

Umständlich öffnete Marius den Beutel und legte wie ein Textilvertreter die einzelnen Stücke nebeneinander: Ein kurzes Wollkostüm, dicke Strickstrümpfe, Prada-Stiefel, ein Make up-Täschchen von ZARA.

Langsam nahm die Mutter das Kostüm vom Tisch, in einer Umarmung, als sei es ein Teil ihres Kindes. Sie schnupperte daran und presste es gegen Mund und Nase.

Paula hörte ein Röcheln oder Husten und wandte sich zum Vater. Mit großen Augen sah er seine Frau an.

Saskia Gundereit war tot. Keiner der Anwesenden im Raum hatte den mindesten Zweifel daran. Dennoch ließen sich Paula und Marius zur endgültigen Identifizierung noch die Zahnbürste des Mädchens mitgeben. Die DNA-Analyse würde ihnen bestätigen, was sie ohnehin schon wussten.

Paula saß im Auto und blickte in den Regen hinaus. Sie hatte Kopfschmerzen und fühlte sich ziemlich schlapp. Jetzt bloß keine Grippe, dachte sie. Als sie die Grundereits verlassen hatten, hatte sie in den Augen des Vaters die Anklage gelesen, warum sie nichts unternommen hätten, um die Bestien rechtzeitig auszuschalten. Zweimal schon haben sie gemordet, das sollte doch reichen, um sie aufzuspüren und zur Strecke zu bringen. Wie Recht er hatte, dachte Paula und konnte kaum noch atmen. Während Marius den Vater noch gebeten hatte, die Tochter in der Leichenhalle zu identifizieren, hatte sie die Mutter fest umarmt und sich im Stillen gefragt, wie das Leben der Familie weitergehen würde. Sie haben noch drei Kinder und einen festen Glauben, dachte sie. Hilft ihnen Gott? Plötzlich hatte sie das starke Bedürfnis, Ralfs Stimme zu hören.

Als er sich meldete, wusste sie nicht, was sie sagen sollte.

»Was ist?«, fragte er mit warmer Stimme. »Warum sagst du nichts? Hey!«

»Es wird wieder spät heute ...«

»Ich koch uns was. Um acht?«, sagte er.

»Nein, schaff ich nicht.«

»Also gut, dann um neun. Ich warte solange.«

»Es wird eher zehn oder elf, fürchte ich«, sagte sie müde.

»Mach dir keine Gedanken, ist schon okay. Grüße übrigens von deiner kleinen Schwester, und von Manuel noch einen ganz ganz dicken Kuss.«

Verdammt und zugenäht! Dass ihre Schwester an diesem Vormittag vorbeikommen und Manuel wieder abholen wollte, hatte sie völlig vergessen! Dabei hatte sie sich fest vorgenommen, sie wenigstens auf eine schnelle Tasse Kaffee noch irgendwo zu treffen. Wenn das so weiterging, konnte sie ihr Privatleben demnächst gleich ganz an den Nagel hängen.

Zurück in der Keithstraße, ging sie als Erstes zu Justus ins Zimmer. Max Jahnke saß vor seinem Computer und tippte Berichte. Justus telefonierte. Ob alle da seien, fragte sie ihn mit einer Geste, und er nickte. Sie kritzelte ihm die Notiz hin, dass sie sich in einer halben Stunde zusammensetzen würden, um die Ergebnisse zu besprechen. Justus nickte, lauschte seinem Gesprächspartner und notierte etwas.

In ihrem Büro knipste Paula die Schreibtischlampe an und legte beide Hände an den Bauch der hölzernen Kuh von ihrer Großmutter. Einen Moment blieb sie so an ihrem Schreibtisch stehen. Ihr war, als wäre ihre Omi in der Nähe und würde sie mit weisen Augen anschauen. Sie streckte sich und muhte ihrer Omi etwas vor, wie sie es als Kind manchmal getan hatte. Sie musste laut lachen und merkte, wie sie sich entspannte.

In Justus' Büro saßen schon alle um den großen Tisch. Max goss Kaffee ein, den Ulla gekocht hatte. Sie sah die vertrauten Gesichter, schnupperte den Kaffeeduft und spürte, wie Zuversicht sie durchströmte. Das war ihre zweite Familie, hier konnte sie in den nächsten Stunden Kraft sammeln.

Ulla berichtete, der Landeskriminaldirektor wolle noch an diesem Tag über den Stand der Ermittlungen informiert werden, spätestens Freitag solle die Pressekonferenz stattfinden.

Paula überging diese Bemerkung und bat Max, erst mal zu berichten, ob er im Jugendheim etwas über den Unfall des schwarzen Seat erfahren habe.

»Zu der Tatzeit hatten die Jugendlichen schon Bettruhe. Die Tür wird nachts abgeschlossen. Ich bin mit dem Herbergsvater die Listen durchgegangen. Zwei hatten sich wohl zum Knutschen rausgeschlichen. Die beiden waren auch heute Mittag nicht da, aber sobald sie zurück sind, werden wir informiert.«

Waldi berichtete von seinem morgendlichen Besuch bei Sylvia Bernacher, der Halterin des Seat. Die Frisörin hatte ihren Pkw am Sonntagabend nicht mehr auf dem Parkplatz vorgefunden. Ihr polnischer Freund Michael Hertz, der einen Zweitschlüssel für den Wagen besaß, war am Abend nach einer Auseinandersetzung abgehauen, mit dem Seat, wie sie vermutete. Ein Mobiltelefon besaß er nicht, und sie hatte auch keine anderen Telefonnummern, geschweige denn seine Warschauer Adresse. Am Morgen hätte er sie angerufen, aber auf ihre Frage nach dem Wagen hätte er sofort aufgelegt. Hertz war laut Aussage Sylvia Bernachers an den Wochenenden um den 27. Juli, den 31. August und 28. September jeweils für ein paar Tage in Berlin gewesen. Die Sonntagabende hatte er nicht mit ihr verbracht, weil er angeblich als Gartenarchitekt mit Freunden irgendwelche Projekte besprechen musste. Namen oder Anschriften der Freunde kannte sie nicht. In der Wohnung hatte Waldi ein Paar dunkle Jogginghosen von Hertz sichergestellt. Die Sportsachen hatte Sylvia Bernacher aber schon morgens in die Waschmaschine gesteckt, damit würde die Spurensicherung nicht mehr viel anfangen können. Die Personenbeschreibung Sylvia Bernachers passte möglicherweise auf den *Offizier*: kurzes dunkles Haar, grüne Augen, 1,72 bis 1,75 cm groß. Ein Foto von einem Weinfest, auf dem die beiden sich im Juni kennen gelernt hatten, zeigte ihn ziemlich unscharf von der Seite. Das war alles, was Waldi hatte in Erfahrung bringen können.

»Ist Sylvia Bernacher vorbestraft?«, fragte Justus.

»Nein.«

Paula machte eine Notiz für die polizeiinterne Fahndung nach Michael Hertz, und Marius bot an, die Ergebnisse zu referieren, die er zusammen mit ihr ermittelt hatte. Er begann mit dem *Bild*-Artikel, den inzwischen alle kannten, erzählte aus der Klinik und blieb bei der Unterhaltung mit dem Psychologen in der Cafeteria hängen.

Paula sagte anfangs nichts, aber als er begann, das Aktionsmuster der drei Verbrechen in der Terminologie von Dr. Krampe auszuführen, unterbrach sie ihn. »Wir sollten uns erst einmal ein Bild von dem machen, was wir haben und dann mit den Vergleichen anfangen.«

»Gut, lassen wir chronologisch ablaufen, was gestern passiert ist«, sagte er und referierte die Ergebnisse der Vernehmungen von Jonas, Sabrina und Alexander und berichtete über den Abend im Restaurant. Wie sie sich über die Bestien lustig gemacht hätten, besonders Jonas, der auf diese Weise vermutlich seine Angst vor der ersten Nacht mit Saskia überspielt hätte. »Er war offenbar ziemlich unsicher und hat den Ferrari dazu gebraucht, um seinem Selbstwertgefühl auf die Beine zu helfen.« Paula gefiel es, wie er den psychologischen Hintergrund darstellte, und vermutete, dass er dabei sicher auch eigene Erfahrungen verarbeitete. »Jedenfalls verließen sie das Lokal und fuhren vermutlich den Hüttenweg bis zur Kreuzung Onkel-Tom-Straße. Irgendwo auf der Strecke haben die Täter zugeschlagen. Saskia haben sie in den gestohlenen Seat gezerrt, in dem mindestens zwei Täter gesessen haben müssen. Der Täter im Ferrari und der Seatfahrer haben wahrscheinlich übers Handy Kontakt gehabt, denn der Ferrari war schon voraus gefahren. Möglicherweise hat der Seatfahrer auch Saskia gezwungen, ihm die Adresse zu verraten. Wir können annehmen, dass der Seat auf der anderen Seeseite gefahren und dann am Eichhörnchensteig gegen den

Baum geknallt ist. Die Spurenanalyse wird über all das Klarheit bringen. Möglicherweise hat Saskia am Steuer gesessen und den Unfall verursacht. Oder sie hat dem Täter ins Steuer gefasst, um zu fliehen. Jedenfalls war der Seat nicht mehr fahrtauglich, und sie mussten die restlichen dreihundert Meter bis zur Villa zu Fuß gehen. Vielleicht haben sie geklingelt, Jonas und sein Entführer waren schon da. Dieser Ablauf würde erklären, wieso die Polizeistreifen keinen zweiten Wagen auf das Grundstück haben fahren sehen.«

»Danke, Marius.« Paula sah in die Runde. »Noch Fragen?«

Alle warfen einen Blick auf ihre Notizen.

»Wir wissen nicht«, warf ein Kollege ein, »wo genau der Ferrari angegriffen wurde. Und wir wissen nicht, was genau in der Villa passiert ist.«

»Stimmt«, sagte Paula. »Jonas wird hoffentlich morgen oder übermorgen eine zusammenhängende Aussage machen können. Bis dahin müssen wir uns das selber zusammenreimen. Was sagen die Kollegen von der Spurensicherung?«, fragte sie Justus.

»Als erstes wären da die Fingerspuren. Wir haben Bredenbach gefragt, wer alles in Frage kommt«, antwortete er. »Jeden Tag kommt ein Ehepaar, das sich um den Garten und den Haushalt kümmert. Ihre Fingerspuren konnten ausgesondert werden. Abdrücke von Jonas haben wir natürlich gefunden. Außerdem noch drei weitere, von denen wir zwei bislang nicht eindeutig zuordnen können: an einem Glas mit Mineralwasser in der Küche, an einer ausgelaufenen Whiskyflasche auf dem Boden im Souterrain sowie am Treppengeländer und an der Messingstange, die in der Disko um die Bar verläuft. Die vom Wasserglas in der Küche fanden sich auch noch auf dem polierten Granitboden in der Disko. Die sind von der rechten Hand der Ermordeten.«

»Das bestätigt die Aussage der Schüler«, sagte Paula, »dass Saskia schon am Nachmittag oder am frühen Abend im Haus gewesen ist.«

»Inwiefern?«, wollte Justus wissen.

»Na, denkst du, der Killer ist erst mit ihr in die Küche gegangen, damit sie ein Glas Wasser trinken kann, weil das so gesund ist?«

Paula sah Tommi streng an. »Sie war am Nachmittag mit Jonas in der Küche. Neben dem Wasserglas hat eine Sprite-Dose mit den Fingerspuren von ihm gestanden.«

Marius sagte, die Streifenpolizisten hätten von der Fahrt am Nachmittag nichts bemerken können, da ihr Dienst erst um 18 Uhr beginne.

Paula wollte wissen, ob noch andere Spuren gefunden worden seien.

»Haare und Textilspuren«, sagte Justus. »Aber die Ergebnisse der Laboruntersuchung kommen erst am Wochenende. Bei der gefundenen Patronenhülse handelt es sich um ein 7,65-mm-Projektil, die Kollegen von der Ballistik tippen auf eine Walther PPK. Das Gutachten kriegen wir morgen.«

»Hab ich mir's doch gedacht«, grinste Tommi. »Die Walther ist ja auch die letzte Gurke. Mit der wirfst du besser statt zu schießen. Jede andere Waffe hätte dem Jungen die Brust zerfetzt, auch aus diesem schrägen Winkel. Aber die Walther bleibt sogar in 'ner Xavier Naidoo-CD stecken.« Er gluckste vor sich hin.

Justus machte eine verächtliche Handbewegung. »Der Bericht aus der Gerichtsmedizin ist auch schon da. Das Mädchen ist an den Brandverletzungen gestorben. In der Vagina haben sie Sperma und unter den Fingernägeln Hautpartikel gefunden. Außerdem hat sie eine Platzwunde am Hinterkopf und einen Bluterguss am rechten Fußknöchel.«

Alle waren dankbar, dass Tommi wenigstens jetzt den Mund hielt.

Zurück in ihrem Büro ging Paula noch einmal sämtliche Protokolle und Gutachten durch. Doch die einzige konkrete Spur zu den Tätern war im Moment der schwarze Seat, der erste Autodiebstahl in dieser Verbrechensserie, den sie zurückverfolgen konnten. Sie beschloss, Sylvia Bernacher aufzusuchen und ihr die Phantombilder vorzulegen.

Gerade als sie das Gebäude verlassen wollte, kam Ulla hinter ihr hergerannt. »Dr. Krampe hat gerade aus dem Krankenhaus angerufen. Er sagt, der junge Bredenbach wäre jetzt bereit, eine Aussage zu machen. Aber der Junge besteht darauf, mit dir zu reden.«

»Okay«, erwiderte Paula kurzentschlossen und kramte die Phantombilder von den Tätern aus ihrer Tasche. »Dann tu mir doch den Gefallen und sag Justus, er soll zu Sylvia Bernacher rausfahren und ihr die Bilder zeigen.«

Es hatte aufgehört zu regnen. Langsam schlenderte sie zu ihrem Auto und atmete tief die kalte feuchte Luft ein. Sie streckte die Arme, lockerte die Schultern und drehte den Kopf hin und her. Ihr Nacken war völlig verspannt. Außerdem spürte sie im Kopf einen stechenden Schmerz.

Sie musste die Täter innerhalb der ersten zweiundsiebzig Stunden nach der Tat wenigstens identifizieren, sonst würde zu viel vom Zufall abhängen. Dieser Druck lastete auf ihr wie Blei. Sie sah auf ihre Uhr und stellte fest, dass die Hälfte der zweiundsiebzig Stunden schon um war. Jede Wache in Berlin hatte mittlerweile das Foto von Michael Hertz, dem Freund von Sylvia Bernacher, und die Fahndung lief auf Hochtouren. Bisher allerdings ohne Erfolg.

In der Klinik schilderte ihr Dr. Krampe Jonas' Zustand. »Der Junge ist suizidgefährdet. Eine Schwester ist rund um die Uhr bei ihm. Aber der Dienst habende Arzt hat gemeint, dass es nur gut für ihn wäre, wenn er endlich darüber redet.«

Er führte Paula in Jonas' Zimmer.

»Ich lasse Sie mit ihm alleine«, sagte er und gab der Schwester ein Zeichen, mit ihm zu kommen. »Wenn etwas ist, läuten Sie einfach.«

Paula nickte, zog einen der Korbstühle ans Bett und wartete, was der Junge tun würde.

Bis auf die grünen Pflanzen und den Blick auf die Wipfel des Grunewalds war in der Klinik alles in hellem Beige gehalten. Ralf würde es dort gefallen. Er liebte helle Farben. Sie legte die Arme entspannt auf die Lehnen des Sessels, setzte sich kerzengerade und versuchte, bewusst ein- und auszuatmen.

Der Blick des Jungen blieb unbeweglich auf sie gerichtet.

»Du brauchst mir nicht alles noch einmal zu erzählen«, sagte sie schließlich. »Ich habe nur ein paar Fragen. Okay?«

Der Junge nickte.

»Aber ich brauche ein paar ganz ehrliche Antworten von dir.«

Zögernd nickte Jonas wieder.

»Hast du den Ferrari-Schlüssel aus dem Safe deines Vaters genommen?«

Zögern.

»Du kannst wirklich offen mit mir reden. Das Gespräch bleibt unter uns, okay?«

Erneutes Nicken.

»Also, noch mal meine Frage: Hast du den Ferrarischlüssel aus dem Safe genommen und deine Freundin Saskia mit dem Wagen abgeholt?«

Jonas sah sie lange mit schuldbewusster Miene an, bevor er schließlich nickte.

»Gut. Wann war das etwa?«

Jonas räusperte sich. »Um vier«, sagte er schließlich, »um vier Uhr nachmittags.«

»Was habt ihr dann gemacht?«

Der Junge rieb sich mit beiden Händen den Schädel. Nach einer Weile begann er zu sprechen, zögernd erst. Zunächst berichtete er von dem Angriff auf das Auto, in dem er mit seiner Freundin gesessen hatte. Er schien nicht daran zu zweifeln, dass es eine der Grunewald-Bestien gewesen war, die die Wagentür aufgerissen hatte. Offenbar hatte der Täter erst versucht, sich mit in den Ferrari zu zwängen, aber Saskia hatte sich gewehrt und ihm das Gesicht zerkratzt. Das stimmte mit dem gerichtsmedizinischen Befund überein.

»Wo war das?«, fragte ihn Paula.

»An der Ampel Onkel-Tom-Straße und Hüttenweg. Sie war auf Rot. Ich musste halten.«

»Erinnerst du dich, ob ein Auto hinter dir war?«

»Ja. Ich hab sogar noch gesagt: Schau mal, da sind die Bestien. Aber das sollte doch bloß ein Witz sein.« Jonas begann zu schluchzen. Paula wartete, bis er sich wieder gefangen hatte.

»Kannst du dich erinnern, was das für ein Wagen war?«
»Dunkel, blau oder schwarz vielleicht.«
»Und was für ein Wagentyp?«
»Weiß nicht. Irgend so ein Kleinwagen.«
»Okay. Was ist dann passiert?«

»So ein Typ mit wilden blonden Haaren hat die Tür auf Saskias Seite aufgerissen und sein Bein reingestreckt. Saskia hat geschrien und um sich geschlagen. Da ist er wieder raus. Und da hätt ich Gas geben sollen ... aber dann ... dann hab ich ... die Scheißkarre ... vor lauter Panik abgewürgt!«

Erneut begann Jonas zu schluchzen. Paula spürte jedoch, dass ihm viel daran lag, ihr alles zu erzählen. Sie kramte ein Päckchen Tempos aus ihrer Tasche und reichte es ihm. Dann füllte sie am Waschbecken das Wasserglas, das auf seinem Nachtschränkchen stand und stellte es ihm hin. Jonas nippte daran.

»Da hat der Typ noch mal die Tür aufgerissen und Saskia rausgezerrt und ist selber eingestiegen. Und dann hat er mir 'ne Pistole an den Kopf gehalten und geschrien: ›Go home!‹.«

»Konntest du sehen, was mit Saskia in dem Moment passiert ist?«

»Nein. Der Typ hat mir das Ding so an die Schläfe gedrückt, dass ich mich nicht mehr umsehen konnte.«

In der Villa, so erzählte Jonas weiter, habe der Täter ihn mit entsicherter Waffe dazu gezwungen, ihn zum Safe zu führen. Der Tresor im Schlafzimmer seiner Eltern habe noch offen gestanden, weil er ja noch den Ferrari-Schlüssel zurücklegen wollte, und da habe ihn der Blonde gezwungen, alles aus dem Safe in eine Aktentasche zu packen. Dann habe der Täter den Rest des Hauses sehen wollen. Vom Kellergeschoss mit dem Kino und der Bar sei er ganz begeistert gewesen. Jedenfalls hätte es so geklungen. Von der seltsamen Sprache, in der der andere geredet hätte, habe er nämlich kein Wort verstanden. An der Bar habe sich der Blonde dann erst einmal vom Whiskey gleich aus der Flasche bedient und ihm befohlen, eine CD von Guns 'n Roses einzulegen, und das Video von *Black Hawk Dawn*.

Und dann habe er sich hinsetzen und zusehen müssen, wie der Typ sich mehr und mehr betrunken hätte. Dann habe der Blonde trotz des Lärms irgendwann sein Handy aus der Hemdtasche geholt und ihn anschließend mit der Waffe zur Haustür dirigiert. Vor der Tür habe Saskia gestanden, festgehalten von einem Kerl ganz in Schwarz, mit Pudelmütze auf und Handschuhen an. Der Blonde sei mit ihm wieder in den Keller und habe ihn auf einen Stuhl gefesselt. Dann sei der Schwarze mit Saskia in den Keller gekommen.

Jonas' Schultern fingen wieder an zu beben und nur mit Mühe gelang es ihm, weiterzureden.

»Der Blonde hat die Whiskeyflasche fallenlassen und ist auf Saskia zugetaumelt. Zu dem andern hat er was gesagt, das hab ich aber wegen der lauten Musik nicht verstanden. Zuerst hab ich gedacht, er will mit Saskia tanzen und hab geschrien, er soll sie in Ruhe lassen. Da hat er gelacht und mir vor die Brust geboxt. Ich hab an meinen Fesseln herumgerissen ... aber keine Chance, mich loszureißen ... mir war auch so kalt ... und der andere kam auf mich zu ... ich dachte, der spuckt mir ins Gesicht ... ich konnte seine grünen Augen sehen ... und der Blonde hat Saskia angeguckt und ist ganz nahe mit seinem Gesicht ran, und dann hat er die Zunge rausgestreckt, ganz lang und spitz, total pervers, wollte damit ihre Lippen ... aber sie ist weg, da hat er gepfiffen, so ein Zeichen zu mir hin, nach dem Motto: Wenn sie nicht macht, was ich will, dann passiert dir was.« Jonas hielt abrupt inne und starrte Paula an. Plötzlich setzte er sich auf und schrie: »Ja, das ist so!«

Dann senkte er den Blick und sagte mit leiser Stimme: »Er hat mir ins Gesicht geschlagen.«

»Und dann?«

Jonas klapperte mit den Zähnen und lehnte sich zurück. »Er hat so Bewegungen gemacht, dass Saskia sich ausziehen soll, hat sie auch gemacht, weil sie nicht wollte, dass er mich noch mal schlägt. Sie hat alles ausgezogen, alles, auch ihre langen Strümpfe und ihre Stiefel. Er hat mit der Waffe auf ihre Oberschenkel gezeigt und gelacht, sie musste sich auf den Boden legen und die Beine ganz weit auseinander ...« Jonas schluckte schwer und starrte aus dem Fenster.

Würde er dieses Bild jemals wieder loswerden?, fragte Paula sich. Das Mädchen, in das er verliebt war, wie es nackt, wehrlos und erniedrigt vor ihm auf dem Boden lag, zitternd vor Angst ...

»Er hat sich die Hose aufgemacht und sein Ding rausgeholt, ich habe geschrieen, und er kam an und hat mir die Pistole in den Mund gesteckt.« Er atmete so schnell, dass Paula befürchtete, er könnte hyperventilieren und besinnungslos werden. Sie wollte gerade die Schwester herbeiklingeln, als er sagte:

»You die or I fuck.«

Mein Gott, dachte Paula. »Was hast du geantwortet?«, fragte sie, um Sanftheit in der Stimme bemüht. Aber irgendwie kamen ihr ihre Fragen trotzdem blöd und unpassend vor.

Der Junge wandte sich ab und fing an zu weinen. Sein Schluchzen wurde immer stärker.

Paula stand auf, klingelte und blieb am Fußende des Bettes stehen, bis die Schwester kam. Sie sagte leise, sie wolle draußen warten und sich gleich noch von dem Jungen verabschieden.

Auf dem Flur blickte sie aus dem Fenster. Im Garten unten sah sie einen blau-rosa gekachelten Springbrunnen, auf dessen Rand drei Spatzen herumhüpften. Wann hatten Ralf und sie das letzte Mal irgendwo auf einer Bank im Grünen gesessen und den Vögeln zugeschaut? Ihr wurde wieder einmal schmerzlich klar, dass sie für die Dinge, die ihr wirklich etwas bedeuteten, zu wenig Zeit hatte.

Die Schwester winkte sie ins Zimmer und sagte, sie habe ihm eine Spritze gegeben, er werde gleich einschlafen.

»Danke, Jonas«, sagte sie, »dass du mir das alles gesagt hast.«

»Der andere Typ wollte nicht, dass er Saskia vergewaltigt. Er hat ihn getreten.«

»Was?« Paula setzte sich noch einmal. Das fand sie merkwürdig. Eine Bestie mit Herz?

»Er hat ihn getreten.«

»Als er Saskia vergewaltigte?«

»Ja. Da ist er zur Seite gefallen.«

»Hat er was gesagt?«

»Ja, aber das konnte ich nicht verstehen, weil die Musik zu laut war.«

»Und hat der andere es dann getan?«

»Der Blonde hat sich blitzschnell auf ihn geworfen und ihm die Waffe abgenommen. Dann hat er den Kanister mit dem Lösungsmittel genommen, hat es über Saskia drübergeschüttet und angezündet.« Der Junge schwieg. Er starrte ins Leere.

Als sie die Klinik verließ, war es schon dunkel. Sie atmete tief ein. Wieder sah sie Saskias Leiche vor sich. Wie ein Dia schob sich das Bild in ihr Bewusstsein, blieb für ein paar Sekunden stehen und verschwand wieder. Reiß dich zusammen, ermahnte sie sich, das war nicht deine erste Leiche und es wird auch nicht deine letzte sein. Doch die Grausamkeiten, die dem Mädchen widerfahren waren, ließen sie nicht los. Erst die Angst, dann die Demütigung, die Vergewaltigung vor den Augen des Jungen, den sie liebte, und dann auch noch das Feuer ... Bei lebendigem Leib verbrannt werden! Paula erinnerte sich an eine Reportage über einen Mann, der bei einem Flugzeugabsturz zu 85 Prozent verbrannt war und trotzdem überlebte. Er sah, wie seine Finger schmolzen und seine Haut sich auflöste. Und hatte behauptet, dabei keinen Schmerz empfunden zu haben, der sei erst hinterher gekommen.

Paula atmete noch einmal tief ein. Sie durfte nicht so lange über Saskia nachdenken, sie musste diese Bestien fassen. Sie verstand nicht, was in dem Keller zwischen den beiden Verbrechern vorgefallen war. Irgendetwas stimmte nicht. Aber was? In der Nikischstraße merkte sie plötzlich, dass sie sich vor dem Landhaus der Wegeners, der ersten Opfer, befand. Gepflasterte Wege führten links und rechts an einem kreisförmigen Rasenstück vorbei, in dessen Mitte ein Springbrunnen stand. Das Wasser war abgestellt, die Holzläden vor den Fenstern geschlossen.

Sie ging die Straße weiter und bog dann in einen Forstweg ein, der neben dem Hundekehlegraben entlang führte. Die frische Luft und die Natur taten ihr gut. Sie liebte den Duft der Kiefern. Sie bleib stehen, strich mit der Hand über die Borke eines Baumes, kratzte mit dem Daumen etwas Harz ab, weil sie den Geruch so mochte. Am nördlichen Ende des Grunewaldsees war eine kleine Holzbrücke. Sie stützte sich auf das Geländer, schnupperte immer wieder an dem Daumen mit dem Harz und blickte über den See. In ihrem Kopf arbeitete es, aber sie kam einfach nicht weiter.

Später im Auto hörte sie ihre Mailbox ab. Marius informierte sie, dass etliche Hinweise aus der Bevölkerung eingegangen seien, die er gerade bearbeite, bisher aber alles der übliche Schrott. Schließlich gab es noch fünf Anfragen von verschiedenen Journalisten, die Paula gleich löschte.

Sie fuhr noch einmal ins Büro zurück, nahm sich eine Tasse von Ullas starkem, inzwischen reichlich abgestandenen Kaffee und ging wieder und wieder die Akten zu allen drei Überfällen durch. Bis in ihrem Kopf nur noch blankes Chaos und dann komplette Leere herrschte. Sie merkte auf einmal, dass sie hungrig und todmüde war. Die anderen sahen ebenfalls ziemlich erschöpft aus. Da schlug sie vor, erst einmal Schluss zu machen. Alle atmeten erleichtert auf.

Ralf schlief wahrscheinlich schon, doch Paula wollte jetzt noch nicht nach Hause. Zu viele Gedanken schwirrten ihr durch den Kopf. Sie rief Christiane an, die einen Absacker im *Lubitsch* vorschlug.

»Hey!« rief Christiane, »da bist du ja! Ich dachte schon, ich muss mir einen von den Langweilern an der Theke interessant trinken!« Sie nahm Paula in den Arm und drückte sie fest. »Siehst abgekämpft aus.«

»Mein Bett würde meinem Körper jetzt nicht schaden, aber meine Seele hat schließlich auch noch Bedürfnisse.«

Christiane grinste. »Nach einem Caipirinha vielleicht?«

»Nee, bloß keine harten Sachen jetzt, ein Rotwein reicht. Wartest du schon lange?«

»Nein. Hab mich nur mal umgesehen, wer sich heute hier so rumtreibt.«

»Und, was dabei für dich?«

»Totale Flaute bis gerade eben. Aber der Typ am Nebentisch ... Nicht hinsehen! Er guckt hierher!«

»Erst neugierig machen und dann Blickverbot?«

»Ja, jetzt kannst du. Aber nicht so auffällig.«

Paula sah vorsichtig zum Nebentisch und erblickte einen dunkelhaarigen Mittvierziger im Gespräch mit einem älteren Herrn. Mit seinen hellblauen Augen, die im leicht gebräunten Gesicht geradezu leuchteten, sah er nicht schlecht aus. Er gestikulierte mit kräftigen Händen und seine Stimme klang warm. Genau Christianes Typ. Paula musste lächeln.

»Stimmt, schöne Entdeckung.«

Christiane nickte zufrieden. Der Kellner erschien, und Paula bestellte ein Glas Rotwein. »Find ich auch. Wäre echt mal wieder an der Zeit für einen Mann. Nach der Geschichte mit Thomas hätte ich zur Abwechslung mal was Unkompliziertes verdient.« Sie stärkte sich mit einem Schluck Weißweinschorle und legte richtig los. »So ein Scheißkerl. Ich hab von Anfang an gespürt, dass irgendetwas nicht stimmt ...« Paula lehnte sich gemütlich zurück und knabberte ein paar von Christianes gesalzenen Erdnüssen. Nun würde wieder ein langer Redeschwall folgen. Sie genoss Christianes Art, über Beziehungen zu reden. Stets mit einer Prise Selbstironie und einer großen Portion Galgenhumor. Aber jetzt konnte sie sich nicht konzentrieren, sie fühlte sich durch die Unterhaltung am Nebentisch abgelenkt. Es klang wie die Bewerbung um einen Job an der Uni.

»Als Serbe weiß ich, wovon ich rede.«

Er hatte kaum einen Akzent, fiel ihr auf. Die Frage des älteren Herrn konnte sie nicht verstehen, aber die Antwort des Fremden kam klar: »Nein, sie lebt noch. Sie hatte sich Srebrenica gar nicht ausgesucht. Die Parteileitung hatte ihr nach Titos Tod das Haus am Stadtrand zugewiesen. Ich war damals an der Uni in Belgrad und habe anfangs gar nicht begriffen, was die Menschen da mitmachen mussten. Auch meine Mutter. Es war noch nicht zu spät, als ich sie da rausholte, aber sie hatte schon Furchtbares hinter sich. Heute lebt sie bei ihrer Schwester in Belgrad.« Paula lehnte sich zurück, so dass sie der Unterhaltung besser folgen konnte.

»Die UNO hätte damals viel früher eingreifen müssen«, entgegnete der Ältere.

»Ich war 1995 schon in Belgrad, stand kurz vor dem zweiten Staatsexamen. Ich weiß bis heute nicht, was meine

Mutter damals durchgemacht hat. Sie hat die Gräuel der Serben überlebt, aber sie spricht nicht darüber.«

Paula nahm einen Schluck Rotwein und machte Christiane ein Zeichen, dass sie weiter zuhören wolle. In den Worten des Serben lag etwas Ernstes und Schweres, das sie fesselte. Zwar hatte sie durch die Nachrichten viel von dem mitbekommen, was in Jugoslawien passiert war, aber persönliche Geschichten ergriffen sie mehr als jeder Tagesschau-Beitrag.

»Aber jetzt stell dir mal vor«, zischte Christiane dazwischen, »diese dumme Ziege, mit der ja angeblich gar nichts mehr läuft, ist auf einmal schwanger. Und rate mal von wem.«

»Von Thomas natürlich.«

»Ganz genau.« Christiane schüttelte den Kopf. »Ich dachte echt, mich trifft der Schlag. Und bis er mal raus kam damit!«

»Bis vor zwei Jahren habe ich in Den Haag bei den Kriegsverbrecher-Prozessen gedolmetscht. Seit ich dort weg bin, mache ich Übersetzungen fürs Gericht oder fürs Landeskriminalamt, was eben so anfällt. Aber es ödet mich an, immer nur die schlechten Ausreden Kleinkrimineller zu übersetzen. Ich würde gern wieder an die Uni. Vielleicht könnten Sie mit Ihren Kollegen reden.«

Aha, dachte Paula. Also doch ein Bewerbungsgespräch. Die Arbeit fürs Landeskriminalamt ist ihm zu langweilig. Nicht anspruchsvoll genug. Vorhin hatte ihr der Mann noch gefallen, gut aussehend und intelligent, aber seine ablehnende Haltung der Polizeiarbeit gegenüber versetzte ihr doch einen Stich.

»Ich finde, Thomas war immer schon ein dreister Wichtigtuer, der alles vögelt, was nicht rechtzeitig auf dem Baum ist«, sagte Paula ärgerlich.

»Gut, dass wir uns haben, Liebling«, lächelte Christiane ironisch. »Uns und den Typ am Nebentisch. Wie isses?«

Paula erhob sich. »Nein, danke.« Sie beugte sich hinunter und küsste Christiane auf die Wangen. »Tut mir Leid, aber ich bin völlig fertig.«

»Macht nichts«, nickte Christiane. »Ich bleibe noch. Ich glaube, jetzt ist er angesprungen.«

Tatsächlich lächelte der schöne Fremde Christiane direkt in die Augen. Paula staunte, wie ihre Freundin das machte.

Als sie in der Stargarder Straße aus dem Auto stieg, warf sie einen Blick hinauf zu den Fenstern im dritten Stock. Sie hoffte, Ralf noch an seiner Staffelei anzutreffen. Aber es war alles dunkel.

In den letzten Jahren hatte sich auch in ihrem Bezirk viel verändert, viele Häuser wurden renoviert, die Mieten stiegen und die kleinen Lädchen verschwanden allmählich. Kurz nach der Wende war sie in den Ostteil der Stadt gezogen, obwohl dadurch alle Wege länger wurden. Die Aufbruchstimmung hatte sie angesteckt. Sie konnte sich nicht vorstellen, jemals wieder in einem anderen Bezirk zu wohnen. Diese bunte Mischung stimmte sie fröhlich. Wenn sie einkaufen ging, war es unterhaltsam und lustig, wie die unterschiedlichen Reaktionen sie überraschten. Oft schien es ihr, als wären die anderen offener und unproblematischer. Natürlich wusste sie, dass dieser Eindruck nur deshalb entstand, weil sie die wahren Probleme der Fremden nicht erkennen konnte. Wenn sie beruflich in deren Wohnungen einrückte, hörte dieser Zauber meist schlagartig auf. Aber dennoch ... Dort fühlte sie sich jung und voller Tatendrang.

Das galt allerdings überhaupt für Berlin. Obwohl sie ja eigentlich ein Landei war, wie Christiane das nannte, mochte sie diese riesige Stadt. Dort hatte sie ja auch angefangen zu studieren und die erste Befreiung von zu Hause erlebt. Und dort hatte sie nach dem Studium auch Ralf kennen gelernt. Ihm gegenüber schwärmte sie allerdings immer von der wundervollen Nachtruhe auf dem Lande, wenn die vielen Kneipenbesucher überall herumlärmten. Laut pries sie das Land auch, wenn sie allein im Auto saß und nirgends einen Parkplatz fand.

Sie öffnete so leise wie möglich die Wohnungstür, sah einen Schatten vor sich. Ihr wurde heiß. Wer war in der Wohnung? Jemand kam aus dem Dunkel auf sie zu. »Meine Güte, hast du mich erschreckt!«, sagte sie zu Ralf, der in Boxershorts vor ihr stand. Ihre Nerven lagen blank.

»Ich habe bis gerade eben noch auf dich gewartet.« Er nahm sie in den Arm und küsste sie. Dankbar wollte sie sich an ihn schmiegen, aber er schob sie zurück. »Hey, du riechst ja nach Wein! Deswegen kommst du so spät. Ihr habt noch irgendwo gesoffen!«

»So ein Quatsch, Ralf!«

Für eine Diskussion reichten ihre Kräfte nicht mehr. Sie sah nicht ein, sich für etwas verteidigen zu müssen, was sie nicht gemacht hatte. Aber sie wusste auch: Ralf meinte es nicht so. Am nächsten Morgen würde sie ihm alles erklären. Seufzend ging sie in die Küche. Der Tisch war für sie noch gedeckt, eine Kerze brannte, auf dem Herd stand eine Kürbissuppe mit Ingwer. Endlich etwas zu essen! Sie zog die Schuhe aus und setzte sich an den Tisch.

Am nächsten Morgen piepste der Wecker, aber sie wollte das warme Nest nicht verlassen. Es tat schon weh, die Augen zu öffnen. Wenigstens hatte sie durchgeschlafen.

Wieder hatte sie vom *Offizier* geträumt, der dem Serben vom Nebentisch im *Lubitsch* ziemlich ähnlich gesehen hatte. Er hatte ihre Hand genommen, die sie ihm lächelnd überließ. Er führte sie an den Mund und küsste sie, doch das verursachte einen stechenden Schmerz. Erschrocken zog sie die Hand weg, aber er lächelte sie an, als sei nichts gewesen. Sie untersuchte ihren Handrücken und sah, dass ihre Haut fahl und weiß aussah, wie bei einer Wasserleiche. Vielleicht sollte sie doch mal mit Dr. Krampe über ihre Träume reden.

Behutsam löste sie Ralfs Arm, der sie umklammert hielt, und schleppte sich in die Küche, um Frühstück zu machen. Sie schnitt Brot, kochte Eier, legte Käse auf ein Brett. Dann holte sie Ralf.

»Sorry wegen gestern Abend«, sagte er.

»Lass mal, ich weiß doch auch, dass das auf Dauer so nicht weitergehen kann. Aber die Suppe war köstlich. Ich dank dir!«

»Meinst du, wir können in diesem Leben auch noch mal zusammen essen?«

»Bestimmt«, sagte sie und gab ihm einen Kuss. »Aber jetzt muss ich los.«

Sie drehte sich noch einmal um. »Gestern war ich übrigens noch mit Christiane einen Absacker nehmen. Das hab ich einfach mal gebraucht.«

»Okay«, lächelte er und räumte den Frühstückstisch ab. »Kopf hoch und durchhalten.«

Als sie um acht ins Besprechungszimmer kam, war Waldi noch nicht da. Bei allem Verständnis für seine Situation – irgendwann würde sie wohl doch mal ein ernstes Wort mit ihm sprechen müssen.

Auf dem Tisch stand schon wieder ein Frankfurter Kranz, und Ulla schwang das Messer. Vielleicht sind sie alle in einen Tortenrausch geraten. Vielleicht stimmt es, dass Süßigkeiten herhalten müssen bei Mangel an Schlaf oder Liebe. Vielleicht hatte Dr. Krampe Recht, und sie sollte allmählich über eine Supervision nachdenken.

»Schulst du um auf Konditorin?«, fragte sie Ulla.

Ulla sagte, ihre Freundin aus Frankfurt Oder sei zu Besuch da. Leider habe sie für diese im Moment keine Zeit. »Die fragt immer, was soll ich machen, und ich sage dann, back 'nen Kuchen!« Alle lobten sie, und Tommi reimte, eine Torte von dieser Sorte sage mehr als tausend Worte.

»Hallo! Tommi!«, rief Paula ihn sanft zur Tagesordnung zurück.

Spürhunde hatten am Montag die Spur der Seat-Insassen vom Auto bis zur Bredenbach-Villa verfolgen können. Das war bislang das Hauptindiz, dass der Wagen zu den Tätern gehörte. Die Auswertung der Spuren würde noch bis Ende der Woche dauern.

Jonas hatte allerdings nur von zwei Tätern gesprochen. Aber vielleicht hatte Jonas auch nur zwei *gesehen*?

»Wenn weitere Täter in der Villa waren«, sagte Justus, »dann müssten die ja einen guten Grund gehabt haben, sich nicht an der Orgie im Keller zu beteiligen. Könnte mir höchstens vorstellen, dass sie irgendwelches Diebesgut einpacken wollten, während die beiden anderen Jonas und Saskia im Keller in Schach gehalten haben.«

Ulla sagte, sie habe zwar noch keine vollständige Liste von den gestohlenen Gegenständen erhalten, Bredenbach habe aber auch nichts davon verlauten lassen, dass mehr fehle als die Sachen aus dem Tresor. »Oder hat jemand was anderes gehört?« Sie blickte auffordernd in die Runde; alle schüttelten den Kopf. »Außerdem hab ich noch nicht verstanden, wie die zwei anderen Täter weggekommen sein sollen. In den Ferrari gehen ja nur zwei rein. Und zwei wurden in dem Ding auch nur gesehen.«

Die Tür öffnete sich und Waldi schaltete sich ein: »Schwieriges Puzzle, was? Falls noch mehr daran beteiligt waren, hätten sie zu Fuß oder mit dem Bus oder dem Fahrrad zum Tatort kommen müssen. Halte ich für total abwegig.« Er zog seine Jacke aus, setzte sich, goss sich Kaffee ein und hielt die Kanne hoch. »Noch jemand?«

»Danke, nein. Schön, dass du uns zu dieser frühen Stunde auch mal beehrst«, murrte Paula unter dem Glucksen der Kollegen. »Auf jeden Fall ist einer zusammen mit Saskia aus dem Seat ausgestiegen und zu Fuß vom Eichhörnchensteig bis zur Villa gegangen«, fuhr sie fort. »Sie haben geklingelt, es wurde geöffnet, sie sind durch die Halle in den Keller gegangen. Der Blonde hatte den Inhalt aus dem Tresor schon eingepackt und war dabei, sich zu besaufen. Und dann begann das grausige Spiel, das mit der Ermordung Saskias endete. Als das Souterrain brannte, sind die beiden Täter raus, in den Ferrari gestiegen und denselben Weg zurückgefahren, den sie gekommen sind. Den Seat konnten sie nicht mehr gebrauchen.« Sie machte eine Pause und sah in die Runde. »Welche Fragen stellen sich?«

Justus schnipste mit seinem Kugelschreiber. »Die Abweichung vom Tatmuster der ersten beiden Fälle: Dort sind alle vier in Erscheinung getreten, gestern nur zwei. Dort gab es den barmherzigen *Offizier*, gestern war niemand barmherzig, denn auch auf Jonas ist ganz gezielt geschossen worden. Dort der reibungslose Ablauf, der nahe legt, dass es sich um militärisch ausgebildete Täter handeln könnte, vorgestern scheint hingegen alles ziemlich improvisiert gewesen zu sein.«

»Da ist tatsächlich was dran«, meinte Paula. »Obwohl ich nach dem Gespräch mit dem jungen Bredenbach gestern zu dem Schluss gekommen bin, dass es sich bei den beiden Tätern um das *Tier* und um den *Offizier* gehandelt hat. Nur die blonden Haare desjenigen, der auf Jonas geschossen hat, passen irgendwie nicht zum *Tier*. Aber dass der *Offizier* seinen Kompagnon bei der Vergewaltigung von Saskia gestört hat, das passt doch irgendwie ins gleiche Schema wie bei den beiden vorigen Verbrechen. Da spielt sich einer, bei aller Brutalität um ihn herum, in letzter Sekunde immer zum Beschützer der Frauen auf. Und zwar der *Offizier*. Alles in allem gehe ich davon aus, dass es dieselben Täter waren, nur haben sie diesmal das Ding vielleicht nur zu zweit statt zu viert durchgezogen. Vielleicht müssen wir sogar darauf gefasst sein, dass sie in Zukunft in zwei Zweiergruppen zuschlagen. Die wiegen sich wirklich in einer verdammten Sicherheit.«

»Nun mal nicht gleich den Teufel an die Wand«, erwiderte Justus. »Es besteht immerhin auch noch die Möglichkeit, dass es wirklich nur dilettantische Nachahmungstäter gewesen sind.«

Paula zuckte nur fragend mit den Schultern. »Haben wir sonst noch was?«

»Mein Besuch gestern bei Sylvia Bernacher«, sagte Justus, »hat übrigens so gut wie nichts gebracht. Mit den Phantombildern konnte sie nicht viel anfangen. Wenn, dann würde ihr Freund am ehesten noch dem *Offizier* ähnlich sehen, aber festlegen wollte sie sich auf keinen Fall. Und gemeldet hat sich der Typ bei ihr auch nicht mehr. Aber ich glaube, an dem sollten wir auf alle Fälle dran bleiben.«

Paula hatte schon wieder Magenschmerzen – von dem Kuchen vielleicht, aber auch wegen der bevorstehenden Pressekonferenz, auf der sie wieder einmal zugeben musste, dass die Polizei nicht viel Neues in der Hand hatte außer einem schwarzen Seat und ihrem Gefühl, dass dieselben Täter ein drittes Mal zugeschlagen hatten. Doch Letzteres musste sie erst einmal beweisen.

Den Rest des Tages verbrachte sie mit Aktenstudium und zahlreichen Telefonaten. Immer noch keine Spur von Hertz. Und sie kam nicht einen Gedanken weiter.

Wieder war der *Offizier* in ihren Träumen erschienen. Allmählich begann sie zu glauben, dass sie ein Problem hatte. Das war doch nicht mehr normal. Er war an ihr vorbeigegangen, mit kindlich unbefangenem Lächeln, sie blickte ihn an, er blieb stehen, auch sie hielt inne, er hielt ein Messer in der Hand und ließ es fallen, ins Wasser, in dem sie bis zu den Oberschenkeln stand, und sie wusste, wenn das Messer, dessen beidseitig geschliffene Klinge spiralförmig verdreht war, ins Wasser fiele, würde es auf ihre Schenkel gleiten und ihr ins Fleisch schneiden. Sie hatte aufgeschrieen und war erwacht.

Die Pressestelle informierte Paula darüber, dass Fromberg, der Polizeipräsident, höchstpersönlich die Pressekonferenz am kommenden Freitag leiten wollte. Es war Mittwoch, und von Michael Hertz gab es noch immer keine Spur. Er war wie vom Erdboden verschluckt.

In der Mittagspause blätterte sie flüchtig die Aktennotizen in ihrem Eingangskorb durch und las eine interne Mitteilung über eine aufgefundene Wasserleiche mit Genickschuss im Teltow-Kanal.

Am Nachmittag unterbrach Paula nach einigen Stunden Verwaltungskram ihre Arbeit für einen schnellen Gang zum Wittenbergplatz. Sie hatte plötzlich einen wahnsinnigen Appetit auf Krabben in Mayonnaise bekommen. Als sie zurückkam, spürte sie wieder die Spannung, dass etwas geschehen müsse. Max telefonierte. Sie trat näher und blickte ihm über die Schulter. Er schrieb nichts auf, sondern hatte eine ganze Seite mit Gekritzel gefüllt. Er hörte seinem Gesprächspartner am anderen Ende der Leitung aufmerksam zu. Auf seinem PC standen zwei Schlümpfe aus Überraschungseiern. Am unteren Rand des Bildschirms hing ein kleiner orangefarbener Zettel: »Gerade sitzen!« Daneben klebte der Spruch: »It 's better to understand a little than to misunderstand a lot.« Begann sie schon, ihre Leute zu kontrollieren?

Er lächelte ihr zu, zeigte auf den Hörer und signalisierte, dass es um etwas Wichtiges ging. Sie schrieb auf einen Zettel: Hertz? Er strich es durch und schrieb daneben: Pärchen aus Jugendheim.

Also immer noch nichts. Hertz war aus dem Osten, besaß einen Ersatzschlüssel für den Seat und war seit dem Diebstahl verschwunden. Gehörte er zu den Bestien? Hatte er auch die anderen Tatfahrzeuge beschafft?

Nachdem sie ihren Regenmantel aufgehängt hatte, trieb ihre Unruhe sie zu Justus. Auch er telefonierte, zog, als er Paulas fragende Gesten sah, die Augenbrauen hoch und machte ein Zeichen zu Max hinüber, der nun nicht mehr telefonierte, sondern konzentriert auf seinen Computerbildschirm starrte und einen Mars-Riegel verschlang. Nach den zusammengeknüllten Papierchen auf seinem Schreibtisch zu urteilen, musste es der dritte sein. Justus war nicht der Einzige, der sich darüber beschwerte, wie mühsam es war, aus Max etwas herauszuquetschen. Paula überlegte, ob man ihm vielleicht für jede nützliche und schnell zusammengefasste Information einen Schokoriegel in Aussicht stellen sollte. Aber auch ohne derartige Tricks wusste sie kurze Zeit später, dass Max das Liebespärchen aus dem Jugendheim immer noch nicht direkt erreicht hatte, dass die Grenzübergänge nach Polen streng überwacht wurden, aber Hertz noch nicht ins Netz gegangen war. Auch bei Sylvia Bernacher war er weder aufgetaucht noch hatte er sich bei ihr gemeldet.

Justus sagte, man könne über den Osten sagen was man wolle, aber Fälle wie die Grunewald-Verbrechen habe es dort nicht gegeben.

Paula lagen die vielen anderen Verbrechen auf der Zunge, für die das DDR-Regime stand, aber sie verkniff sich einen Kommentar, ging rüber in die 313 und steckte den Kopf durch die Tür. Tommi streckte die Arme aus und lachte: »Wer den Kopf reinsteckt, wird auch gehängt!«

Immer diese Sprüche, dachte sie und sagte, sie sollten bitte rüber kommen zu einer kurzen Besprechung.

Sie trugen das Wenige zusammen, was sie hatten, diskutierten und interpretierten, aber sie kamen einer Lösung nicht näher.

Als sie mit allem fertig war, sah sie zur Uhr. Es war Viertel nach zehn. Sie verabschiedete sich, rief Ralf an und verließ das Büro.

Ralf hatte Badewasser für sie eingelassen. Sie zog sich aus, streckte sich seufzend und ließ sich langsam ins heiße Wasser gleiten. Danach legte sie sich ins Bett. Sie schwitzte und fühlte sich bleischwer. Ralf legte sich zu ihr, küsste sie, berührte ihre Brust. Sie lächelte ihn an und flüsterte »No sex, baby. Tut mir Leid, aber ich kann einfach nicht.« Laut gähnend sagte er: »Macht nichts, ich mach das Licht aus. Lass uns schlafen.« Sie schmiegte sich an seinen Rücken, spürte seinen Hintern an ihrem Bauch, schnüffelte an seiner Haut und legte den linken Arm um seine Hüfte. Als ihr Atem im selben Rhythmus ging, wurde sie ruhig und schlief ein.

Am Donnerstagvormittag stellte sie mit Justus die Informationen für die Pressekonferenz zusammen. Jeder Journalist sollte eine Mappe bekommen. Nachmittags traf sich das ganze Team. Sie hatte sogar Dr. Krampe eingeladen, um keinen Aspekt außer Acht zu lassen und jede einzelne Meinung zu hören.

Ein Verbrechen war unter den Augen der Polizei passiert. Das löste nachhaltige Fragen im Abgeordnetenhaus und im Senat aus. Und auch die Öffentlichkeit war extrem beunruhigt.

»Wir sind jedem Hinweis nachgegangen, haben allein im Wegener-Fall Massen von Material abgearbeitet, aber wen interessiert's? Die fragen sich alle, was macht die Polizei eigentlich den ganzen Tag? Wir müssen beweisen, dass wir nicht die ganze Zeit Däumchen gedreht haben«, ereiferte sich Justus.

»Lasst uns zuerst noch mal den Fall Bredenbach systematisch durchgehen«, schlug Marius ausgleichend vor.

»Okay«, sagte Paula und erteilte ihm mit einer Geste das Wort.

»Die erste Frage ist, ob wir es im Fall Bredenbach auch mit den Grunewald-Bestien zu tun haben. Wenn das so wäre, dann wären wir mit unserem Polen nahe an der Aufklärung aller drei Fälle. Rollen wir die Sache also mal von dieser Seite auf. Kann Michael Hertz eine der Bestien sein? Hertz spricht schlecht Deutsch. Wenn überhaupt, könnte er der *Offizier* sein. Seine Freundin sagt, dass er zu den Tatzeiten aller drei Fälle in Berlin gewesen ist. Und die für uns entscheidenden Stunden hat er *nicht* mit ihr verbracht. Von den Kunden, die er angeblich als Gartenarchitekt beraten hat, kennen wir weder Namen noch sonst irgendwelche Einzelheiten. Wir wissen nicht einmal, ob es diese Kunden überhaupt gibt. Er hat Sylvia Bernachers Auto genommen, ohne sie zu fragen. Vielleicht dachte er, er könnte es nach der Tat zurückstellen, ohne dass sie überhaupt etwas merkt. Das haben die Täter in den ersten beiden Fällen möglicherweise auch gemacht. Nur ist es beim letzten Mal zu dem Unfall gekommen. Sie konnten es also nicht einfach so zurückbringen, also fingierten sie noch schnell einen Einbruch am Auto, damit es so aussieht, als wäre der Seat von Fremden aufgebrochen worden. Jetzt ist Hertz sich nicht sicher – vielleicht hat seine Freundin schon Anzeige erstattet, vielleicht hat die Polizei das Auto schon gefunden, also ruft er vorsichtshalber bei ihr an, bevor er in ihre Wohnung zurückgeht. Er erfährt von ihr, dass die Polizei den Wagen in Gewahrsam genommen hat und nach ihm gefahndet wird. Er taucht unter. Sylvia Bernachers Telefon wird abgehört, aber er ruft nicht mehr an. Ich meine, wir sollten Haftbefehl beantragen.«

Paula machte eine Notiz. »Gut, können wir machen.«

»Aber was, wenn der Bredenbach-Fall doch nicht mit den beiden ersten Verbrechen zusammenhängt?«

»Das ist doch wohl ziemlich ausgeschlossen«, konterte Waldi.

Am Vormittag hatte Justus mit Paula auch noch einmal den gerichtsmedizinischen Befund studiert. Er erinnerte daran, dass Saskia Gundereits Vergewaltiger nicht mit einem der drei Männer identisch war, die sich an Jessica Wegener vergangen hatten.

»Da muss ich mich wohl geschlagen geben«, sagte Waldi. „Dann war es vermutlich der Pole mit einem Kumpel, und in den ersten beiden Fällen stehen wir ...« Tommi fiel ihm ins Wort: »... mit leeren Windeln da, ha ha.«

»Der Pole und der Kumpel«, sagte Max und nahm ein Gummibärchen.

Marius wandte sich an Dr. Krampe. »Wie müssen wir uns diesen blonden Wahnsinnigen vorstellen, der einen Ferrari überfällt, die Beifahrerin auf die Straße zerrt, in den Wagen springt und seinem Kollegen davonfährt? Der eine wilde Party im Diskokeller feiert, nachdem er alle Beute schon hat, und nach sadistischen Psychospielen sein Opfer bei lebendigem Leibe verbrennt? Ich bin der Meinung«, fuhr er fort, »dass in den ersten beiden Fällen eine militärisch beziehungsweise paramilitärisch geschulte Vierergruppe agiert hat. Der Blonde passt ganz und gar nicht in dieses Bild.«

»Bei Wegener und Bülow war ja auch kein Blonder dabei«, meinte Tommi.

»Seine Blondheit war nicht echt, Süßer«, entgegnete Ulla. »Die Spurenkundler sagen, allet jefärbt.«

»Wie schön, dass wir das auch mal erfahren«, entgegnete Tommi süffisant und warf Ulla eine Kusshand zu.

»Sein Angriff auf den Ferrari war offenbar spontan«, begann Dr. Krampe, nachdem er dem kleinen Rededuell der beiden verwundert zugesehen hatte. »Er fuhr davon, ohne sich weiter um den Mittäter zu kümmern. Mir scheint es, als ob sie alle aus ein- und derselben Hölle kommen. Unter Hölle verstehe ich Umstände, in denen Menschen von anderen Menschen durch Folter zu Tieren gemacht werden.«

Unvermittelt meldete sich Max zu Wort. Die Zeugen aus dem Jugendheim hätten sich mittlerweile gemeldet. »Sie wurden beim Knutschen durch den Krach gestört, als der Seat gegen den Baum knallte. Sie haben eine Frau und einen Mann aussteigen sehen. Die Beschreibung passt auf Saskia.

Und sie war es tatsächlich, wie die Spürhundestaffel herausgefunden hat. Aber jetzt kommt der Knaller: Der Mann hat Saskia auf Englisch aufgefordert, abzuhauen. Das jedenfalls wollen die Knutscher gehört haben.«

Paula zog die Augenbrauen hoch. »Was genau hat er gesagt?«

»Fuck off and go home.«

»Und dann ist sie trotzdem mit in die Villa gegangen?«, fragte Waldi ungläubig.

»Ich wollte noch sagen«, warf Dr. Krampe ein, »Jonas Bredenbach hat überlebt, weil die Kugel von der CD-Box abgeprallt ist. Die Frauen in den beiden ersten Fällen haben überlebt, weil einer der Täter die Ausführung des entsprechenden Befehls verweigert hat, sie zu erschießen.«

Tommi überlegte laut, ob dieser den Blonden nur gegriffen hatte, um Saskia selbst zu vergewaltigen.

»Wer weiß, vielleicht gehören die Fälle zusammen?«, fragte Justus zynisch, genervt von Tommis Begriffsstutzigkeit.

Der war schon dabei zurückzubeißen, als Paula die Besprechung beendete. Natürlich hatte Justus Recht, aber Vorwürfe und Zank untereinander brachten sie auch nicht weiter. Lieber wollte sie sich bei Helligkeit noch einmal in Grunewald umsehen.

Jetzt ging es darum, nah an den Fakten zu bleiben und für die Vorbesprechung mit dem Polizeipräsidenten alles parat zu haben.

Langsam fuhr sie durch den Villenvorort und hielt an dem großen Holzstapelplatz in der Koenigsallee. Sie stellte den Wagen neben den altersschwachen Staketenenzaun und überquerte die Straße zu dem für Kraftfahrzeuge gesperrten Privatweg.

Der Waldboden war aufgeweicht vom Regen und es tropfte von den Bäumen. Buchen, Eichen, verschiedene Kiefernarten – ihr Vater hatte ihr beigebracht, woran man sie erkennt. Es roch nach modrigem Laub und würzig nach Fichten. Sie atmete tief, und mit dem harzigen Duft stieg eine kindliche Freude in ihr auf. Pilze gab es hier bestimmt auch. Weil ihr Vater ein leidenschaftlicher Pilzsammler war, hatte Paula als kleines Mädchen oft ganze Wochenenden mit ihm im Wald verbracht. Selbst wenn es dämmrig wurde, wollte er die Schwammerljagd nicht aufgeben. Er hatte sich in die Idee verbissen, dass er noch den einen einzigartigen Pilz finden würde.

Ob sie von ihrem Vater nicht nur die Liebe zur Natur, sondern auch ihre Verbissenheit geerbt hatte? Oft hatte ihre Mutter gedroht, dass sie sich scheiden lassen würde, sie könne mit so einem Besessenen nicht länger zusammenleben. Sie schrie es mit schriller Stimme, was Paula empörte. Aber was nutzte es, Vater kuschte und litt.

Doch Verbissenheit hatte zwei Seiten. Manchmal brauchte man sie, um ans Ziel zu kommen. Ihr Gefühl, dass alle drei Verbrechen zusammenhingen, war stark, obwohl es der Logik widersprach. Sie würde dennoch an ihrer Intuition festhalten, denn diese hatte ihr schon bei der Lösung so manchen Falls geholfen, wenn sie mit Logik und Argumenten nicht mehr weitergekommen war. Aber würde es ihr gelingen, das den Herrschaften in der Vorbesprechung und dann den Journalisten klarzumachen? Die Fälle gehörten zusammen, aber wenn sie den Blick aufs Einzelne richtete, wies der Bredenbach-Fall doch erhebliche Unterschiede zu den anderen beiden Fällen auf. Wenn es um Details gehen würde, würden die Herren Vorgesetzten alles zerpflücken.

Sie war am Zaun der Försterei vorbeimarschiert und hatte die Stufen zum See hinunter erreicht. Gedankenversunken blieb sie stehen. Büsche und Bäume reichten bis zum Ufer, doch am oberen Ende war es schlammig und von Seegras bewachsen. Dort ging der Blick frei übers Wasser, der kühle Abendwind kam von Süden, und es duftete nach Morast.

Sie fühlte sich ziemlich matt. Es gelang ihr nicht, die vielen Puzzleteile zu einem Ganzen zusammenzusetzen. Immer wieder schweiften ihre Gedanken zu den Vorgesetzten ab, die sie am nächsten Tag von ihrer Einschätzung überzeugen musste. Nach außen bitte nicht die Gefühlsnummer, hatte sie sich zu ihrem großen Ärger schon ein paar Mal anhören müssen. Erich Saenger, der Referatsleiter, hatte Paula am Tag vorher beschwichtigt, die Vorbesprechung wäre nur ein kleines Tête-à-tête, um anschließend der kläffenden Medienmeute etwas Fleisch in den Käfig zu werfen, aber so hörten sich seine Einladungen immer an. Tatsächlich war es diesen Typen fast nie gelungen, ihr die Dinge zu überlassen, ohne sich zu Punktrichtern aufzuschwingen. Urteilen und Bewerten waren nun mal die Eigenschaften, mit denen sie sich nach oben gebissen hatten. Fünf Männer gegen eine Frau. Vielleicht aber käme der Präsident wie immer zu spät? Vielleicht würde Gebhardt irgendwo anders gebraucht? Als LKA-Chef war man doch viel gefragt. Schmidt, der Abteilungsleiter kam sowieso oft nicht. Und die anderen?

Westphal, der Leiter aller Mordkommissionen, hatte niemals auch nur einen einzigen Fall selbst gelöst. Seine Stärke bestand vor allem darin, die Meinungen seiner Vorgesetzten herauszuposaunen, bevor sie sie äußerten. Abteilungsleiter Schmidt, ein schmächtiger Rothaariger, war ein harmloser Casanova aus der C-Liga, aber in Besprechungen verbarg er seine Inkompetenz gekonnt hinter einer einschüchternden Maske der Arroganz. Und Fromberg, der Polizeipräsident, hatte zwar als Kriminalbeamter angefangen, war aber gleich über die Partei in die politische Laufbahn gerutscht und dann durchs nachhaltige Männchenmachen die Karriereleiter nach oben gekrabbelt. Ob sie den Tätern tatsächlich auf der Spur war, war Fromberg im Grunde genommen wurscht. Ihm kam es darauf an, dass die Polizei – nein, dass *er* in seinem Brioni-Anzug vor den Medien *bella figura* machte. Sein Ziel war der öffentliche Applaus. Auch wenn Paula Tag und Nacht arbeitete, damit kein Mädchen mehr das Schicksal von Saskia erleben musste, würde Fromberg jede ihrer Aktionen behindern, falls ihre Nachforschungen seinen politischen Freunden unbequem werden sollten. Sie hatte das schon erlebt – bei einem Fall, der zunächst in die Drogenszene und dann direkt in hohe türkische Regierungskreise geführt hatte. Sie schmunzelte in sich hinein, als sie sich ausmalte, was passieren würde, wenn sie den Herrschaften am nächsten Tag erklären würde, der Auftraggeber der Grunewald-Bestien wäre der Bruder des rumänischen Innenministers. Sie musste laut lachen.

»Na, Frollein, wat is denn so lustich?« fragte ein älterer Mann, der gerade mit seinem Hund vorbeikam. Er nahm einen großen Knüppel und warf ihn für seinen Vierbeiner ins Wasser.

Paula schlug ihren Mantelkragen hoch und stieg die vielen Stufen vom See zum Tennisclub »Blau-Weiß« hinauf.

»Bist dir wohl zu jut für 'ne Antwort, Prinzessin uff der Pflaume!«, rief er hinter ihr her.

Sie blieb stehen und drehte sich zu ihm um. »Pass bloss uff, dass ich mit dir nicht mein Karatetraining nachhole!«, machte sie ihrem Ärger lauthals Luft.

Aufgeregt rief er nach seinem Hund.

Sie marschierte weiter die Treppen hinauf; das hatte sie jetzt gebraucht.

Sie sah rechts das Jugendheim, passierte die Stelle, wo Saskia mit einem der Verbrecher gegen den Baum gefahren war, ging vorbei an der Bredenbach-Villa, setzte ihren Weg entlang der Tennisplätze fort. Die Häuser rechts, hinter den Stahlzäunen, waren hässliche viereckige Kisten. Stumpfe, breitschultrige Gebäude. Oder sah sie jetzt schon Gespenster, weil sie sich vor den grimmigen Mienen ihrer Vorgesetzten fürchtete? Würde sie in der Vorbesprechung die Unstimmigkeiten und offenen Fragen erwähnen müssen? Sie bog an einer großen Villa mit rotweißer Fahne vom Wildpfad ab und ging die breiten Stufen durch den Wald wieder zum See hinunter.

Unsinn, dachte sie, wir haben das Fahrzeug des mutmaßlichen Täters. Bald haben wir auch den polnischen Fahrer. Und dann kriegen wir die drei anderen auch. Und dann ist endlich wieder Frieden in meinem Herzen und in der Stadt.

Sie hatte morgen einen anstrengenden Tag und beschloss, nicht mehr ins Büro zu fahren. Weil sie so ungewöhnlich früh nach Hause kommen würde, rief sie Ralf vorsichtshalber an. Er war schon vom Einkaufen zurück und freute sich über ihre gute Laune. Es würde Minestrone geben, verkündete er.

»Ach, das wäre wunderbar!«, sagte sie. »Soll ich noch irgendwas mitbringen?«

»Brauchst du nicht. Ich war auf dem Markt und habe jede Menge Gemüse und Kräuter gekauft.« Wie gut es ihr doch ging mit diesem Mann!

Als sie die Wohnungstür aufschloss, kam er ihr schon mit zwei Gläsern Rotwein entgegen. Sie konnte ihm das Glas aber nicht abnehmen, weil Kasimir sich an ihr Bein schmiegte und gestreichelt werden wollte. Sie schmunzelte und nahm ihn auf den Arm.

Ralf hatte wohl schon eine halbe Flasche intus und wollte wissen, was die Kuh ihrer Großmutter zur Lage sagte.

»Ich fürchte, die hilft mir diesmal nicht.« Sie nahm einen großen Schluck. »Ehrlich gesagt, fühle ich mich wie ein kleines dummes Mädchen.«

»Quatsch! Das bist du nicht. Du wirst es den alten Knackern schon zeigen. Jetzt entspann dich erst mal. Nach der Suppe gibt es noch Roquefortbirnen mit Honig und rotem Pfeffer.«

»Die werden mich in der Luft zerreißen, Ralf.«

»Die Roquefortbirnen oder deine Chefs?«, fragte er angriffslustig. »Wer sind sie denn schon?«

»Wie meinst du das?«

»Na, unser Polizeipräsident zum Beispiel«, sagte er, während er den Parmesankäse für die Minestrone rieb. »Der kennt sich doch in Berlin gar nicht aus. Der war noch vor einem Jahr Inspektor von irgendwas in Nordrhein-Westfalen! Und wie heißt noch mal euer oberster Boss? Der Landeskriminaldirektor. Gero Gebhardt, ach ja, den hab ich ja neulich im Fernsehen gesehen. So wie ich den einschätze, kann ich dir nur raten, morgen einen knappen Pulli anzuziehen.«

»Er findet sich ziemlich unwiderstehlich, da hast du Recht, aber er ist immer sachlich und auf dem Punkt. Mit ihm habe ich keine Probleme –«

»Ach, sieh einer an!«, unterbrach er sie. »Wie zeigt sich das denn?«

»Er hört mir immer zu und unterbricht mich nicht. Er schätzt meine Berichte und Ansichten.«

»Die Ansicht deines Ausschnitts wahrscheinlich!«

So flachsten sie noch eine Zeit lang weiter, und Paula ging an diesem Abend früh ins Bett. Für die Pressekonferenz am nächsten Morgen wollte sie ausgeruht und ausgeschlafen sein. Während sie einschlief, flüsterte Ralf ihr zu, sie solle an ihrer Überzeugung festhalten, denn man könne nur vertreten, wozu man auch stehe.

Am Morgen verwendete sie mehr Zeit als sonst auf ihr Make-up und zog zur Feier des Tages ihre neuen Pumps an. Christiane würde bei der Liveübertragung staunen. Sie hatte gesagt, nicht nur sie, sondern die halbe Staatsanwaltschaft würde vor dem Fernseher hängen. Jedenfalls sah sie hinreißend aus, das fand sie zumindest selbst. Strahlend, geradezu leuchtend.

»Wie findest du mich?«

»Fabelhaft. Die Wunderkerze aller Mordkommissionen«, sagte Ralf schmunzelnd, als er ihr noch eine Tasse Milchkaffee reichte.

Sie küsste ihn zum Abschied.

In einem ruhigen, eleganten Stil fuhr sie an allen Autos vorbei, parkte ihren Wagen gegenüber vom Landeskriminalamt und stolzierte mit schwingenden Hüften die zweihundert Schritte zum Platz der Luftbrücke. Die Besprechung sollte im Konferenzraum von Landeskriminaldirektor Gero Gebhardt stattfinden.

Jedes Mal, wenn sie auf das mächtige, leicht elliptische Gebäude zuging und an den großen Steinadlern links und rechts vom Eingang vorbeikam, kam sie sich wie Alice im Wunderland vor. Es war das Wunderland der Männer, das noch aus dem Dritten Reich übrig geblieben war. Wie Geschwüre wucherten die alten Klimaanlagen am Sandstein in der Halle. Sie sprang in den Paternoster zum vierten Stock, klopfte und öffnete die Tür zum Vorzimmer. Frau Niels sagte, sie möge bitte noch einen Moment warten. Knapp, kühl und wie nebenbei. Mit der würde sie nie warm werden. Ein Eisblock, der nur auftaute, wenn die Sonne der Macht aufging. Mit dem Kuli wies sie auf einen Stuhl, aber Paula ging lieber draußen im Flur noch ein wenig auf und ab.

Sie dachte an ihren letzten Besuch dort, als Gebhardt ihr nach einem glänzend gelösten Fall ein Belobigungsschreiben überreicht hatte. Sein Büro war wie ein großer Tagungsraum. Auf einem Sideboard konnte seine Sammlung von Polizeimarken aus aller Welt bewundert werden. Fein säuberlich blinkte poliertes Metall mit den Aufschriften »LAPD«, »NYPD« oder »Polijance Praha« in Glasvitrinen.

Als sie schließlich hereingebeten wurde, saßen schon alle am runden Tisch. Gebhardt, Westphal, Abteilungsleiter Schmidt, Saenger und Oberstaatsanwalt Rauball. Nur Polizeipräsident Fromberg fehlte.

Gebhardt kam direkt zur Sache. »Na, dann setzen Sie uns mal ins Bild, Frau Zeisberg!«

Geht's vielleicht auch etwas höflicher, dachte sie und sagte laut: »Guten Morgen!« Die Abwesenheit des Präsidenten nutzend stellte sie gleich zu Anfang heraus, dass es sich hier um eine neue Verbrechensqualität handele. Das würden die Herren der Schöpfung als Affront nehmen, das wusste sie, denn deren Urteil, in den drei Fällen normale, wenn auch sehr brutale Delikte zu sehen, stand fest. Daran wollte sie auch anknüpfen, an die Brutalität der Fälle.

»Wir stehen einer Brutalität gegenüber, der ich in meiner bisherigen Laufbahn als Polizistin noch nicht begegnet bin«, sagte sie leise und besonnen.

»Die Fakten, bitte«, unterbrach sie Westphal, aber Gebhardt strafte ihn mit einem Blick. »Jetzt lassen sie die Kollegin mal ausreden.« Er nickte Paula zu.

»Wir haben es mit vier Tätern zu tun, auch wenn im Fall Bredenbach vermutlich nur zwei von ihnen dabei waren. Laut übereinstimmender Zeugenaussagen sind alle Täter zwischen fünfundzwanzig und vierzig Jahre alt und haben dunkles Haar. Einer trug beim letzten Überfall langes blondes Haar, gefärbt, wie die Analyse ergeben hat. Die Täter sprechen gebrochen Englisch. Ich gehe davon aus, dass es sich um Osteuropäer handelt. Sie reisen als Einkaufstouristen ein, stehlen ein Auto, überfallen an einer roten Ampel eine Luxuslimousine, zwingen den Fahrer, sie in sein Haus mitzunehmen, rauben dort sämtliche Wertsachen, derer sie habhaft werden können, und geben sich dann ihren niedersten Trieben und Instinkten hin. Letzteres könnte der Verschleierung ihres eigentlichen Motivs dienen.«

Westphal schüttelte den Kopf und murmelte: »Blödsinn.« Dieses Mal ermahnte ihn Gebhardt nicht. Sie spürte die ablehnende Haltung ihrer Zuhörer, fuhr aber dennoch fort. »Irritierenderweise legen sie keinen Wert darauf, ihre Spuren zu verwischen. Es scheint ihnen gleichgültig zu sein, ob sie identifiziert werden oder nicht. Warum? Weil Sie ein paar Stunden später wieder spurlos im Ausland verschwunden sind? Vielleicht arbeiten sie sogar im Auftrag einer größeren Organisation, möglicherweise sogar politisch gedeckt.«

Westphal wollte wieder etwas einwenden, als die Tür aufflog und Fromberg hereinkam. Er trug einen dunkelblauen Anzug und eine blaurote Krawatte. Über seiner Halbglatze waren die wenigen Haarsträhnen drapiert, die ihm noch geblieben waren.

Schwungvoll zog er einen Stuhl heran. »Tschuldigung, ich bin vom Innensenator aufgehalten worden. Er ist beunruhigt, weil hochrangige Politiker in der Nähe der Tatorte wohnen. Man kann sich nicht vorstellen, dass die Straßen in Grunewald genau kontrolliert wurden und diese Geschichte trotzdem passieren konnte. Wie weit sind wir?«

Paula hielt die Luft an, atmete aber ruhig weiter, als Oberstaatsanwalt Rauball sagte, alles sei noch sehr vage, und die Medien hätten es leicht, sich das so zurechtzustricken, wie es ihnen passte.

Saenger nickte. »Nach der ersten Verhaftung stehen wir besser da. Dann sollten wir die Presse wieder einladen.« Er war wie sie dagegen gewesen, jetzt schon vor die Presse zu treten. Paula warf ihm einen zustimmenden Blick zu.

Schmidt sagte, es bleibe ja das Problem, dass die Presseabteilung nachts unbesetzt sei, was überhaupt nicht zur

Sache gehörte, zwischen Schmidt und dem Präsidenten aber offensichtlich ein Thema war.

»Gut, gut«, sagte Fromberg, »dann fassen Sie's doch eben mal in drei Sätzen zusammen.«

Alle wandten sich wieder Paula zu.

Sie spürte ein nervöses Kratzen im Hals, unterdrückte aber das Husten. Ich bin eine kompetente Kriminalhauptkommissarin und lasse mich hier nicht einschüchtern, suggerierte sie sich und holte noch einmal tief Luft. »Wir gehen von folgender Hypothese aus: Die drei Grunewald-Verbrechen wurden von einer paramilitärisch geschulten Vierergruppe verübt, die aus Osteuropa eingereist ist und sich nach der Tat wieder über die Grenze abgesetzt hat. Die Taten, die an Vorgehensweisen in Bürgerkriegsgebieten erinnern, könnten ihre Wurzeln in der politischen Subkultur einer der osteuropäischen Staaten haben.«

Einen Moment herrschte Schweigen. Sie hörte auf dem nahen Flugfeld eine Maschine landen. Leise drückte sich das Grollen und Pfeifen durch die schallgedämpften Scheiben. Der Präsident wandte sich an Gebhardt. »War Ihnen das so bekannt?«

»Die politischen Implikationen sind mir neu.« Gebhardt saß zurückgelehnt da, die Beine ausgestreckt, den rechten Arm lang auf den Tisch gelegt, zwischen den Fingern ein Bleistift. Er wandte sich Paula zu. »Haben Sie sich mit unseren Auslandsabteilungen in Verbindung gesetzt?«

»Ja, haben wir. Es kam aber nichts zurück. Wir haben keine Unterstützung erhalten«, sagte sie ruhig.

Freundlich sagte der Präsident: »Also, meine liebe Frau Zeisberg, das müssen Sie etwas genauer erklären. Mit einer

Serie politisch motivierter Straftaten kann ich nun wirklich nicht vor die Presse treten.«

Sie begann mit der Skizzierung des ersten Falles. Ohne Unterbrechung ließen sie sie alles darstellen, und sie wusste, das allein bedeutete schon eine gewisse Anerkennung. Saenger lächelte ihr hin und wieder väterlich zu.

Der Präsident machte sich Notizen. Als sie geendet hatte, überflog er seinen Zettel noch mal. »Vielen Dank, Frau Zeisberg, da steckt eine Menge Arbeit drin, das sehe ich, aber ein paar Fragen habe ich noch.« Er blickte zur Uhr. »Wie kommen Sie eigentlich darauf, dass der letzte und die ersten beiden Fälle zusammenhängen?«

»Alle drei Fälle sind in Grunewald passiert, in keinem der Fälle haben sich die Täter darum bemüht, ihre Spuren zu verwischen, und jedes Mal wurde mit großer Brutalität vorgegangen. Es gibt übereinstimmende Textilspuren, und es gibt in allen drei Fällen Täterbeschreibungen, die auf zwei der vier Täter passen.«

»Sie sprechen von einer paramilitärischen Vorgehensweise.«

»Jedenfalls in den ersten beiden Fällen.«

»In dem dritten nicht?«

»Nein.«

»Also eher ein Unterschied?«

Sie musste zustimmen.

»Gibt es irgendwelche Übereinstimmungen bei den gefundenen Waffen?«

»Nein. Die bei Wegener vermutlich benutzte Ceska 9 mm wurde in den beiden anderen Verbrechen nicht eingesetzt. Die bei den von Bülows sichergestellte Tatwaffe, ein feststehendes Survival-Messer Marke Military Herbertz, kann sich jeder Volljährige irgendwo kaufen. Die entsprechenden Nachfragen bei den Händlern dauern an. Projektile wurden nicht gefunden. Wir wissen lediglich, dass drei der Männer auf von Bülow geschossen haben. Bei der Waffe im Fall Bredenbach handelt es sich eventuell um eine Walther PPK 7,65 mm.«

Der Präsident blickte auf seine Notizen. »Sagten Sie nicht auch etwas von einer DNA-Analyse?«

»Ja, das ist richtig. Im Wegener-Fall wurde die Frau vergewaltigt. Die Analyse der Spermaspuren ergab, dass drei Täter auf jeden Fall beteiligt waren, ein Vierter ist nicht ausgeschlossen. Die Zeugin sagt, es waren vier.«

»Sie haben doch im Bredenbach-Fall auch eine Vergewaltigung. Was hat sich da im Vergleich ergeben?«

»Das Sperma im Bredenbach-Fall lässt sich keinem der drei Vergewaltiger von Jessica Wegener zuordnen.«

Der Präsident meinte, das sei doch wohl der endgültige Beweis dafür, dass es sich beim Bredenbach-Fall um eine separate Straftat handle.

»Ich meine auch,« fügte er noch hinzu, »wir dürfen die Möglichkeit nicht ausschließen, dass wir es im Fall Bredenbach mit Trittbrettfahrern zu tun haben.«

Der Präsident fasste jeden Einzelnen ins Auge, als wollte er von jedem eine Bestätigung und landete dann wieder bei Paula. »Mich irritiert Ihre Sicherheit, mit der Sie behaupten, die Täter kämen aus Tschechien, Russland, Polen oder Jugoslawien.«

Aus dem Osten, hatte Paula gesagt, aber man kann natürlich auch alle Länder einzeln aufzählen, dachte sie wachsam.

»Im Bredenbach-Fall haben wir eine heiße Spur, die nach Polen führt«, sagte sie.

»Na bitte!«, meinte Fromberg und erhob sich nach einem Blick auf die Uhr. »Konzentrieren Sie sich auf den Bredenbach-Fall. Da stehen Sie nicht mit aufgeblasenen Spekulationen und leeren Händen vor den Journalisten. Sehr gut. Das wär's dann, meine Herren?«

Paula war verwirrt. Wie sollte sie das verstehen? Bredenbach als ein isoliertes Delikt mit zwei polnischen Tätern, von denen einer identifiziert und auf der Flucht war?

»1968 hatte ich einen Fall, in dem ein möglicher politischer Hintergrund in den Diskussionen sehr nach vorne rutschte«, meldete sich Schmidt zu Wort. »Die Presse war überzeugt, dass alle Fäden beim CIA zusammenliefen, viele Verschwörungstheorien kamen in Umlauf, und am Ende war es ein Drogensüchtiger, der seine Kommunenbewohner mit Eindringlingen aus dem All verwechselt hatte. Ein verheerender Irrtum.«

Der Präsident machte eine Armbewegung dankbaren Zuspruchs. »Richtig.« Und zu Paula gewandt: »Haben Sie schon mal an Drogen gedacht?«

Sie sagte, da habe sich bisher kein konkreter Ansatzpunkt ergeben.

»Wir können nicht sagen, es waren Osteuropäer – nur angesichts der Brutalität der Taten«, erklärte der Präsident. »Auf politischer Ebene bemühen wir uns um die Ost-Erweiterung der EU, aber hier behaupten wir, seht mal, was die uns von drüben für finstere Gesellen schicken. Das geht nicht.« Alle murmelten ihre Zustimmung, und er fügte hinzu: »Generalisierungen sind immer Diffamierungen.«

Kaum dass der Präsident außer Sichtweite war, verschwand Paula in Richtung Toiletten und rief von dort aus Justus an. »Halt bloß die Pressemappen zurück. Es hat sich alles geändert«, sagte sie. »Der Präsident sieht die ganze Sache ziemlich anders als wir.«

Der Saal in der Keithstraße, in dem die Pressekonferenz stattfinden sollte, war brechend voll. Vier Kamerateams, zwölf Rundfunkjournalisten, alles, was schreiben konnte, sogar Kolleginnen und Kollegen aus anderen Dienststellen und eine Klasse der Journalistenschule. Gegen ihre Angst wiederholte sie beschwörend: Hier sitzen meine Freunde, relax, baby, das sind alles deine Freunde! Aber sie war nicht Mister Cool, sondern kam sich vor wie am ersten Schultag. In Begleitung ihrer Mutter und der Lehrerin hatte sie damals die Klasse betreten, wo schon zweiunddreißig Kinder auf ihren Plätzen saßen. Alle waren größer als sie. Sogar die Schultüte, die sie im Arm hielt, war ein wenig größer als sie. Die Lehrerin war plötzlich verschwunden, um am Klasseneingang ihre Mutter zu verabschieden. Eigentlich hatte die sie ja bis zu ihrem Platz bringen wollen, und nun stand sie vor den lachenden und spottenden Kindern und wagte sich nicht weiter. Sie wusste, dass die Schultüte sie sehr klein aussehen ließ, und darüber lachten sie.

Auch jetzt hatte sie das Gefühl, für die bevorstehende Aufgabe zu klein zu sein. Obgleich hier niemand lachte. Außerdem hatte sie in späteren Schuljahren gelernt, Kritik und Angriff zu parieren, beides wie einen

Ball aufzufangen und damit weiterzuspielen. Also nur Mut.

Die Scheinwerfer hatten den Saal mächtig aufgeheizt, die Beleuchtung war grell und gnadenlos, die Luft trotz Rauchverbot zum Schneiden. Es roch nach Schweiß und Kaffee.

Der Präsident setzte sich in die Mitte des langen Tisches und ließ die Fenster öffnen. Sie nahm links von ihm Platz, Westphal setzte sich daneben. Rauball, Schmidt, Gebhardt und Saenger setzten sich auf die andere Seite.

Der Präsident goss sich Mineralwasser ein, klopfte gegen das Mikro und räusperte sich.

Während der Präsident salbungsvoll die Journalisten begrüßte und etwas von der hervorragenden Zusammenarbeit von Polizei und Medien faselte, schaute sich Paula genauer um. Sie kannte alle Bremer Stadtmusikanten, wie sie im Team die Journalisten nannten, aus jahrelanger Zusammenarbeit. Tommi hatte irgendwann mal damit angefangen, ihnen Tiernamen zu geben.

Die schlimmsten waren die von den Tageszeitungen. Der Konkurrenzkampf unter den vielen Zeitungen in Berlin war groß, jeder wollte besser und schneller informiert sein als die anderen. Der schlimmste von ihnen war der Hai, der an diesem Tag sein schmales braunes Hemd in schlammfarbenen Cordhosen stecken hatte. Mausgraues Haar klatschte ihm stromlinienförmig am Kopf, dem Otterkopf, wie Tommi sagte. Wenn er sich aufregte, wurde er puterrot. »Bluthochdruck«, hatte Justus diagnostiziert. Ein dreister Typ, der gerne drohte und viele Feinde im Business hatte. Aber was war mit ihm los? Sonst klebte er immer ganz vorne, diesmal hatte er sich an den hinteren Quertisch gequetscht. Paula wunderte sich. Nahe an der Tür saß die Gans vom *Berliner Kurier*. Sie war gerade erst hereingekommen. Wahrscheinlich hatte ihr Mops, den sie zu allen Pressekonferenzen mitnahm, erst noch Gassi gemusst. Weiter vorne beugte sich Magnus Meier, die Qualle, klein mit Kugelbauch, über irgendwelche Notizen. Wenn seine Nummer auf dem Display erschien, bekam Paula schon Zustände, weil sie wusste, ›Maggie‹ ist dran und nervt mit seinen Fragen. Dann waren da noch Gustl Ätsch, der Schwuli von *Kripo live*, den sie wegen seiner bunten Halstücher den Papagei nannten, Tom Haffner von *Taff* («Ich bin taff, ich heiße Taff und ich komme von Taff«), und Susi, die Ziege von *Info-Radio*.

»Ich übergebe das Wort nun an Kriminalhauptkommissarin Zeisberg, die die Ermittlungen leitet, und an die Sie später Ihre Fragen richten können. Vielen Dank.«

Paula schreckte aus ihren Gedanken hoch, fing sich aber gleich wieder und wartete, bis wieder Ruhe eingekehrt war. »Meine Damen und Herren, wir gehen davon aus, dass der Überfall auf die Bredenbachs in keinem Zusammenhang mit den beiden vorangegangenen Verbrechen steht. Wir haben es hier nicht mit einem weiteren Anschlag der Grunewald-Bestien zu tun. Unserer Auffassung nach sind die ersten beiden Delikte in das Umfeld der organisierten Drogenbeschaffung einzuordnen. Im dritten Fall sehen wir ein Nachahmungsdelikt.«

»Was tut die Polizei, um die Bürger Berlins zu schützen?«, wollte die Gans wissen.

Paula sah, dass sie die Schuhe abgestreift hatte und mit

den Zehen einen Trinknapf hin und her schob. »Seien Sie versichert, wir tun alles Menschenmögliche, um die Bürger Berlins zu schützen. Die Flughäfen und Grenzübergänge werden so konsequent kontrolliert, dass bereits verkehrstechnische Probleme auftreten«, antwortete Paula mit einer Selbstsicherheit, die Fromberg wohlwollend in die Runde blicken ließ. »In dem betroffenen Viertel haben wir die Streifen noch einmal verdoppelt. Dadurch sind mit hoher Wahrscheinlichkeit weitere Verbrechen vermieden worden.«

Westphal nickte bestätigend und ergänzte: »Die Berliner Verkehrsbetriebe haben Grunewald-Sammelbusse eingesetzt, so dass niemand mit seinem eigenen Pkw fahren muss. In Abstimmung mit dem Straßenverkehrsamt sind ab sofort alle Ampeln in Grunewald nachts auf Gelb geschaltet. Darüber hinaus sind Flugblätter an die Bevölkerung verteilt worden. Für sachdienliche Hinweise, die zur Festnahme der Täter führen, wurde eine Belohnung von € 20.000 ausgesetzt. Wir haben eine konkrete Spur und sind zuversichtlich, dass wir Ihnen in wenigen Tagen einen der Täter präsentieren können.« Westphals große Stunde. Wahrscheinlich ließ er die Sendungen aufzeichnen und sah sie sich abends vor dem Einschlafen immer noch mal an.

»Welche konkreten Spuren haben Sie?«, fragte jemand.

Souverän ergriff Paula wieder das Wort und berichtete von dem schwarzen Seat, den sie nach ihren Spurenanalysen nun eindeutig mit dem Verbrechen in der Bredenbach-Villa in Zusammenhang bringen konnten.

Der Hai hob den Arm. »Sie sagten, Sie stünden kurz

vor der Aufklärung der Fälle. Wie sollen wir das verstehen?«

»Wir fahnden nach dem mutmaßlichen Fahrer des schwarzen Seat, gegen den ein dringender Tatverdacht besteht.« Nun war es heraus, und schon prasselten die Fragen auf sie ein.

Sie lehnte es ab, den Namen zu nennen, um die laufenden Ermittlungen nicht zu gefährden. Das gab wieder einen Hagel an Fragen und Gegenstimmen.

»Was ist jetzt mit der hervorragenden Zusammenarbeit zwischen Medien und Polizei!«, kam der lauteste Kommentar. »Wir könnten ein Foto von dem Verdächtigen veröffentlichen!«, kreischte die Gans, und als der Mops die Stimme seines Frauchens hörte, begann er, an seiner Leine zu zerren.

Paula hob abwehrend beide Hände. Prinzipiell würde sie gerne jede Hilfe annehmen, aber in diesem Fall würde das nicht greifen.

»Sie fürchten, dass der Verdächtige sich ins Ausland absetzt. Wohin könnte er sich denn absetzen?«, ging es weiter.

»Darüber sind wir uns noch nicht im Klaren.«

»Welche Nationalität hat der Verdächtige?«

»Bei dieser Art von Kriminalität ...«, hob Paula an, kam aber nicht weiter, weil mehrere Frager sie gleichzeitig unterbrachen.

»Sind es Rumänen von der Securitate?«

»Russen vielleicht? Die stehen doch bei Ihnen für Brutaldelikte!«

»Entweder Russen oder Rumänen, das ist immer richtig!« Einige lachten.

»Aber wenn Einbruch im Spiel ist, sind's die Polen oder die Jugos«, steuerte Maggie bei. »In der Bredenbach-Villa wurde doch der Safe ausgeräumt!«

»Durch eine Bohrung am Schloss?«

»Die Polen verstehen eben ihr Handwerk.«

Zurufe und Fragen prasselten auf sie ein.

»Die Kollegen von der *Bild* haben doch schon entsprechend getitelt«, brummte der Kollege vom *Stern*. »Die Grunewald-Bestien kommen aus dem Osten!«

Paula spürte, dass Fromberg diese Entwicklung gar nicht gefiel. Aber was sollte sie machen? Diese Idioten legten der Polizei ihre eigenen Vorurteile in den Mund. Sie wollte den gesuchten Polen eigentlich nicht ein weiteres Mal erwähnen, aber die Wut drängte sie zum Gegenangriff: »Wir können uns nun mal nicht über die Tatsache hinwegsetzen, dass der Verdächtige aus Polen stammt!«

Und sofort ging's los – »Woher genau?« »Seit wann ist er flüchtig?« »Haben Sie Fotos?« »Wie sieht er aus?« Schließlich griff der Präsident ein. »Ja, wir haben eine Beschreibung, wir können sie Ihnen geben.« Er wies auf Paula.

Paula beschrieb den Polen, so gut sie konnte. Sie wollten mehr wissen, und so verriet sie, dass der Verdächtige aus Warschau stamme, nicht fest in Berlin wohne, jedoch mit einer Berlinerin befreundet sei, deren Auto er, kurz vor der Tat in der Bredenbach-Villa, entwendet habe. Seither sei er flüchtig. »Wir vermuten, dass er versuchen wird, sich nach Polen abzusetzen, und wir nehmen natürlich an, dass auch der zweite Täter ein Pole ist.« Meine Güte, wie kam sie bloß darauf? Irgendwie glitt ihr alles aus den Händen.

Die Qualle streckte den Arm in die Höhe und schnalzte: »Haben die Täter Polnisch gesprochen?«

»Soll ja bei Polen zuweilen vorkommen«, rief jemand, und einige lachten.

»Heißt der Verdächtige Michael Hertz?«, fragte plötzlich der Hai. Die Erwähnung des Namens traf Paula wie eine Ohrfeige. Woher konnte er das wissen?

Der Hai genoss sichtlich, dass es ihr die Sprache verschlug. Als sei er ein Staatsanwalt, der ihr den Prozess machte, schmetterte er seine Informationen in den Raum. Nun wusste sie, warum er den Platz auf der anderen Seite des Raumes gewählt hatte. Das hier sollte seine große Show werden, er wollte alle Aufmerksamkeit.

»Sie antworten nicht, Frau Zeisberg, obwohl das doch der Sinn einer Pressekonferenz ist! Sie machen keine Angaben über den polnischen Staatsbürger Michael Hertz, um die Ermittlungen nicht zu gefährden, sagen Sie. Nun, welche Angaben würden die Ermittlungen denn gefährden? Dass Michael Hertz 1959 in Warschau geboren wurde und Gartenarchitekt von Beruf ist? Dass er seit einigen Monaten regelmäßig nach Berlin kommt, weil er hier beruflich zu tun hat und mit einer Frisörin befreundet ist?« Die Erwähnung Sylvia Bernachers war ein weiterer Hieb für Paula. Der Hai hatte tatsächlich Michael Hertz aufgespürt. Und nun war die Frage, wie viel er wusste und was davon stimmte. Aber sie würde es wohl gleich erfahren. Der Präsident und die anderen waren so überrascht, dass von ihnen keine Reaktion kam. Der Hai tat so, als müsste er etwas in seinen Notizen nachschauen. Er leckte seinen Zeigefinger mit langer Zunge an, und Paula schüttelte sich innerlich.

»Die Freundin heißt Sylvia B. und wir wissen, dass sie ihm häufiger ihr Auto überlassen hat. Er hatte sogar einen Zweitschlüssel. Und am Sonntagabend war das auch der Fall! Sie aber stellen es so dar, als hätte der Mann das Auto aufgebrochen und gestohlen, um sich damit an den Verbrechen in Grunewald zu beteiligen.« Er blickte triumphierend in die Runde. »Nun, vielleicht ist das bloß eine kleine Fahrlässigkeit, sicher verständlich, weil Sylvia B. ja tatsächlich am Sonntagabend ihr Auto bei der Polizei als gestohlen gemeldet hat, und zwar aus Wut und Enttäuschung darüber, dass ihr Freund nicht mit zu der Geburtstagsfeier einer Kollegin wollte. Er hatte ihr Auto genommen, weil er von McDonald's etwas zu essen holen wollte und ist nicht wiedergekommen. Darüber machte sie sich Sorgen, vielleicht war sie auch empört oder eifersüchtig und dachte, die Polizei wird ihn schon finden und ihr wiederbringen. Aber warum ist er nicht zurückgekommen?« Er guckte Paula direkt ins Gesicht. »Haben Sie dafür eine Erklärung, Frau Zeisberg?«

Paula war geschockt. Dieser Typ besaß die Unverschämtheit, sie in aller Öffentlichkeit auf die Anklagebank zu setzen und ins Kreuzverhör zu nehmen. Sie hätte ihn sofort rausschmeißen lassen, wäre das Thema nicht so brisant gewesen. Alle glotzten den Hai groß an, und auch Paulas Vorgesetzte saßen da wie hypnotisierte Kaninchen vor der Schlange.

»Wie darf ich Ihr Schweigen deuten? Als Zustimmung?«

Absurd! Das war zu absurd. Sie hatte keine Ahnung, woher der Typ all das hatte und worauf er hinaus wollte.

Aber bevor sie auch nur Luft holen konnte, fuhr er fort.

»Ein wichtiges Detail hat Frau Zeisberg uns seltsamerweise vorenthalten. Dass nämlich die Polizei Michael Hertz am Sonntagabend um 22:00 Uhr, also vier Stunden vor dem Bredenbach-Verbrechen, festgenommen und ihn für die Nacht in eine Ausnüchterungszelle auf der Wache 48 gesteckt hat, nachdem er von den Beamten zusammengeschlagen worden war.« Jetzt wandte er sich den Polizeibeamten am Kopftisch zu. »Und seither ist der Mann flüchtig, aber nicht, weil er etwas zu verbergen hat, sondern aus Angst, wieder verprügelt zu werden. Und während Ihre Polizeibeamten, Frau Zeisberg, diesen bedauernswerten Mann festhielten, wurde der schwarze Seat, mit dem er unterwegs war, gestohlen. Man könnte sich fragen, ob die Verkettung solcher Umstände reiner Zufall ist, oder ob die Polizei damit vielleicht etwas zu tun haben könnte.«

Tumult brach aus, und Paula fühlte sich einer Ohnmacht nahe. Abteilungsleiter Schmidt erhob sich brüllend, er bitte um Ruhe, sonst werde die Pressekonferenz für beendet erklärt, und der Polizeipräsident wandte sich konziliant an den Hai: »Wenn Sie wichtige Informationen für uns haben, bitte ich Sie um die Darstellung.« Paula war fassungslos.

Der Hai lächelte schmierig. Das ließ er sich nicht zweimal sagen. »Der schwarze Seat wurde am Montagmorgen von Beamten der Grunewald-Wache gefunden. Er war am Vorabend als gestohlen gemeldet worden, die Polizei verhörte die Halterin, die auch frank und frei Michael Hertz nannte, der einen Zweitschlüssel besitze und wie so oft mit dem Wagen vermutlich irgendwelche Besorgungen mache. Nun, wir wissen jetzt, dass er keine Besorgungen machte, sondern auf der Wache 48 einsaß.« Selbstgefällig blickte er zum Polizeipräsidenten und dann in die große Runde, ob auch alle ihre Mikros und Kameras auf ihn gerichtet hatten. »Was natürlich nicht heißt, dass die Kriminalhauptkommissarin das hier jetzt zugeben wird.«

Es war unglaublich, und der Hai hatte Recht. Sie würde es nicht zugeben, weil sie es gar nicht zugeben konnte. Schließlich hörte sie das alles zum ersten Mal!

Der Hai genoß seinen Triumph und weiter ging's: »Hertz, und das allein ist schon ein Skandal, wird von deutschen Polizisten verprügelt, und kurz nach seiner Entlassung erfährt er von seiner Freundin, dass man ihn nun zur Grunewald-Bestie deklariert hat. Aus Angst und Schrecken versteckt er sich bei einem früheren Arbeitgeber und Landsmann, der ihm schließlich rät, sich an die Presse zu wenden. Er hat mich gestern Abend angerufen, und heute Vormittag waren wir mit seinem Anwalt bei der zuständigen Mordkommission, um dem Vertreter von Frau Zeisberg das alles zu Protokoll zu geben. Wenn sie also bis dahin im Tal der Ahnungslosen wandelte, hat sie es auf jeden Fall erfahren, bevor sie diesen Raum betreten hat. Die Polizei aber will uns hier weismachen, von all dem nichts gewusst zu haben, und benutzt einen Unschuldigen, um zu behaupten, der Fall stünde kurz vor der Aufklärung!«

Der Präsident wollte den Hai gerade in die Schranken weisen, als der noch einen draufsetzte: »Und das alles mit der kühlen Berechnung, die Ressentiments gegen unsere ausländischen Mitbürger würden so ein Spiel schon möglich machen!«

Paula war starr vor Entsetzen. Sie war einiges gewöhnt, aber eine so demütigende Situation hatte sie noch nicht erlebt. Sie hatte nicht die geringste Ahnung, wie es dazu hatte kommen können, und sie hatte auch nicht die Zeit, darüber nachzudenken, denn inzwischen herrschte nur noch Lärm und Aufruhr.

Doch so leicht ließ sich ein Hai nicht mundtot machen. »Ein ganz billiges Verschleierungsmanöver!«, brüllte er. »Wären Sie nicht so inkompetent, würde Saskia Gundereit noch leben! Doch *ein* Opfer reicht Ihnen nicht, Frau Zeisberg. Sie *erfinden* in Ihrer Not einen Verdächtigen! Ein Bauernopfer!«

Nun versuchten zwei Uniformierte, den Hai an die Seite zu führen. Die Kamerateams filmten alles. Sie rangelten mit den Fotografen um die beste Position. Der *Stern*-Reporter, der dies alles als unter seiner Würde empfand, trat auf dem Weg zum Ausgang versehentlich den Mops, der aufheulte und so heftig an der Leine riss, dass die Gans ihm folgen musste. Sie verhedderte sich zwischen Stuhlbeinen, Leine und einem Stativ, der Tisch war dazwischen, sie wollte darunter hindurch kriechen, doch alles stürzte mit lautem Getöse um.

Der Polizeipräsident knarzte ins Mikro: »Meine Damen und Herren, die Konferenz ist beendet.«

»Die Polizei sollte sich lieber entschuldigen, statt den Saal räumen zu lassen!«, brüllte Maggie.

»Dümmer geht's nümmer!«

»Die ist skrupelloser, als die Polizei erlaubt!«

»Wir wollen nicht mehr mit den Indianern sprechen, wer ist hier der Häuptling?«, übertönte jemand den Lärm.

»Die Anschuldigungen, die gegen die Berliner Polizei erhoben werden, bedürfen einer gründlichen Überprüfung. Ich danke Ihnen«, presste Fromberg heraus und verließ den Saal.

Paula stand wie eine Idiotin im Blitzlichtgewitter der Fotografen. Alle Geräusche schienen abgeschaltet, aber sie sah, wie die Kameras liefen. Sie hörte Ralf sagen: »Du bist ein talentierter Cop! Du wirst es den alten Knackern schon zeigen!«

Rauball erschien in ihrem Gesichtsfeld und sagte etwas, das sie nicht verstand. Lächelte er dabei?

Der Nächste war Abteilungsleiter Schmidt, der sich ihr im Davongehen kurz zuwandte. Wenn sie seine Lippen richtig las, war es so etwas wie heikel, Blamage und inkompetent.

Die Bluse klebte ihr am Rücken. Auf so etwas ist man doch gar nicht vorbereitet, dachte sie noch. Alles war so schnell gegangen. Ihre Vorgesetzten mussten sie für völlig bescheuert halten.

Eine Hand legte sich auf ihre Schulter, und sie war erstaunt, dass sie wieder hören konnte.

»Shit happens, Paula«, sagte Erich Saenger. »Ist mir auch schon passiert. Vielleicht solltest du dir mal Justus vorknöpfen.«

Der Saal leerte sich, sie ging ans Fenster und starrte in den Innenhof. Ein paar Spatzen hüpften auf dem Zement herum, ihr Zwitschern hallte zu ihr herauf. Sie wusste nicht, wie lange sie da gestanden hatte, als sie eine Hand im Nacken spürte. Sie drehte sich nicht um, sie kannte die Hand. Die Haut und die Wärme waren ihr vertraut. Auch der Geruch. Als Marius sie umdrehte und in seine Arme nahm, ließ sie es geschehen. Nach einer Weile schob er sie etwas zurück, um ihr ins Gesicht zu schauen. Dann zog er sie wieder an sich, legte einen Arm auf ihren Rücken und wischte ihr zart mit der Hand eine Locke aus dem Gesicht. Tränen schossen ihr in die Augen, und Marius hielt sie so lange, bis ihre Schultern nicht mehr von Schluchzern geschüttelt wurden.

Erschöpft lag Paula im Gästezimmer. Die Bettwäsche roch noch ein bisschen nach Manuel, auf dem Nachttisch lag das Kinderbuch, aus dem Ralf ihrem Neffen vorgelesen hatte. Ihr Wochenende zu dritt schien eine Ewigkeit her zu sein. Müde hatte sich Kater Kasimir aufgerichtet, als sie leise ins Zimmer gekommen war. Durch halb geschlossene Lider hatte er beobachtet, wie sie sich auszog, behutsam die Bettdecke wegzog und sich hinlegte, auf die Seite, mit Blick zum Fenster. Mondlicht fiel herein. Er hatte sich gestreckt, gebuckelt und es sich ebenfalls auf dem Bett bequem gemacht.

Als würden die Ereignisse sie erst jetzt wirklich erreichen, erlebte sie noch einmal ihre Angst, den Schock und schließlich die Scham, als der Hai sie für Saskias Tod verantwortlich gemacht hatte. Die geschätzte Leiterin der neunten Mordkommission war zum Mädel geworden, das es nicht bringt. Vom eigenen Team verraten. Sie war tief verletzt. Eine vergleichbare Situation hatte sie nur in ihrer Kindheit erlebt. Den rätselhaften Tod ihres Vaters nämlich, aber daran wollte sie jetzt nicht denken.

Wie war es möglich gewesen, dass ihr all die Informationen, die der Hai in der Konferenz gegen sie ausgespielt hatte, vorenthalten worden waren? Auf dem Weg von der Vorbesprechung bei Gebhardt in die Keithstraße hatte sie Justus doch noch angerufen, damit er die Pressemappen für die Journalisten zurückhielt. Da spätestens hätte er sie warnen müssen: Hey, stopp, lass bloß nicht den Luftballon mit dem Hertz los, der ist schon geplatzt! Sollte sie sich so in Justus getäuscht haben? Sollte er wirklich ein Intrigant sein? Es hatte genügend Vorbehalte gegen den Ostler gegeben, aber sie hatte ihm immer ihr Vertrauen geschenkt. War das jetzt der Dank dafür?

Das Mondlicht fiel auf Kasimirs Vorderpfoten. Der Himmel war inzwischen aufgeklart. Als sie nach der Konferenz aus dem Fenster gestarrt hatte, war alles voller Wolken gewesen. Marius hatte sie in ihr Büro gebracht, kurz danach war die Tür aufgeflogen und Tommi war hereingestürzt. »Mensch Paula, wir warten auf dich! Die Konferenz ist doch schon zu Ende! Wir dachten, du redest noch mit dem Präsidenten?« Erst da hatte er gesehen, in was für einem Zustand sie war. »Mensch, was ist denn los mit dir? Die Ereignisse überstürzen sich, und du bläst hier Trübsal und starrst deine Kuh an.«

»Was für Ereignisse?«

»Der Pole hat sich gestellt. Heute Vormittag, du warst gerade weg. Wir haben alles überprüft, er hat ein hieb- und stichfestes Alibi für Sonntagnacht. Stell dir vor, er hat die Nacht auf der Polizeiwache verbracht! Ausgerechnet! Und er hat auch Alibis für die anderen Tatzeiten.«

»Und wieso erfahre ich das erst jetzt?«

Jetzt hatte Tommi begriffen. Er hatte sie mit Hundeblick angesehen, mit den Achseln gezuckt und kleinlaut gemurmelt: »Weiß ich auch nicht, ja, wieso eigentlich? Hätte ich dich anrufen sollen? Du warst doch in diesen ganzen Besprechungen.«

Paula hatte nur den Kopf geschüttelt. »Komm, lass uns rübergehen.«

Im Besprechungszimmer saßen schon alle, und sie sagte, sie spare sich den Bericht über die Pressekonferenz, das habe sich ja wohl rumgesprochen. Wichtig sei ihr der aktuelle Stand über die Hertz-Ermittlung.

Alle kannten ihren frostigen Ton. Niemand rührte sich. »Waldi, du hast ja die Sache angefangen«, sagte sie. »Also, erzähl.« Sie zog sich einen Stuhl heran und streckte die Beine aus.

»Die Bestien haben diesem verdammten Idioten tatsächlich den Seat geklaut!« Waldi rieb sich das Ohrläppchen. »Aber der Reihe nach. Die Bernacher hat ihm etliche Male ihr Auto geliehen, er hatte den Zweitschlüssel heute früh dabei. Dass er sich das Auto Sonntagnacht genommen hat, wusste sie nicht, und als sie damit zum Geburtstag ihrer Freundin wollte, stand es nicht mehr vor der Haustür. Er wollte mit dem Wagen etwas zum Essen holen, ist zwischendurch aber noch mal zu einem Kunden gefahren, der ihm viertausend Euro schuldete. Bei dem Kunden handelt es sich um Walter Kottbus, Eigentümer der Renault-Niederlassung in der Germaniastraße. In der Franklinstraße in Tiergarten hat er direkt an der Spree ein Haus mit einem riesigen Garten, und zwar in der Nähe von der Villa Sembowskis, des Polen, der für Wegener den Polier gemacht hat.«

Paula nickte. Ihre Niedergeschlagenheit wich höchster Aufmerksamkeit.

»Dieser Sembowski hat ein Disneyland aus Wasser im Garten«, fuhr Waldi fort. »Teiche, kleine Flüsse, Wasserfälle, die nachts auch noch bunt beleuchtet werden. Und jetzt kommt's. Hertz hat dieses Wassersystem bei Sembowski angelegt. Wir haben das überprüft. Durch Sembowski ist Hertz überhaupt nach Deutschland gekommen. Kottbus, Sembowskis Nachbar, wollte auch so eine Wasseranlage, und beauftragte ebenfalls Hertz. Während Hertz für Kottbus arbeitete, wohnte er in dessen Gartenhaus. Das passte Kottbus ganz gut, weil er ihn schwarz beschäftigte und nicht wollte, dass das rauskam. Im Juni hat Hertz seine Sylvia kennen gelernt. Er musste Kottbus versprechen, ihr nichts von seinem Auftrag zu erzählen. Die Bernacher hatte keine Ahnung, wohin ihr Liebster in Berlin immer verschwand. Vielleicht hat sie ihn auch aus Eifersucht wegen des Autos angezeigt. Eines Tages fehlten bei Kottbus viertausend Euro, und das war genau die Summe, die Michael Hertz für seine Restarbeiten noch zu kriegen hatte. Kottbus behauptet, dass Hertz der Dieb war und nicht einer seiner anderen Angestellten. Wir haben ihn darauf noch mal angesprochen, und er sagte, sein Haushälterehepaar und der Tierpfleger für seine Pferde und Hunde seien Deutsche, für die würde er die Hand ins Feuer legen. Jedenfalls war Hertz am Sonntagabend noch mal schnell bei der Renault-Niederlassung vorbeigefahren, um seine viertausend Euro zu fordern. Er wusste, dass Kottbus am Wochenende da immer abends Abrechnungen machte. Kottbus hat behauptet, Hertz sei tätlich geworden und deshalb habe er die Wache 48 angerufen.

Jedenfalls haben die Kollegen ihn festgenommen. Hertz hat protestiert und Theater gemacht, und unsere Überzeugung ist, dass die Jungs von der Wache ihn dann eine Spur zu hart angepackt haben.«

»Die haben ihn verprügelt«, sagte Marius, ohne seine Notizen zu unterbrechen.

»Gut«, gab Waldi nach, »so kann man's auch nennen. Jedenfalls hat er nach seiner Entlassung die Frisörin angerufen. Die hat ihm gesagt, du wirst wegen Mordes gesucht. Er spricht ja nicht sehr gut Deutsch und hat wahrscheinlich Panik bekommen. Er ist zu Sembowski raus, aber als der erfahren hat, dass Hertz gesucht wird und warum, wollte er, dass er sich stellt. Hertz hatte Angst, dass er wieder zusammengeschlagen wird. Sembowski hat ihm vorgeschlagen, die *Bild*-Zeitung anzurufen. Die Sache hat sich sofort der Hai geschnappt, er hat Hertz interviewt und ist dann mit ihm und einem Anwalt hierher gekommen. Während du bei Gebhardt warst, hat Justus die Vernehmung geleitet, und wir hatten alle Hände voll zu tun, rauszufinden, was daran nun stimmte oder nicht. Die Pressekonferenz lief schon, da wussten wir immer noch nicht, ob die ganze Geschichte nicht blanker Unsinn war.« Waldi legte beide Hände flach auf den Tisch und sah Paula an. »Das ist die Geschichte. Justus kann dir den Ordner geben, wir haben das alles bis ins Kleinste dokumentiert. War ein ganz schöner Haufen Arbeit.«

Alle saßen schweigend da.

»Er ist unschuldig.« Paula hatte das eigentlich als Frage formulieren wollen.

»Ich würde das annehmen, ja«, bestätigte Marius.

Sie schwieg, und Tommi sagte: »Ich nehme an, Justus hat

dich nicht informiert, weil du in dieser wichtigen Besprechung mit dem Präsidenten warst und er dich nicht mit all den Einzelheiten belasten wollte.«

Justus blickte von seinem Block auf, den er noch nach irgendwelchen zusätzlichen Notizen durchsuchte. »Ich hab hier noch mal alles durchblättert, aber mehr gibt's nicht zu berichten.«

Alle spürten wieder das Unbehagen vom Anfang der Besprechung.

Paula sagte knapp, der Präsident verlange Ergebnisse und das bedeute für das gesamte Team in den nächsten Tagen und Wochen Überstunden. »Wir gehen alles noch einmal durch, von Anfang an. Ich werde auch die Wegener und die von Bülow noch einmal herbitten. Ich habe das Gefühl, dass wir bei der Sprache der Täter ansetzen müssen. Was für Laute waren das, was für Vokale, zu welcher Sprache könnten sie gehören? Ich weiß noch nicht, wie ich das mache. Ostexperten oder slawische Sprachwissenschaftler, keine Ahnung. Aber irgendein Ansatz wird sich finden lassen.«

Als sie den Raum verließ, flüsterte Waldi Tommi etwas zu, Tommi sah Paula an und grinste. Sie war in Versuchung, nachzufragen, hielt es aber für souveräner, das Getuschel vorerst zu übergehen. Außerdem erwartete Westphal ihre Erklärung.

Nachdem sie ihm Waldis Bericht zusammengefasst hatte, teilte Westphal ihr trocken mit, dass sie für den Bredenbach-Fall nicht mehr zuständig sei. Man habe sich nach dem Desaster besprochen, und alle seien der Ansicht gewesen, dass der Öffentlichkeit gegenüber ein Zeichen gesetzt werden müsse. Man könne über all das nicht einfach hinweggehen. Außerdem bestehe Einigkeit darüber, dass die Behörde sich von dem Vorurteil der Brutalität von Osteuropäern in aller Deutlichkeit distanzieren müsse. Paula möge sich im Bülow- und Wegener-Fall auf das Milieu der Drogenbeschaffungskriminalität konzentrieren. Das war sein abschließender Ratschlag. »Selbst ich kann seltsame Laute machen und fremdartige Sprachen imitieren«, fügte er mit einem herablassenden Lächeln hinzu.

Zuständig für den Bredenbach-Fall war nun die Fünfte, und alle hatten bis spät abends an der undankbaren Aufgabe gesessen, das Material für die Kollegen zusammenzustellen.

Nie zuvor in ihrem Leben hatte Paula sich so erniedrigt gefühlt, und als sie fertig waren, sagte sie kurz angebunden Gute Nacht und gab das Wochenende frei. Sie merkte, wie erleichtert alle waren. Es war fast, als würde sich die Luft entspannen. Sogar Max lugte hinter seinem Bildschirm hervor und rief heiter: »Ihr seid alle bei meinen Eltern zu Halloween eingeladen!«

Justus fragte verwundert: »Halloween?« Tommi konnte sich natürlich den naheliegenden Spruch nicht verkneifen: »Hallo, Wien? Hallo, Wien!« Nettes Gelächter, aber Paula war nicht in der Stimmung und hatte die Einladung abgelehnt, obgleich Halloween erst eine Woche später war.

Sie seufzte und kraulte Kasimir. Es hatte gut getan, ein wenig alleine zu sein und über die Ereignisse des Tages nachzudenken. Sie stand auf. Irgendwann musste jeder Tag einmal zu Ende sein.

Ralfs Atem ging ganz ruhig. Behutsam kroch sie zu ihm unter die Decke. Ohne ihn zu berühren, schnupperte sie noch einmal an seinem Nacken. Allmählich entfernten sich alle Bilder und Gedanken von ihr, und sie schlief ein. Tief und fest.

Sie hatte alles verstaut – eine große Tüte mit Dünger, den Katzenkorb, den Korb mit Essen und zwei warme Pullover für Ralf und sie selbst. Ralf startete die CD, die er ihr geschenkt hatte, die Filmmusik von *Out of Africa*.

Von der Stargarder Straße bogen sie rechts in die Schönhauser Allee, dann links durch den Wedding bis zur Stadtautobahn Richtung Norden. Am Kurt-Schumacher-Damm, kurz nach dem Flughafen Tegel, fuhren sie ab. Rechts lagen die Kasernen, in denen während der Besatzungszeit die Franzosen einquartiert gewesen waren. Das verlassene Kino, *L'Aiglon*, stand noch da. Paula wusste nicht, was das Wort bedeutete. An das Flughafengelände schloss sich die von einem Zaun eingefasste Ausstellung »Alliierte in Berlin« an. Ein so genannter Rosinenbomber, ein alter Wachturm, ein verrosteter Eisenbahnwaggon.

Die Saalmannstraße war eine kleine Sackgasse mit Kopfsteinpflaster. Links lag ein Industriegebiet, und am Ende der Straße befanden sich am Fuß des S-Bahn-Dammes ein paar Schrebergärten. Der größte davon mit tausend Quadratmetern gehörte Paula. Damals, bevor sie Ralf kennen lernte, hatte sie unbedingt einen Garten haben wollen. Sie hatte gedacht, mit den Männern durch zu sein, und war in der Phase ganz auf Natur abgefahren. Die normalen Laubenpieperkolonien, wo man sich ständig gegenseitig über den Gartenzaun glotzte, mochte sie nicht. Hier hatte sie nur einen Nachbarn, den Rentner Wadowski, dessen Garten hinter der großen Hecke an eine der Längsseiten grenzte. Ihr Garten war ein Dreieck, in dessen Spitze sich ein großer Komposthaufen befand. Die Grundlinie bildete der Bahndamm, und hinter der anderen Längsseite lag der große Vorplatz einer Industriehalle, in der die Schaubühne eine Probebühne hatte. Von dort konnte sie manchmal seltsame Geräusche hören, Schreie oder laute Musik. Oft lehnte sie sich an den Gartenzaun, um die mit den Armen fuchtelnden oder schnell zur S-Bahn galoppierenden Mimen vor und nach ihren Proben zu beobachten.

Als sie durch die Gartenpforte gingen, kam die warme Oktobersonne hervor.

»Die liebe Sonne!«, strahlte Paula Ralf an.

»Ja, die Sonne ist wie die Liebe. Aber du bist mein Mond.«

»Warum denn das?« Sie musste lachen.

»Weil du immer erst nachts nach Hause kommst.« Sie spürte sehr wohl den leisen Vorwurf in dieser Bemerkung.

Sie hatte sich vorgenommen, den Garten an diesem Wochenende winterfest zu machen. Sie begann damit, die Gemüsebeete umzugraben. Währenddessen verschwanden all ihre Alltagsgedanken, und sie dachte daran, welch großes Glück es war, diesen Garten gefunden zu haben. Der Damm war mit Gestrüpp, Wacholdersträuchern und Fliederbüschen bewachsen, wodurch auch aus der fahrenden S-Bahn niemand hereinschauen konnte.

Sie liebte den alten Baumbestand. An der Seite zum einzigen Nachbarn stand eine Reihe Fichten, und der Komposthaufen wurde von einer großen alten Brandenburger Kiefer bewacht, flankiert von Lärchen. Zwischen ihnen stand ein Wacholderbusch, und am Südzaun hatte sie Thujen, die aber nicht so eng standen, dass sie die Sicht zu den Schauspielern hin völlig zumachten. Paulas Apfel-, Birn- und Zwetschgenbäume waren groß und kräftig, was sie jedes Mal freute, wenn sie sie betrachtete, denn sie mochte die modischen kleinwüchsigen Pflanzen nicht. Auch ihr Vater hatte nur große Bäume geliebt. Auf jeden Fall wollte sie Zwetschgen haben und Aprikosen. Gleich zu Beginn hatte sie einen Aprikosenbaum in besonders geschützter Lage gepflanzt, direkt am Hang zur S-Bahn hinauf, dort, wo der Hang die Erdwärme zurückgab. Viermal schon hatte der Baum getragen. Auch die zwei Pfirsichbäume, die sie gesetzt hatte, trugen inzwischen. Nur mit den Kirschen hatte sie Probleme, weil sie sie nie ernten konnte. Am einen Wochenende waren sie noch nicht reif und am nächsten Wochenende hatten die Stare schon alles weggepickt. Die Lamettastreifen nutzten nichts.

Zwischen diesen Bäumen hatte Paula ihre Beete angelegt. Hier war sie sehr pedantisch und legte sie so genau an, dass Ralf immer sagte, ihre Beete würden aussehen wie Gräber. Seit er das gesagt hatte, war es ihr selbst etwas unheimlich, aber sie wollte daran nichts ändern.

Nachdem sie die Beete eine Weile bearbeitet hatte, ließ sie den Spaten stecken, um zu verschnaufen. Mit der Schere befreite sie die Büsche und Bäume von verdorrten Zweigen und schnitt überall Verwelktes zurück. Als sie die Harke holte, sah sie, dass Ralf sich in einen Korbsessel gesetzt hatte und las. Sie schmunzelte. Für sie war dies ein Ort wirklichen Friedens.

Sie hatte ihre ersten Lebensjahre in einem Garten in einer Kleinstadt im Westerwald verbracht. In der Straße standen alle Häuser wie kleine Schuhkartons – mit einem Garten auf der Rückseite. Oft dachte sie an ihr kleines Paradies. Da hockte ich wie in dem Rucksack einer Indianerin, hatte sie Ralf einmal erzählt. Auf der Straße zu spielen war ihr verboten gewesen, aber sie hatte ihre Freundinnen immer in den Garten eingeladen. Später, als sie zur Schule ging, hatte sie den Frieden des elterlichen Gartens gehasst.

Sie hatte eine eigene Bande und rannte nachmittags mit den Jungs ins nahe gelegene Wäldchen, um Cowboy und Indianer zu spielen. Heute waren die Banden ihre Gegner, und sie freute sich, hier im Garten Unterschlupf und Ruhe zu finden.

Kurz bevor sie mit dem letzten Beet fertig war, wischte sie sich mit dem Ärmel den Schweiß ab.

Ralf hatte sich auf die Gartenschaukel gesetzt und beobachtete sie. Sein dunkelbraunes, störrisches Haar stand ihm zu Berge, er strahlte. Von der Seite sah er Marius irgendwie ziemlich ähnlich, stellte Paula fest.

Sie hatte als kleines Mädchen auf der Schaukel immer versucht, möglichst wild und hoch zu fliegen, damit ihre Eltern sich aufregten. Wenn ihre Schwestern sie geärgert oder die Mutter mit ihr geschimpft hatte, schwang sie langsam und melancholisch auf der Schaukel hin und her, blinzelte traurig in die Sonne und lauschte den Amseln.

Ralf winkte und warf ihr eine Kusshand zu. Sie schickte ihm einen Kuss zurück und brachte das Zusammengeharkte zum Kompost. Dort entdeckte sie einen Igel. »Komm mal her, hier ist ein Igel!«, rief sie Ralf zu.

Ralf mochte Igel, manchmal hielt er ihr lange Igelvorträge. Er hoffte immer, mal auf einen stumpfschnäuzigen Igel zu treffen, aber auch dieser hatte eine spitze Schnauze. Sie wollte das Tier anfassen, aber schnell ergriff er ihre Hand. »Igel haben eine Menge Ungeziefer zwischen den Stacheln.«

»Der will im Kompost überwintern«, sagte sie.

Ralf hockte sich neben sie und murmelte, er sei zu klein, um den Winter zu schaffen. Igel müssten ein gewisses Gewicht haben, um den Winterschlaf zu überleben. »Er muss noch eine Weile gefüttert werden. Am besten nehmen wir ihn mit nach Hause. Da kann er Futter von Kasimir bekommen und ein bisschen Obst. Milch nicht, davon kriegt er Durchfall.«

»Wir lassen ihm genug zu fressen da und kommen nächste Woche wieder her.«

Kasimir kam angesprungen, wagte sich aber nicht an das Stachelknäuel heran. Er blieb nur kurz und jagte wieder einem Spatz nach.

»Okay«, sagte Ralf. »Du hast Recht. Ein Igel gehört nicht in eine Stadtwohnung.«

Nach dem Abendessen zogen sie ihre dicken Pullover an und saßen noch eine Weile bei Petroleumschein vor dem Häuschen. Es war vollkommen windstill, ein romantischer Abend, ohne Fernseher und Telefon, und sie erinnerten sich an ihre einstige Reise nach Verona. Dabei tranken sie eine Flasche Roten. Sie gingen relativ früh ins Bett, Ralf nahm die Petroleumlampe von draußen mit herein, und in der Nacht liebte er sie so, dass sie all ihre Probleme vergaß.

Als Paula am Montagmorgen ins Büro kam, fühlte sie sich, als wären Ewigkeiten vergangen. Am Wochenende hatte sie weder Zeitung gelesen noch Radio gehört. Das Desaster mit der Pressekonferenz nagte immer noch an ihr. Von Anfang an hatte sie ihr Bestes gegeben, zuversichtlich, die Fälle bald gelöst zu haben. Aber dann hatte sich alles in einen Albtraum verwandelt.

Es gab nur eine Nachricht auf ihrer Mailbox, und zwar von Bredenbach senior, der ihr mitteilte, dass seine Frau, die am Wochenende aus St.-Paul-de-Vence zurückgekehrt sei, im Bad ein fremdes Make-up gefunden habe. Sie habe es nicht berührt, die Tube könne abgeholt werden. »Die Liste mit den gestohlenen Wertgegenständen habe ich Ihnen ja gefaxt«, ergänzte er.

Nachdem Paula ein paar Aufgaben delegiert hatte, setzte sie eine Teambesprechung für den Nachmittag an und verließ das Büro. Der kalte Herbstwind blies ihr auf der Straße entgegen. Der Bredenbach-Fall war ihr weggenommen worden, und sie musste dringend Ergebnisse für die ersten beiden Verbrechen vorlegen. Es gab also eigentlich keine Veranlassung, zu Saskias Beerdigung zu gehen, und doch war ihr das ein Bedürfnis.

Die Feier fand in der Kapelle des Waldfriedhofs statt. Sie war eine der letzten Trauergäste. In der ersten Reihe vor dem nelkengeschmückten Altar saß die Familie Gundereit – Vater, Mutter, die beiden jüngeren Schwestern und der kleine Bruder. Sie wirkten gefasst, auch die Mutter. Der Schmerz macht sie noch schöner, dachte Paula, als sie ihr schmales Gesicht betrachtete. Das galt auch für die Töchter, während der Junge kräftig und robust aussah. Paula fiel ein, wie sie Saskia vorgefunden hatte – zusammengekrümmtes verbranntes Fleisch.

Paula schloss die Augen und atmete tief ein. Das Werk eines Wahnsinnigen? Eines mit Drogen vollgepumpten Psychopathen, wie der Polizeipräsident mutmaßte? Eines eiskalten Killers, der als Trittbrettfahrer die Polizei in die Irre zu führen versuchte? Ein Rächer an den Reichen? Oder doch eine paramilitärische Gruppe?

Fromberg hatte Paula vor solchen Vermutungen gewarnt. Doch mehr denn je war sie überzeugt davon, damit richtig zu liegen.

Saskias ganze Klasse war erschienen. Einige ihrer Mitschüler hatten eine rote Rose in der Hand. Paula entdeckte Alexander mit seiner Mutter und Sabrina mit ihren Geschwistern und Eltern. In der Nähe des Eingangs stand Dr. Bredenbach.

Die letzten Orgeltöne von »Lobet den Herrn« verklangen.

Sie sah, wie Saskias Mutter sich ein Taschentuch gegen die Augen presste.

Paula war plötzlich schlecht. Sie hatte Kopfschmerzen und spürte einen starken Druck auf den Augen. Sie brauchte frische Luft und beschloss, vor der Kapelle zu warten, bis sich der Trauerzug zum Grab aufmachte.

Die Pastorin, eine zierliche Person mit intensiver Ausstrahlung, begann ihre Traueransprache.

»Lebendiger Gott«, sagte sie, »Du sprichst das erste und das letzte Wort. Ratlos verstummen wir vor einem unfassbaren Tod. Alles in uns lehnt sich dagegen auf. Hilf uns, dass wir annehmen, was wir nicht begreifen. Du, Gott, hältst die Wahrheit über Leben und Tod in der Hand. Hilf uns, dass in uns Vertrauen wächst und sich unsere Trauer in Hoffnung verwandelt. Amen.«

»Amen«, betete die Gemeinde.

»Höre mein Gebet, Herr, und vernimm mein Schreien; schweige nicht zu meinen Tränen! Amen«, fuhr die Pastorin fort.

»Amen«, wiederholte die Gemeinde.

»Saskia ist nicht mehr unter uns.«

Totenstille. Kein Husten und Schnauben. Es war der Satz, den der Pastor auch am Grab von Paulas Vater gesagt hatte – Richard ist nicht mehr unter uns.

»Der Schmerz übersteigt unsere Kraft. Wir erleiden, was geschehen ist, und müssen ertragen, was wir nicht begreifen. Wir hängen an dem verzweifelten Wunsch, es möge nicht Wirklichkeit sein, was wir doch mit entsetzten Augen sehen müssen.«

Jemand schluchzte.

»Wir alle und ungezählte Menschen im ganzen Land sind erschrocken über diesen Mord. Es ist nicht nur ein Tod in einer Familie; es ist eine Gewalttat, die uns erschüttert und empört. Aber ganz besonders für Sie, liebe Eltern, für Saskias Geschwister, für die Großeltern, für die Verwandten und Freunde ist nichts mehr wie zuvor.«

Paula spürte eine schmerzhafte Spannung im Nacken. »In uns regen sich Trauer, Zorn und Ohnmacht gegen diesen sinnlosen Tod. In uns regen sich der Wunsch und die Forderung, dass unsere Kinder aufwachsen dürfen, ohne sich vor verbrecherischer Gewalt fürchten zu müssen. Wir vertrauen Gott nun an, was wir nicht loslassen wollen und doch abgeben müssen. Und wenn wir fallen, so fallen wir in Gottes Hand. In seiner Liebe sind wir geborgen über alle Grenzen unseres Lebens hinaus. Amen.«

Die Orgel setzte wieder ein.

Draußen atmete Paula tief die frische Luft vom Wald ein. Ein paar Spatzen zwitscherten und rauften sich um etwas auf einem der Wege. Sie ging ein paar Schritte. Zwei sich kreuzende großzügig gestaltete Fichtenalleen teilten ihn in ganzer Länge und Breite in vier Gräberfelder, die hinter den Baumreihen lagen. Vier Bänke standen um ein großes Brunnenrondell, das von Rhododendronbüschen eingefasst war. Paula blickte die rötlichen Kieferstämme hinauf. Die Nadeln glitzerten in der Sonne, der Himmel war blau. Ein Maschendraht trennte den Friedhof von einer Schule, dessen Gebäude sich aus mehreren Quadern zusammensetzte. Steinerne Tische und Bänke standen einsam auf dem Schulhof.

Langsam ging sie den Weg in Richtung Kapelle zurück. An den Bäumen rankte Efeu. Sie sah rosa Zwergastern auf einem kleinen, von Immergrün umrahmten Beet, las die Namen auf vier von Heidekraut umrahmten ovalen Schildchen.

Dem Trauerzug voran schritten die Träger mit dem Sarg, dann die Mutter. Ihr Gesicht war weiß. Paula fürchtete, sie könnte jeden Moment zusammenbrechen.

Auf einer der Kranzschleifen stand: »Wie du am Kreuz die Arme ausgebreitet, so breite sie jetzt aus, Saskia zu empfangen.«

Als der Sarg hinuntergelassen wurde, knarzten die Seile. Ein Schwarm Krähen flog aus einer Eiche auf. Die Pastorin reichte der Mutter die Schaufel Erde zu Erde, Asche zu Asche. Ihre Hand zitterte so stark, dass sie die Schaufel nicht halten konnte, und das Metall krachte auf das Holz des Sarges. Ihre Beine knickten ein. Sie wurde von der Pastorin und einem Sargträger weggeführt. Weinend folgten ihre Kinder.

Verwandte warfen unter letzten Abschiedsworten Erde auf den Sarg und sprachen dem Vater ihr Beileid aus, einige nahmen ihn in den Arm. Dr. Bredenbach gab ihm die Hand und sprach seine Beileidsformel. Wie die steife Begegnung zweier Politiker, dachte Paula. Alexander und Sabrina hielten sich an den Händen. Sabrina ließ ein kleines Päckchen und einen Brief in das Grab fallen. Dann schluchzte sie laut auf. Paula erinnerte sich daran, dass Sabrina ihr in der Schule etwas von einem Ring erzählt hatte.

Ein unscheinbarer Mitschüler trat gesenkten Hauptes an das Grab und warf eine weiße Lilie hinein.

Andere steckten Räucherstäbchen in den Erdhügel und stellten einen tragbaren CD-Player auf. Eine dunkle nasale Stimme trauerte »Bevor du gehst – ich werde es erst glauben können, wenn du nicht mehr vor mir stehst – jetzt ist es wohl soweit – du wirst nie mehr wiederkehren ...«

»Saskias Lieblingslied von Xavier Naidoo«, flüsterte jemand. Paula kannte das Lied nicht, aber ihre Augen wurden feucht. Bilder von der Beerdigung ihres Vaters tauchten auf.

Sie zog ihren Mantel fester um sich und ging langsam den Weg zurück.

Zurück in der Keithstraße begegnete ihr Dr. Krampe in der Eingangshalle.

»Wie geht's, Paula? Sie sehen mitgenommen aus.«

»Wie soll man schon aussehen in diesen Zeiten?«

»Es muss eine Sonderkommission zusammengestellt werden.«

»Haben wir quasi schon«, sagte Paula. »Den Bredenbach-Fall bearbeitet jetzt die Fünfte. Wir arbeiten auch mit dem Raubdezernat zusammen und mit dem Dezernat für Sexualdelikte.«

Der Psychologe kam noch einmal darauf zurück, dass ihr Team enormer Beanspruchung ausgesetzt sei. »Ereignisse wie diese hinterlassen ihre Spuren.«

»Mein Team ist ebenso fit wie ich. Ausfallerscheinungen würde ich sofort bemerken.«

»Der Mensch ist evolutionsbiologisch mit der Fähigkeit ausgestattet, auch tiefe Verletzungen zu verarbeiten. Aber es bleibt immer eine Narbe zurück.«

»Und was hat das mit meinem Team zu tun?«

»Helfer oder Beobachter erfahren sogenannte sekundäre Traumata. Sanitäter zum Beispiel, die bei Bus- und Zugunglücken die Schwerverletzten versorgen. Oder Ärzte und Krankenschwestern, die in Kriegsgebieten über Monate hinweg mit Verstümmelten und Toten konfrontiert sind. Neuerdings rücken die tertiären Belastungen immer mehr in unser Interesse. Angehörige, Freunde und Helfer, die erst dann mit Opfern oder Tätern zu tun haben, wenn alles vorüber ist, sind davon betroffen. Allein dadurch, dass sie sich vorstellen müssen, was geschehen ist, können sie psychisch dekompensieren. Das trifft auch auf Ihr Team zu.«

»Morde aufzuklären ist unser Job«, versetzte Paula lahm.

»Aber nicht solche.«

Sie zuckte mit den Achseln und fragte, was sie machen solle.

»Meine Hilfe annehmen. Ich könnte an der nächsten Teambesprechung teilnehmen. Das wäre eine gute Gelegenheit, mir Ihre Mitarbeiter mal etwas genauer anzuschauen. Denken Sie auch noch mal über eine Supervision nach!«

Paula stimmte zu, wenngleich sie sich dabei nicht so ganz wohl fühlte. Musste sie so eine Entscheidung nicht vorher mit ihren Teamkollegen besprechen?

Aber Dr. Krampe hatte sich schon abgewandt.

»In einer halben Stunde fängt die Besprechung an!«, rief sie ihm nach.

»Bin gleich zurück. Ich hol mir nur zwei Schnecken.«

Die Schnecken hätte er sich sparen können, denn auf dem Tisch im Besprechungszimmer stand eine Eierlikörtorte. Ulla verteilte große Portionen, alle nahmen gierig an, aber Dr. Krampe lehnte ab. In seiner kühlen – Tommi sagte »krampigen« – Art sprach er die einleitenden Worte, während Waldi noch an der Kaffeemaschine herumwerkelte und Max Fruchtgummis aus einer Haribo-Tüte vor sich aufreihte. Justus hatte seine Krawatte als Schleife um die Rückenlehne eines Stuhls gebunden.

Ullas ewige Backerei, Max' infantile Fresserei und Justus' Marotten waren Paula so noch gar nicht aufgefallen, aber auf einmal sah sie die Schrulligkeiten in ihrem Team mit

Dr. Krampes Augen. Waldis Gesäusel am Telefon über die Verdauung des Babys ging ihr schon länger auf die Nerven. Und Tommi hatte früher nur gelacht, wenn er einen Witz riss; jetzt aber grinste er sogar, wenn er kritisiert wurde. Nur Marius wirkte ruhig und gelassen wie immer.

Dr. Krampe sagte, die Brutalität dieser Verbrechen sei außergewöhnlich, und es interessiere ihn, wie die Einzelnen damit umgingen.

Alle mampften schweigend. Paula wurde ungeduldig und gab Justus ein Zeichen anzufangen. Auf ihn war sie seit der Geschichte mit Hertz ziemlich sauer.

Justus richtete sich auf und zupfte das Ziertaschentuch in seiner Jacketttasche zurecht. »Ich denke ...« Er spülte umständlich und gründlich ein Stück Kuchen mit Kaffee hinunter. »... also, ich meine, Ähnliches hat jeder von uns schon erlebt, und wir vergessen das dann abends.«

Waldi hängte sich dröhnend gleich dran: »Wenn wir das mit nach Hause nehmen würden, dann bräuchten wir gar nicht erst wieder zum Dienst anzutreten.«

Dr. Krampe erwartete wohl etwas mehr. Es kam aber nichts weiter.

Tommi zog an den Ärmeln seines Sweat-Shirts und legte grinsend seine muskelbepackten Arme auf den Tisch. »Genau. So was halte ich mir vom Leib. Jeder Jeck is anders.«

Paula fragte sich, was es da zu grinsen gäbe und ob der Psychologe Tommis Lachsackgesicht auch so daneben fand.

Max fragte blasiert, was der ganze Psychokram eigentlich solle. Dies hier sei die Mordkommission, da sei es doch wohl klar, dass man es mit Killern zu tun habe.

Der Psychologe sagte noch immer nichts und blickte aufmerksam von Gesicht zu Gesicht.

Wieder schwiegen alle.

Irgendwann gab Justus widerwillig zu, dass die Perversionen und Abartigkeiten der Grunewald-Bestien für ihn schon ein Hammer gewesen seien. Es habe seinerzeit drüben auch Morde gegeben, aber da sei doch alles »irgendwie glimpflich« abgelaufen.

»Klar«, grinste Tommi, »bei euch gab es nur friedliche Arbeiter und Bauern.«

Justus wurde knallrot und brüllte ihn an, er sei ein politischer Analphabet und solle lieber seine Anabolika fressen, statt blöde Witze zu reißen.

So hatte Paula ihn noch nie erlebt. Als er über den Tisch blaffte, meinte sie, eine Schnapsfahne zu riechen. Ob er heimlich soff?

Dr. Krampe wartete schweigend auf den nächsten Beitrag. Paula empfand ihn fast als arrogant. Sie begann schon zu bereuen, dass sie sich auf diese Runde eingelassen hatte.

Marius erklärte, er sei einfach nur müde. Abends seien seine Knochen schwer wie Blei, und er habe oft das Gefühl, in ein schwarzes Loch zu fallen. »Mal acht Stunden am Stück schlafen. Das ist alles, was ich brauche.«

Dr. Krampe nickte nachdenklich und fragte Ulla, wie es ihr gehe. Sie überlegte einen Moment, erzählte von Hitzewallungen, gelegentlichen Herzrhythmusstörungen und feuchten Händen.

»Und wenn sie länger als fünf Minuten die Luft anhält, wird ihr schwindlig«, ergänzte Tommi gackernd.

»Hahaha«, machte Max.

Die anderen schwiegen.

Paulas Stimme war leicht belegt, als sie etwas sagen wollte. War da eine Erkältung im Anmarsch? Das fehlte gerade noch. Sie räusperte sich. »Der erste Fall betraf einen Bauunternehmer, der für die Kommune baute. Riesendinger, Krankenhäuser, Schulen, er war auch beteiligt an dem Bau neuer Regierungsgebäude, und für uns lag es nahe, dass Korruption dahinter steckte. Da er illegale polnische Arbeiter aufs Schlimmste ausgebeutet hat, gingen wir anfangs von einem Racheakt aus.«

»Irgendjemand wollte dem Wegener eins auswischen«, ergänzte Justus.

Dr. Krampe wollte etwas sagen, aber Tommi ließ ihn nicht zu Wort kommen. »Ich muss sagen, ich hatte sofort einen riesigen Hass. Hass auf diese Bestien, ja, das kann ich sagen.«

Dr. Krampe machte eine Notiz.

Waldi rückte seinen Stuhl gemütlich vom Tisch, damit sein Bauch Platz hatte. »Wir mussten die zahlreichen Baustellen von Wegener filzen. Damit ist ja auch Verwaltungsaufwand verbunden, da war erst einmal festzustellen, wie viele Angestellte er hat, wie viele Baustellen insgesamt. Ist da alles in Ordnung, war die Frage.«

Der Psychologe kräuselte die Stirn. Paula war klar, dass er keine Einzelheiten über die Ermittlungsarbeit hören wollte, sondern nur, wie sie sich dabei gefühlt hatten. Aber Fühlen hieß noch lange nicht, auch darüber reden zu können.

Paula merkte, dass Marius zu ihr herüber sah, als hätte er ihre Gedanken gelesen, und wurde rot.

»Vielleicht war es ja ein Racheakt der Familie irgendeines Schwarzarbeiters von Wegener«, referierte Justus. »In Süditalien wäre das nichts Ungewöhnliches.«

Marius ergänzte, man habe auch wegen Korruption ermitteln und Wegeners politische Kontakte überprüfen müssen. »Der hatte öffentliche Aufträge über Hunderte von Millionen.«

»Einer von den Typen, die mit dem Polizeipräsidenten per Du sind«, grinste Tommi.

Der Psychologe sagte, es interessiere ihn mehr, was sie dabei empfunden hätten.

»Es war ein ziemlicher Schock«, offenbarte Waldi. »Wegener hatte Millionenaufträge, aber nur dreizehn Angestellte. Dafür Hunderte von Schwarzarbeitern aus dem Osten, die er bis auf die Knochen ausgebeutet hat. Ein idealer Nährboden für Hass und Rache.«

Dr. Krampe musterte Waldi, der sich schmatzend ein Stück Eierlikörtorte auf der Zunge zergehen ließ. »Das war's schon?«

Max sprang ein: »Das hat alles einer seiner Poliere gedeichselt. Von sieben Euro hat der Ganove nur zwei fuffzig an die Arbeiter weitergegeben. Und an den Wochenenden hat er sie für sich privat schuften lassen. Für uns war klar, er ist nicht nur der Mittelsmann zum großen Chef, sondern auch ein ganz brutaler Typ. Tommi hat ihn sich ordentlich vorgeknöpft.«

Der lauerte schon ungeduldig auf seine Chance. »Richtig, dieser Sembowski!«, legte er los. »Jacke mit doppelten Polstern und immer ganz auf wichtig. Toupierte Achselhaare. Fährt die größte S-Klasse und sagt, die Arbeiter hätten ihn beklaut: Baumaterial, das er vorher selbst abtransportiert hat.«

Marius erzählte, wie er einem der Arbeiter hinterhergefahren sei, der sehr gut Deutsch sprach: »Der Mann konnte einem nicht direkt in die Augen sehen. Er hatte große Angst vor Ausweisung, aber wir wollten ja nur wissen, was auf den Wegener'schen Baustellen ablief. Die mussten Doppelschichten fahren, und es gab kein Geld, wenn das Soll nicht erfüllt war. Wir dachten, hier gibt's genügend Motive für Racheakte. Dieser Pole hauste in einem alten Wohnwagen. Er arbeitete dem Polier zu, war also schon etwas höher in der Rangordnung, aber dennoch bereit, auszupacken. Als Druckmittel sperrten wir ihn erst einmal ein und führten ihn dem Haftrichter vor.« Seine Wangen glühten. Na, das war ja mal ein richtiger Vortrag, dachte Paula, gleich wird der Psychoonkel ihn auf einen Kaffee bei sich einladen.

»Aber dann fiel alles wie ein Kartenhaus zusammen«, verkündete Max.

»Die Spurenanalyse!«, dröhnten Waldi, Tommi und Justus im Chor.

»Ist doch wahr«, sagte Ulla mit mütterlichem Groll. »Die Jungs haben ermittelt und ermittelt, aber nichts! Da war schon richtig Enttäuschung dabei.«

Justus nickte. »Wie viel Arbeit da drin steckte! Sie müssen bedenken, was für eine Litanei von Delikten es bei dem Bauunternehmer gab: Schwarzarbeit, keine Aufenthaltsgenehmigungen, eine Vielzahl von Diebstählen, Steuerdelikte, Nötigung, Erpressung und so weiter und so weiter.«

»Immerhin haben die Staatsanwaltschaft und der Fiskus das gesamte Wegener-Vermögen beschlagnahmt. Alles eingefroren«, bemerkte Ulla zufrieden und balancierte ein zweites Stück Eierlikörtorte auf ihren Teller.

»Und jetzt die Scheiße mit dem Bredenbach-Fall. Wir kommen nicht mehr weiter«, schloss Tommi, grinste aber selbst bei dieser bitteren Erkenntnis noch.

»Wir stecken fest«, sagte Max und schoss ein Gummibärchen durch den Raum. Es prallte an Justus' Computer ab und traf Dr. Krampe an der Wange. Dieser zuckte zusammen, nahm seine Bücher und sagte, er habe einen ausreichenden Eindruck gewonnen und werde sich in den nächsten Tagen melden.

Na bravo, dachte Paula, ist ja super gelaufen, und als Tommi scheinheilig in die Runde fragte: »Kennt ihr den? Kommt ein Huhn zum Psychiater, legt sich auf die Couch und sagt ...« - stand sie schnell auf und begleitete den Psychologen hinaus.

Auf der Fahrt ins Büro am nächsten Morgen fragte sich Paula, ob es Ulla am Vorabend noch gelungen war, einen Osteuropa-Experten mit dezidierten Sprachkenntnissen aufzutreiben. Sie spürte ganz einfach, dass sie bei der immer noch unbekannten Sprache der Täter ansetzen musste. Ihre Kollegen hatten die Idee mit dem Experten positiv aufgenommen, und Ulla hatte sich sofort ans Telefon geklemmt, um auch wirklich eine Koryphäe in Sachen Osteuropa aufzutreiben. Der sollte, so hatten sie es besprochen, Bandaufnahmen von möglichst allen osteuropäischen Sprachen mitbringen, anhand derer die beiden Zeuginnen Jessica Wegener und Hella von Bülow versuchen sollten, die Sprache der Täter wiederzuerkennen.

Als Paula am späten Vormittag den Raum betreten wollte, in dem sich die Zeuginnen die Sprachaufnahmen anhören sollten, zuckte sie, kaum dass sie die Tür einen Spalt geöffnet hatte, zurück. Dort stand der gut aussehende Serbe aus dem *Lubitsch* am Fenster, den Christiane hatte abschleppen wollen. Er hatte Paula nicht bemerkt, die ganz schnell und leise die Tür wieder schloss. Sieh mal einer an, dachte sie, nun ist er doch wieder bei der öden Polizeiarbeit gelandet.

Die Befragung würde erst in einer Viertelstunde losgehen, also ging sie kurz in ihr Büro zurück, um ihrer Freundin diese brandheiße Neuigkeit mitzuteilen. Christiane war aber nicht zu heiteren Gesprächen über Männer aufgelegt.

»Klar wollte er noch mit auf einen Kaffee, aber sonst ist nichts gelaufen.«

»Echt nicht?«, fragte Paula verblüfft.

»Der hat fünf Tassen Kaffee getrunken! Jeweils mit drei Löffeln Zucker, das ist doch echt pervers.«

Paula lachte.

»Zum Lachen war das gar nicht«, seufzte Christiane. Er hat mir seine Lebensgeschichte erzählt. Das war alles zum Heulen. Und dann heißt er auch noch Josef.«

Christiane war unmöglich. »Was hat er denn erzählt?«

»Wenn ich mir das alles gemerkt hätte! Die Tränendrüsen-Nummer eben. Herrgott, ein guter Mensch bin ich selber, ich wollte für die Nacht einen bösen Buben haben!«

Paula musste grinsen.

Ulla winkte ihr zu, gleich würde die Befragung losgehen.

Schließlich hatte Christiane ihn vor die Tür gesetzt. »Ich bin doch kein Seelsorgeverein«, maulte sie. »Außerdem hat er sich gleich zweimal nach dir erkundigt.«

Paula legte auf und kehrte in das Vernehmungszimmer zurück. Der Serbe aus dem *Lubitsch* stellte sich als Josef Cavaćik vor, schien sie aber nicht wieder zu erkennen.

Jessica Wegener hatte man vor zwei Wochen aus der Behandlung entlassen. Sie wohnte nicht mehr im Grunewalder Landhaus, da das gesamte Vermögen ihres Mannes beschlagnahmt worden war. Sie war zu ihren Eltern nach Krielow in Brandenburg gezogen und hatte einer Vorladung auf die Dienststelle zugestimmt, weil sie nicht wollte, dass die Polizei sie bei den Eltern aufsuchte. Sie trug einen grauen Rock von Jil Sander mit einem Hüftgürtel und einen cremefarbenen Rolli. Ihre Wildlederstilettos sahen edel und kaum getragen aus.

Dr. Krampe kam herein und Paula machte die drei miteinander bekannt.

Jessica Wegener beschrieb noch einmal die Ereignisse des 27. Juli, die zum Tod ihres Mannes geführt hatten. Paula bat sie, noch einmal genau zu schildern, was passierte, kurz bevor die Täter das Haus verließen.

Frau Wegener überlegte einen Moment. »Da war ja der, der mich erschießen sollte. Der stand über mir und hat auf mich gezielt. Der war etwas schmächtiger als die anderen.«

Der *Offizier*, dachte Paula.

»Hat dieser Mann Sie vergewaltigt?«, fragte Dr. Krampe.

Tonlos antwortete sie: »Von hinten.«

»Würden Sie ihn wieder erkennen?«

Sie starrte eine Weile ins Leere und antwortete dann mit einem mechanischen Ja.

»Haben Sie eine Erklärung dafür, warum er seine Absicht, Sie zu erschießen, nicht ausgeführt hat?«

Sie schüttelte den Kopf.

»Haben Sie noch einmal darüber nachgedacht, aus welchem Land die Männer stammen könnten?«, fragte Paula.

»Es war so eine brutale Sprache.«

»Wir haben in verschiedenen Sprachen Aufnahmen machen lassen. Wir sind dabei von dem ausgegangen, was Sie bisher ausgesagt haben. Wir spielen Ihnen das jetzt vor und bitten Sie, uns zu sagen, wenn Sie glauben, die Sprache zu erkennen. Erschrecken Sie bitte nicht, wir haben versucht, auch den brutalen Ton zu imitieren.«

Jessica Wegener nickte, und Paula gab dem Dolmetscher ein Zeichen, das Tonband abzuspielen.

Die erste Sprachprobe war ungarisch. Schon beim ersten Wort fing Jessica am ganzen Körper zu zittern an. Sie schüttelte allerdings langsam den Kopf, hob aber gleich die Hand, um das Gegenteil zu signalisieren, zuckte mit den Schultern und sagte schließlich, sie wisse es nicht. Bei den rumänischen und tschechischen Sprachproben winkte sie ab. Bei Polnisch war sie unsicher, ebenso bei Albanisch, Kroatisch, Serbisch und Bosnisch. Die serbische Sprachprobe ließ sie dann aber dreimal wiederholen und sagte schließlich, das komme ihrer Erinnerung am nächsten.

»Gab's irgendein Wort, das Sie wiedererkannt haben?«

»Rakete«, sagte sie.

»Rakete war da nicht drin«, meldete sich Josef Cavaćik zu Wort. »Aber *pakete*. Könnte es das sein?«

»Ja, ich glaube, sie haben zu dem Letzten, der mich erschießen sollte, irgendwas von *pakete* gesagt.«

Kurz darauf schränkte sie ein, das sei wirklich schwer zu sagen. Sie begann zu weinen und bat darum, das Ganze zu beenden.

Auf dem Weg zu ihrem Büro wechselten Paula und Cavaćik ein paar Worte über die Situation, und dann sagte er, dass er sie schon einmal in einem Lokal gesehen habe.

Sie sah ihn an und nickte dann, so als fiele es ihr jetzt wieder ein. »Ja, ich glaube, ich erinnere mich.«

Er schien zu spüren, dass sie darüber nicht reden wollte, und wechselte schnell das Thema. Er erzählte ihr von seiner Tätigkeit als Dolmetscher am Europäischen Gerichtshof in Den Haag. Die Fälle dort ähnelten alle dem Fall, den sie gerade aufzuklären hätte, meinte er. Und nach dem soeben Gehörten sei er ziemlich überzeugt, dass es sich durchaus um serbische Täter handeln könnte. Dann bat er Paula noch darum, der nächsten Zeugin ein paar Fragen stellen zu dürfen. Er wolle sich damit nicht in ihre Polizeiarbeit einmischen, aber durch seine Tätigkeit in Den Haag habe er inzwischen so einiges über die Strukturen der Gewaltverbrechen mitbekommen, die seit dem Auseinanderfallen von Jugoslawien in den einzelnen Teilrepubliken dort an der Tagesordnung wären.

Paula erklärte sich damit einverstanden. Seine Einladung zu einem kleinen Mittagessen lehnte sie jedoch freundlich, aber entschieden ab.

Als sie am Abend nach Hause kam, war sie für Ralf nicht ansprechbar. Sie nahm eine heiße Dusche und ging ins Bett. Er bemerkte grimmig, in welcher Verfassung sie war, machte ihr aber einen Baldriantee. Sie wollte ihn nicht, aber er bestand darauf, sie würde dann besser schlafen.

Er hatte Recht. Sie schlief schnell ein. Sie schlief sich fast schwindlig, so hatte es ihre Mutter ausgedrückt, wenn die Töchter zu lange schliefen und wild dabei träumten. So war es auch in dieser Nacht. Am nächsten Morgen erzählte sie Ralf ihren Traum.

»Es war der große Ball im Schützensaal. Wir Geschwister waren, wie alle anderen Mädchen in unserer kleinen Stadt, toll herausgeputzt. Ich stand am Rand und schaute nach all den Kavalieren, da kam mein Vater auf einem Planwagen in den Ballsaal kutschiert, und weil Sandra mich nicht vorgewarnt hatte, bekam ich einen Riesenschreck. Sie lachte laut und dreckig. Sie tanzte mit dem *Offizier* einen Walzer, und alle im Ballsaal applaudierten dem eleganten Paar. Guten Morgen, rief mein Vater gut gelaunt, sprang vom Kutschbock und wollte mich auf den Mund küssen. Aber ich wollte nicht, nicht auf den Mund. Zornig hielt ich ihm eine Wange hin.

Wieso so reserviert?
Extra hat er sich
nach langer Fahrt rasiert,

sang Sandra und lachte mir im Tanz provozierend zu. Ich wollte unbedingt das Gesicht des *Offiziers* sehen, aber es ging nicht. Mein Vater hielt mein kleines Gesicht in seinen großen Kutscherpranken und küsste mich mitten auf den Mund. Fast ohnmächtig wurde ich von seinem Biergeruch, taumelte und fiel. Über mir drehte sich der Saal, und Sandra stellte den *Offizier* meiner Mutter vor, die schwarz gekleidet und schön vor Trauer am Rand auf einem Holzstoß saß und immer wiederholte: Mit Tanzen hat das alles nichts zu tun. Da setzte sich der *Offizier* zu ihr, ich konnte sein Gesicht noch immer nicht erkennen, und Sandra kam herbeigerannt, nahm mich bei der Hand, zog mich hoch und beide stellten wir uns an den anderen Rand der Tanzfläche, damit Vater uns so sehen konnte, und ich sagte zu ihr: Danke, danke, dass du gekommen bist. Du hast mich gerettet. Mein Vater pustete vor Wut in den Sand auf dem Saalboden, der aufflog, und verfluchte seine Töchter, die ihn verraten hatten. Wieder drehte sich der Saal. Ich musste mich festhalten, damit mir nicht schwindliger wurde, und ich fasste den leichten Stoff von Sandras himmelblauem Kleid. Sie aber schlug meine Hand weg und schwebte zum *Offizier*, der sie auffing und mit einem Bissen verschlang.«

»Ist das der *Offizier* aus deiner Verbrechergalerie?«, fragte Ralf nüchtern und schüttelte sie leicht.

Aber sie wollte nicht geschüttelt werden und nicht aufstehen. »Ich kann nicht«, flüsterte sie noch ganz benommen.

»Gleich bist du wach«, sagte er und nahm sie in den Arm. Sie wandte sich dem Nachttisch zu, nahm einen Schluck Wasser, riss sich zusammen und schwang die Beine aus dem Bett.

Als sie im Bad stand, stellte Ralf sich in die Tür und versuchte ihr zu erklären, dass all ihre Träume eigentlich erotische Träume wären, nämlich verdrängte sexuelle Probleme.

Sie war zu müde, um sich mit ihm anzulegen. »Ich glaube, ich räume nachts einfach meinen Kopf auf.«

»Die Missbrauchsängste vor deinem Vater waren doch ganz deutlich. Hat er dich denn mal – ?«

Sie knallte die Tür zu und riegelte ab.

Im Büro versuchte sie, sich zu beruhigen. Die Worte von Ralf nagten noch an ihr, aber sie brauchte jetzt Kraft und Konzentration für die Arbeit. Kaum dass sie sich wieder einigermaßen gefangen hatte, klingelte das Telefon und Frau von Bülow wurde angemeldet. Sie hatte auf diesem frühen Vormittagstermin bestanden, weil sie nach München fliegen wollte wegen eines Pianisten, der in der engeren Auswahl für den Hella-von-Bülow-Preis stand. Sie erklärte, sie sei jetzt aktiver als je zuvor. Ablenkung sei das einzige Mittel, um mit dem inneren Spuk fertig zu werden. Paula nickte. Ihr Körper fühlte sich fiebrig und schwer an. Sie trug den Traum von ihrem Vater und dem *Offizier* noch in sich.

Im Besprechungsraum machte sie Dr. Krampe, Josef Cavaćik und Hella von Bülow miteinander bekannt, erklärte die Situation und äußerte die Hoffnung, Frau von Bülows musikalisches Gehör werde ihnen helfen, die Sprache der Täter zu erkennen. »Jede Nuance im Tonfall könnte dazu führen, diese Serie von Gewalttaten aufzuklären und zu beenden«, fügte sie leise hinzu.

Hella von Bülow lächelte traurig. »Jede Nacht erlebe ich das alles wieder, ob ich wach liege oder in meinen Träumen«, sagte sie mit bebendem Kinn. »Immer wieder frage ich mich, ob ich den sinnlosen Tod meines Mannes hätte verhindern können.«

Paula nahm sie mitfühlend in den Arm und führte sie zu dem Tisch, auf dem schon der Rekorder mit den Sprachaufnahmen bereitstand.

Als Frau von Bülow das Raunen und Röcheln, das Grölen und Gurgeln der Täter beschrieb, fragte Cavaćik, warum sie romanische Sprachen mit solcher Sicherheit ausschließe.

»Ich habe Latein und Griechisch gelernt. Das war als Mädchen zu meiner Zeit nicht unbedingt selbstverständlich. Alle romanischen Sprachen basieren auf dem Lateinischen, die Deklinationen und Konjugationen, der Satzbau. Ich konnte kein einziges Wort von dem verstehen, was die Verbrecher sich zuriefen. Es war eine harte Sprache, kaum Vokale, viele Kehllaute. Deswegen schließe ich auf eine Sprache aus dem Ostblock.«

»Können Sie sich an einen bestimmten Laut erinnern, an eine Phrase oder ein Wort?«

Sie bat, dass man ihr die Bänder mit den Sprachproben vorspielte, vielleicht werde etwas aus ihrer Erinnerung zurückkommen.

Cavaćik schaltete das Gerät ein. Hella von Bülow schloss die Augen. Ohne Unterbrechung hörte sie sich alles an. »Poschali tei packet«, sagte sie schließlich. »Das haben sie dem gut Rasierten mit der Sonnenbrille zugebrüllt. Dem, den Sie den *Offizier* nennen.«

»Vielen Dank«, sagte Cavaćik und schlug vor, die Befragung zu unterbrechen. Hella von Bülow sah ihn fragend an, aber er wartete schweigend auf Paulas Zustimmung.

»Kurze Kaffeepause?«, fragte Paula die alte Dame.

Nach einem Blick auf ihre Uhr stimmte sie zu. »Sie wissen ja, wann ich weg muss«, sagte sie und erhob sich.

Paula bat Ulla, sich um sie zu kümmern. Das ganze Team wartete schon gespannt auf das, was Cavaćik zu sagen hatte.

Im Besprechungszimmer stellte Waldi die Kaffeemaschine an, während Paula Josef Cavaćik vorstellte und ihn bat, ihren Kollegen seine Schlussfolgerungen aus den Vernehmungen darzulegen.

»Jessica Wegener hat gestern das serbische Wort *pakete* wieder erkannt«, sagte Cavaćik. »Am Ende, als die Verbrecher das Haus verlassen wollten, hätten sie zu dem *Offizier* irgendetwas mit *pakete* gesagt. Es habe wie ein Befehl geklungen. Der Text, den wir heute der Zeugin vorgespielt haben, war leicht verändert, ich habe die Wendung *Pošalji tas packet* eingefügt. Sie konnte sich an diese Formulierung erinnern und hat sie ohne meine Hilfe und in der richtigen Aussprache wiederholt.« Er machte eine bedeutungsvolle Pause.

Waldi ging gerade mit dem Kaffeetopf herum. Paula wartete, bis er allen eingegossen hatte. Cavaćik wollte noch Milch und Zucker, und auch das wartete sie ab. Er nahm sechs Stück Zucker, und Paula sah plötzlich die Szene vor sich, wie Christiane nachts mit ihm in ihrer Wohnung saß und darauf wartete, dass er Kaffee und Zucker beiseite schob und mit ihr ins Bett ging. Sie selbst fühlte sich von der kühlen Ernsthaftigkeit des Dolmetschers irgendwie angezogen. Aber etwas machte ihr zugleich Angst. Waren es seine grünen Augen und sein kurz geschorenes dunkles Haar, mit dem er dem *Offizier* in ihren Träumen so ähnlich sah? Wenn sie so weitermachte, landete sie doch mal irgendwann bei Dr. Krampe auf der Couch, dachte Paula ärgerlich, nahm einen Schluck Kaffee und konzentrierte sich auf das, was Cavaćik ihnen zu sagen hatte.

»Ich muss ein bisschen ausholen und Ihnen die politischen Hintergründe erklären«, nahm dieser den Faden wieder auf.

Bei dem Wort politisch fielen Paula die Bemerkungen des Polizeipräsidenten ein, aber sie sagte nichts. Sie würde Cavaćik keinen Maulkorb verpassen, bloß weil Fromberg das bei ihr versucht hatte.

»Ja, ich bitte darum«, forderte sie ihn auf.

»Die von den beiden Zeuginnen erinnerten Ausdrücke sind aus dem Serbischen«, fuhr Cavaćik in seiner ruhigen Art fort. »Die Worte heißen übersetzt ›Pakete verschicken‹.« Er sah in die Runde. Paula machten diese Kunstpausen nervös. »Beim Völkermord an den bosnischen Muslimen wurden genau diese Worte als Todesbefehl benutzt. *Pakete verschicken* war die Verschlüsselung für den Auftrag, Menschen umzubringen.«

»Verdammt!«, brach es aus Paula hervor. Cavaćik sah sie fragend an, doch als sie dann einfach schwieg, machte er weiter.

»Wie sie wissen, ist es Slowenien und Kroatien 1992 gelungen, als unabhängige Staaten anerkannt zu werden. Bosnien wollte ebenfalls die Unabhängigkeit. Bei der Volksabstimmung zwei Monate später waren neunundneunzig Prozent der Bevölkerung dafür, und im April 1992 wurde die ausgerufene Unabhängigkeit international anerkannt. Die meisten Bosnier sind Muslime, aber es gab auch eine serbische Minderheit, die wollte, dass Bosnien sich Groß-Serbien anschließt. Die Serben riefen eine so genannte Serbische Republik aus und besetzten Bosnien. Trotz der Warnungen seitens der UNO.«

Tommi grinste angestrengt. Paula war klar, dass er nach einem Witz suchte, doch diesmal würde sie ihn rechtzeitig stoppen.

»Es gab einige Enklaven, die sich gegen die Militärs wehrten. Dazu gehörte Srebrenica. Zehntausende bosnischer Muslime flohen aus ihren Dörfern und suchten im besetzten Srebrenica Schutz. Wegen der Belagerung gab es kaum Obdach und Nahrung, weswegen bosnische Einheiten versuchten, den serbischen Belagerungsring zu sprengen. Der Gegenschlag der Serben war so brutal, dass der Sicherheitsrat der UNO im April 1993 durchsetzte, Blauhelme in der Zone zu stationieren.«

Und damals wurde seine Mutter vertrieben, dachte Paula. Jedenfalls hatte sie so etwas bei dem Gespräch in der Kneipe aufgeschnappt.

»Das kanadische Blauhelm-Regiment wurde im Januar 1994 durch ein niederländisches abgelöst. Aber Srebrenica war noch immer nicht entmilitarisiert, kleine muslimische Einheiten griffen im Umland serbische Ziele an, um Lebensmittel und Munition zu beschaffen. Serbien führte an vielen anderen Orten Krieg, zum Beispiel in Sarajewo, und konnte sich nicht leisten, dass an kleineren Schauplätzen Kräfte gebunden wurden. Entgegen dem UNO-Abkommen beschlossen die Serben dann, Srebrenica der serbischen Republik einzuverleiben. Es sollte die gesamte muslimische Bevölkerung ausgerottet werden, damit es anschließend weder Widerstand noch irgendwelche Volksabstimmungen gegen Serbien geben konnte.«

Inzwischen war sogar Tommi das Grinsen vergangen. Falls sie es tatsächlich mit Söldnern aus dem Bosnienkrieg zu tun hatten, stand ihnen ein knallhartes Stück Arbeit bevor. Patzer wie auf der Pressekonferenz konnten sie sich da nicht mehr leisten.

»Die Operation Krivaja 95 sah vor, Srebrenica von Süden her einzunehmen. Kurz vor Beginn der Offensive griff die berüchtigte Sondereinheit Rote Säbel an, eine geheimbündlerische Todesschwadron. Die Männer dieser Einheit trugen weder Uniform noch Abzeichen und waren nur an einer Säbeltätowierung am rechten Oberarm zu erkennen. Sie operierten hinter den feindlichen Linien und verbreiteten Angst und Schrecken.

Der offizielle Angriff auf Srebrenica erfolgte noch in der Nacht des 6. Juli. Fünf Tage später war die Enklave eingenommen. Nun begann der systematische Massenmord an den eingeschlossenen Muslimen. Die Armee der serbischen Republik und Spezialeinheiten wie die Roten Säbel, die Arkan-Tiger und die Drina-Wölfe hatten schon zuvor in zahlreichen Dörfern Massaker an Zivilisten verübt und fühlten sich als Helden des serbischen Volkes.«

Paula erinnerte sich an die Bilder aus den Nachrichten und an die heftigen Diskussionen, als die Grünen sich für eine deutsche Beteiligung an den UNO-Einsätzen aussprachen, um den Völkermord zu stoppen.

»Sie begannen mit dem Abtransport der Bevölkerung in Bussen und Lastwagen an bestimmte Orte, wo die Frauen vergewaltigt, die Alten und Kinder gefoltert und schließlich erschossen wurden. Natürlich wollte man das Vorgehen kaschieren, um später nicht von der Internationalen Gemeinschaft verfolgt zu werden. Dazu gehörte auch, nie von Töten zu sprechen, sondern die Wendung »Pakete verschicken«

zu gebrauchen. Nach den Exekutionen sollten keine Zeugen übrig bleiben. Für die Opfer war es trotz ihrer Überzahl unmöglich, Gegenwehr zu leisten oder zu fliehen.«

»Dieses Muster erinnert mich sehr an das Vorgehen der Grunewald-Bestien«, sagte Paula. »Die Opfer werden in eine schockähnliche Situation gebracht, in der sie keine Kontrolle mehr haben. Sie müssen alles abgeben, Geld, Papiere. Dann kommt Erniedrigung und Folter.«

Cavaćik sah sie an. Dann nickte er und sagte, das sei auch seine Meinung. Deswegen lege er ihnen hier die Situation in Srebenica so genau dar.

»In Bosnien gab es brutale Gruppenvergewaltigungen an den Frauen. In ihrer Widerwärtigkeit und Grausamkeit sind diese Verbrechen nicht zu überbieten. Danach wurden die Frauen erschossen. Es gehörte auch zu den rituellen Tötungen der Drina-Wölfe oder der Roten Säbel, das Opfer mit Benzin zu übergießen und zu verbrennen.«

Alle saßen da wie gelähmt.

»Sie halten es für möglich, dass die Männer, die wir suchen, von einer serbischen Sondereinheit sind?«, fragte Justus.

»Einiges deutet darauf hin«, sagte Cavaćik.

Justus kaute auf seiner Unterlippe. »Dann werden wir sie nur kriegen, wenn wir sie hier in flagranti erwischen. Auf ausländischem Territorium kommen wir nicht an sie ran.«

Waldi zog die Stirn kraus. »Über das Bundeskriminalamt können wir mit Sicherheit auch in Bosnien oder Serbien zugreifen«, sagte er.

Tommi winkte ab und meinte, dass die Jugos alle unter einer Decke steckten, aber Marius korrigierte ihn: Die neuen

Machthaber seien bereit, mit dem Westen zusammenzuarbeiten. Sie würden ja sogar ehemalige Kriegsverbrecher nach Den Haag ausliefern.

Cavaćik widersprach. Die Verquickung von Polizei, Geheimdienst und Unterwelt habe dort Tradition – unter dem Deckmantel, der serbischen Nation zu dienen, sagte er mit einem resignierten Lächeln. Schon zu Titos Zeiten habe der Geheimdienst Straftäter angeworben, um sie bei verdeckten Operationen im Ausland einzusetzen. Als Beispiel nannte er Arkan, dessen politische Karriere auf diese Weise unter Tito begann. Seine Einheiten seien auch an den Massakern in Srebrenica beteiligt gewesen, und später habe er eine unheimliche Macht gewonnen.

»Ist der nicht mit der Schlagersängerin Ceca verheiratet?«, fragte Max.

Der Dolmetscher kniff die Augen zusammen. Schwer zu sagen, ob er lächelte oder ihn nur genauer ansehen wollte. »*War* verheiratet. Er wurde ermordet, vermutlich von seinem Rivalen, dem so genannten Leguan, einem Ex-Kommandeur der Roten Säbel. Ähnlich wie Arkan baute er unter Milošević eine bewaffnete Spezialeinheit auf, um kriminelle Geschäfte zur Finanzierung des Systems abzuwickeln. All diese Gruppen waren während der Kriege in den neunziger Jahren in unzählige Kriegsverbrechen verstrickt. Seither bilden sie unkontrollierbare parallele Machtzentren.«

»Wir haben genügend Spuren, um sie zu identifizieren«, sagte Tommi.

Der Dolmetscher lachte bitter auf.

Marius beharrte darauf, dass die neuen Machthaber zumindest Kriegsverbrecher ausliefern würden.

Cavaćik schüttelte besorgt den Kopf. »Eher werden politische Führer ermordet, die mit dem Westen kooperieren.«

Cavaćik war Dolmetscher und kein Kriminalist, deswegen fragte Paula noch einmal nach: »Was macht Sie so sicher, dass wir es hier mit serbischen Paramilitärs zu tun haben könnten?«

Cavaćik stellte die schnelle und präzise Vorgehensweise in den ersten beiden Fällen heraus. »So etwas setzt militärisches Training voraus«, sagte er. Dann verwies er auf die Waffe, die im ersten Fall benutzt worden war, vermutlich eine Ceska 9 mm. Entscheidend für ihn aber sei die Behandlung der Frauen. »Die Vergewaltigung von Frauen als Teil einer Kriegsstrategie finden wir in Europa zum ersten Mal im Bosnien-Krieg. So genannte Befehlsvergewaltigungen. Sie wurden als Kriegswaffe eingesetzt.«

All das entsprach auch Paulas Einschätzung. An die Theorie, beim Wegener-Fall habe es sich um einen Racheakt geprellter Arbeiter gehandelt, hatte sie nie glauben können.

»Befehlsvergewaltigungen?«, fragte Justus. »Nur von den Serben?«

Ob seine Mutter wohl auch vergewaltigt worden war, fragte sich Paula. Und plötzlich fiel ihr seine Bemerkung von damals in der Kneipe wieder ein: Seine Mutter habe ihm nie etwas von den erlebten Gräueltaten erzählt.

»Nein, alle Konfliktparteien haben sich dieses Mittels bedient. Aber bei den Morden der Grunewald-Bestien scheinen eindeutig serbische Mordbefehle benutzt worden zu sein.«

Paula hakte nach, was außerdem noch dafür spreche, dass sie es hier mit serbischen Paramilitärs zu tun hätten.

»Der Einsatz des Dolches.«

Tommi fragte erstaunt, wo denn jemand erdolcht worden sei.

»Der Hund«, sagte Cavaćik. »Die Serben richteten zwar einige der Bosnier, die sie gefangen genommen hatten, mit Pistolen hin, aber sie bevorzugten die Methode, ihnen die Kehle durchzuschneiden. Oft trennten sie die Köpfe der Gefangenen ganz ab und pfählten sie oder nagelten sie irgendwo an, so wie den Kopf des Dackels.«

Paula war eines klar: Wenn es stimmte, was Cavaćik da erzählte, nahm der Fall eine explosive Wendung. Cavaćik bestätigte, was sie immer gespürt hatte: dass sie es mit einer paramilitärisch geschulten Bande aus dem Osten zu tun hatten. Sie blickte zur Uhr. Sie musste die Diskussion unterbrechen, um noch einmal mit Frau von Bülow zu reden, aber eine Frage hatte sie noch: »Es ist bei jedem Verbrechen ein Zeuge übrig geblieben, was doch ganz und gar nicht dem Muster entspricht, das Sie eben beschrieben haben. Warum sollten Männer, wie Sie sie charakterisieren, jemanden am Leben lassen?«

Er betrachtete sie einen Moment nachdenklich. »Da haben sie Recht«, sagte er. »Das ist das einzige Detail, das nicht in dieses Schema passt.«

»Nach dem, was Sie erzählen, ist es auch seltsam, dass Hella von Bülow zwar gequält wurde, aber von einer Gruppenvergewaltigung verschont geblieben ist«, insistierte sie.

Cavaćik machte ein zweifelndes Gesicht und empfahl, die Zeugin noch einmal zu befragen. Allein, von einer Frau. Er wisse aus genügend Fällen, die in Den Haag verhandelt worden waren, wie schwer es Frauen falle über solche an ihnen begangene Verbrechen zu reden.

Seine Mutter, dachte Paula wieder und blickte ihn schweigend an. Als er ihren Blick erwiderte, nahm sie schnell ihr Handy und rief Ulla an.

Ulla sagte, sie sitze mit Frau von Bülow im KaDeWe-Café am Wittenbergplatz und würde jetzt zurückkommen, wenn es weiterginge. Paula sagte, sie seien jetzt fertig.

Als sie zurück waren, nahm Paula Hella von Bülow beiseite und bat sie um ein offenes Gespräch unter vier Augen. Obgleich die anderen warteten, ließ sie sich Zeit, sprach erst einmal von dem schweren Schicksal, das Frauen der Verlierer oft nach Kriegen erwarte. Sie erklärte der alten adligen Dame auch ihre eigene Situation und sprach von ihrem Konflikt mit der Polizeiführung, die mögliche internationale Aspekte aus politischen Gründen nicht zulassen wollte. Schritt für Schritt näherte sie sich so langsam der Frage, ob Hella von Bülow nicht etwa doch vergewaltigt worden war.

Die Zeugin war in ihrer gewandten Art jedem der Schritte Paulas gefolgt und betrachtete sie nach der letzten Frage nachdenklich.

Paula wich ihrem Blick nicht aus und wartete geduldig, dass sie die Lippen bewegte, wenn sie denn die Worte für das Unaussprechliche gefunden hätte.

»Wie spät haben Sie's?«, fragte sie.

Paula meinte, ihr sei irgendetwas entgangen. Wieso fragte sie nach so einem Gespräch, wie spät es sei?

»Ich fragte –«, hakte Paula noch einmal nach, aber Hella von Bülow unterbrach sie hart und stand auf. »Bestellen Sie mir bitte ein Taxi, ich muss zum Flieger. Ich habe Ihnen doch gesagt, dass ich zum Flughafen muss. Es war zwar sehr nett, mit Ihrer Sekretärin Kaffee zu trinken, aber jetzt bin ich schon fast zu spät.«

Nachdem Paula Frau von Bülow in ein Taxi gesetzt hatte und zurück kam, warteten alle vor dem Raum, wo das Gespräch mit Hella von Bülow fortgesetzt werden sollte. Paula sagte, die Sache sei zu Ende, die Zeugin hätte keine Zeit mehr gehabt.

»Was war denn los?«, fragte Ulla. »Sie war doch eigentlich ganz guter Dinge.«

»Ich habe sie gefragt, ob sie nicht doch sexuell misshandelt wurde und ihr gesagt, dass sie in diesem Punkt vielleicht eines Tages unter Eid aussagen müsse. Sie hat mich lange angesehen und gefragt, wie spät es sei. Dann ist sie weg. War nichts zu machen.«

Dann gab sie Cavaćik die Hand und dankte ihm. Er hielt sie einen kurzen Moment länger als nötig fest und sagte, sie könne ihn jederzeit anrufen, wenn sie seine Hilfe brauche.

Als Paula am nächsten Morgen aufwachte, war ihr Nacken steif. Sie wälzte sich auf die rechte Seite und setzte sich auf, versuchte, eine Position zu finden, in der ihr Kopf nicht schmerzte. Sie rieb sich den Hals und versuchte ihn zu bewegen. Die Muskeln waren hart. Sie massierte die Stelle eine Weile, überlegte, wo sie Zug bekommen haben könnte, aber ihr fielen nur die Bilder aus ihren Träumen ein. Kriegsbilder, wüste Szenen. Eine Stadt, die so vollgestopft war mit Menschen, dass nichts zu Boden fallen konnte. Rauchende Trümmer einer Moschee. Sterbende Mütter und verdurstende Kinder. Darüber eine weiß glühende Sonne. Srebrenica, dachte sie, ein Denkmal des Elends.

Sie spürte Ralfs warme Hand auf ihrem Rücken. Sie hatte nicht bemerkt, dass er aufgewacht war. Eigentlich war es noch viel zu früh für ihn. Seine Hand, die langsam eine Acht beschrieb, fühlte sich angenehm an.

Im Büro begrüßte sie alle flüchtig, indem sie nur kurz den Kopf zu den Türen hineinsteckte. Sie hatten sich in die mühsame Kleinarbeit gefügt und saßen vor ihren Papieren, Akten und Computern. Sie suchten nach der Stecknadel im Heuhaufen.

Ihrem Gefühl nach hatte der *Offizier* den gestohlenen Seat gefahren und Saskia übernommen, die der *Säufer* aus dem Ferrari gezerrt hatte. Warum aber wollte der *Offizier* Saskia kurz darauf vor der Bredenbach-Villa wegscheuchen, wie das Liebespaar aus dem Jugendheim beobachtet hatte? Und warum hatte Saskia die Chance nicht genutzt und war gerannt? Hatte sie gedacht, sie würde beim Weglaufen erschossen werden wie in dem Film, über den sie im Restaurant gesprochen hatten? Oder hatte sie etwa geglaubt, Jonas helfen zu können?

Ein Anruf von Dr. Krampe riss sie aus ihren Gedanken. Der Psychologe schlug ihr vor, mit ihrem völlig überarbeiteten Team in absehbarer Zeit einmal »etwas Gruppendynamisches« zu unternehmen, einen kleinen Ausflug oder einen gemeinsamen gemütlichen Abend. Paula grinste, Ringelpietz mit Anfassen? »Das hört sich ja so an, als sollten wir Halloween zusammen feiern«, sagte sie und bedankte sich für seinen Anruf.

Tommi hatte ihre Bemerkung aufgeschnappt und stimmte jubelnd zu, und als die anderen das hörten, fielen sie in den Jubel ein. Jetzt war es passiert. Vielleicht war das auch gut so. Wahrscheinlich hatte Dr. Krampe Recht.

»So soll es sein«, sagte sie. »Halloween?«

Auf den beiden Steinpfosten der Gartenpforte im Dahlemer Weg lag je ein ausgehöhlter Kürbis. Sie waren von innen beleuchtet, Mund, Nase und Augen waren ausgeschnitten. Die Pforte stand offen, ebenso die Haustür. »Eisgekühlter Bommerlunder« von den *Toten Hosen* schallte aus dem Haus. Die Parkplätze in der Nähe des Hauses von Max' Eltern waren schon von den Wagen des Teams besetzt. Paula und Ralf waren die Letzten.

Erst hatte sie keine Lust gehabt, inmitten eines ungeklärten Falls, in dem offenbar die schrecklichsten Ereignisse der jüngeren europäischen Geschichte eine Rolle spielten, das amerikanische Erntedankfest zu feiern. Sie hätte lieber einen ruhigen Abend mit Ralf verbracht und wäre früh zu Bett gegangen, um sich auszuschlafen.

Zu ihrer Überraschung hatte Ralf sich sogar bereit erklärt, mit ihr mitzukommen, und hatte sie sogar dazu überredet, sich zu verkleiden. Er selbst ging als Fledermaus in einem schwarzem Taftkleid, das ihm ausgezeichnet stand. »Sehe ich als Frau nicht besser aus als du?«, war seine Frage, als sie zu Hause beide vor dem großen Spiegel standen.

Sie ging als Teufelchen mit rot geschminktem Gesicht und angeklebten blinkenden Hörnchen.

»Paula als Teufel, das kennen wir ja schon. Aber eine Fledermaus-Transe an ihrer Seite – das ist die Krönung!«, kündigte Tommi laut lachend die beiden späten Gäste an. Ralf drehte sich mit erhobenen Armen um seine eigene Achse, so dass sich der schwarze Taftrock blähte. Paula freute sich über seine Ausgelassenheit. Sie hatte schon befürchtet, er würde dann doch nicht durchhalten und wieder in seine arrogante Muffelnummer zurückfallen.

Tommi war als Zombie gekommen, ganz in Grau mit aufgemalter klaffender Gesichtswunde. Es sah ziemlich echt und abstoßend aus. Justus stolzierte als Graf Dracula mit Frack, Bauchbinde und wallendem Umhang umher. Wegen seines scheußlichen Plastikgebisses konnte er nicht reden, was Paula sehr entgegenkam, hatte sie doch Ralf versprechen müssen, möglichst nicht über die Arbeit und schon gar nicht über die Pressekonferenz zu reden. Lissy, Justus' geschiedene Frau, war auch da. Paula konnte sich nicht vorstellen, wie er sie mit seinem Stockfisch-Charme dazu überredet hatte. Lissy jedenfalls, die Tochter eines Opernsängers aus Leipzig, trat im üppigen Dalmatiner-Look und schwarzweißen Haaren als Cruella de Ville auf. Kreuzfidel kam sie auf Paula zu, nahm sie in den Arm und schwatzte mit ihr über ihr neues Leben und die vielen Partys, die noch folgen würden.

Die Waldi Wehland und seine Frau und Max Jahnkes Eltern waren als die vier apokalyptischen Reiter – Pest, Hunger, Tod und Krieg – erschienen. Waldi war der Hunger und hatte auch gleich das passende Lied auf den Lippen: »Wir haben Hungerhungerhunger, haben Hungerhungerhunger, haben Hungerhungerhunger – haben Durst!«

»Wo ist denn die Kleine?«, fragte Paula. Waldi zog Wilma seine zierliche Frau, zu sich heran und sagte, heute hätten sie ihr Goldstück zum ersten Mal bei den Großeltern geparkt. »Hoffentlich geht das gut«, fügte Wilma hinzu, die als Krieg verkleidet war und durch einen Strohhalm Orangensaft trank.

»Wenn die Wilma der Krieg ist, möchte ich nicht der Frieden sein« , gurrte Paulas Fledermäuserich ihr zu und zog sie weiter.

»Was möchtest du denn?«, fragte sie und küsste ihn auf den Hals.

»Da wird mir schon noch was einfallen«, flüsterte er zurück und griff ihr an den Po.

»Ralf!«, ermahnte Paula ihn lachend. »Das ist hier ein Betriebsfest! Wo ist eigentlich Max?«

»Alle Mann in den Garten!«, rief Tommi im selben Moment.

Die Terrasse und der Rasen waren zum großen Teil überdacht und mit Butangasheizkörpern bestückt.

Auf einer kleinen aufgebauten Bühne standen, lang und dick, Max und Ulla. Sie waren als Hexen kostümiert und schunkelten Arm in Arm zur Musik. Wie auf dem Blocksberg trugen sie zischend und heulend den Begrüßungstext vor.

»Der Kreis ist gezogen, wir drehen das Rad;
so ist es gepflogen, wir gehen den Pfad;
wir knüpfen den Knoten und laden euch ein,
beim Fest der Toten dabei zu sein.
Wir zählen bis Drei.
Eilt alle herbei.
Hexen und Polizei!
Denn wir laden euch ein,
beim Fest der Toten dabei zu sein.
Krieg soll gelten, zeigt eure Macht,
denn es ist Samhain und dunkel die Nacht.«

Paula beschlich ein ungutes Gefühl. War diese Art von Geisterbeschwörung wirklich das Richtige für einen entspannten Team-Abend? Kollegen, die sie von früher kannte, wollten mit ihr und Ralf anstoßen. Ulla hatte ihrem Saft ordentlich Wodka beigemischt. »Schwester, wir müssen zusammenhalten!«, röhrte sie augenzwinkernd.

»Finde ich auch«, sagte Marius, der sich mit schwarzer und weißer Farbe einen Totenkopf ins Gesicht gemalt hatte.

»Hallo, Sensenmann!«, sagte Ralf gut gelaunt.

Marius machte Ralf ein Kompliment für sein Kostüm, und einvernehmlich prosteten sie sich zu. Paula war gerührt. Da entdeckte sie, dass Max neben einer ganz nett aussehenden jungen Frau stand.

Sie war als Superman in Netzstrumpfhosen gekleidet, was nicht wirklich zu Halloween passte, aber sehr sexy aussah. Max stellte sie als Kollegin vom MEK vor. Wenn ich richtig sehe, schoss es Paula durch den Kopf, ist das doch diese Kicki Michel, die Marius nach dem Wodkaabend bei den alten Leuten aus Stettin noch freundlicherweise nach Hause gefahren hatte. Die Kollegin, die nur Männer grüßte. Sie lächelte Paula an und erzählte, sie gehe fast jedes Wochenende zum Kickboxen. Entsprechend durchtrainiert und sportlich sah sie auch aus. Ihr kurzes braunes Haar hatte sie mit rotem Gel frech nach oben gestylt.

Tommi warf interessierte Blicke in ihre Richtung und grinste breit, als er sah, wie sehr Max sich um sie bemühte. Irgendwie ärgerte es Paula, dass außer Marius alle Männer der Boxerin unverhohlen auf ihren knackigen Hintern glotzten.

War das Max' neue Freundin? Sie wusste, dass er eine Beziehung zu einer sehr viel älteren Kollegin aus dem Betrugsdezernat hatte, obwohl er immer versuchte, das geheim zu halten. Sie sah sich um, entdeckte sie aber nirgends

Waldi drehte die Musik kurz ab und brüllte: »Essen fassen!«. Alle strömten zum Büfett im hinteren Teil des Gartens. Ralf nahm Paulas Arm und zog sie dorthin.

Aus einem großen Kessel schenkte der lange Max Gulaschsuppe aus. Er hatte sich eine Barbecue-Schürze mit der grellroten Aufschrift *Hier kocht Mamas Liebling* umgebunden.

Der Garten war mit fetten schwarzen Spinnen und Spinnennetzen dekoriert, mit Kürbisköpfen, Plastikgerippen, Reisigbesen und mehreren elektronisch gesteuerten Betttuch-Gespenstern, die auf und ab fuhren und »Hui« machten, wenn man vorbeiging. Überall standen rote und blaue Grableuchten. Max' Eltern saßen in der Hollywoodschaukel und tranken mit zwei Kollegen von der Neunten Brüderschaft.

»Was gibt's denn alles?«, fragte Paula, und Ulla rief vom warmen Büfett: »Bauchfleisch, Nackenkotelett in Senfmarinade, Buletten, Schweinefilets, Rostbratwurst, Nürnberger Schnecke, Kartoffelsalat, Krautsalat, Zaziki, Fladenbrot, Schrippen und nicht zu vergessen die Supergrillsoßen!«

Außerdem gab es Kürbisbowle und Schultheiss vom Fass.

Tommi, der die Kickboxerin inzwischen angesprochen hatte, ergriff die Gelegenheit, um einen seiner blöden Witze zu landen. »Selbst gemacht oder Nasenbluten?«

»Vielleicht solltest du dich mal auf etwas anderes spezialisieren als auf blöde Witze«, knurrte Justus und angelte sich zwei Rostbratwürste.

»Die D-Mark stillt den Durst vom Ossi mit der Wurst«, lachte Tommi und tatschte leutselig Justus' Rücken, so dass diesem der Senf auf die Schuhe tropfte.

»Idiot!«, maulte der.

Da wandte sich Tommi der Braut vom MEK zu, quasselte munter auf sie ein und schaffte es sogar, sie zum Lachen zu bringen, gerade als Max auf seinem Hexenbesen heranritt, um sie zu fragen, ob sie ihm helfen könne, die guten Sachen aus dem Keller zu zaubern.

»Ich würde da nicht mitgehen«, lästerte Tommi. »Bei unserem Liebling ist noch nie jemand aus dem Keller zurückgekehrt, haha.«

»Einmal ist immer das erste Mal«, lachte sie, knuffte Tommi in den Bauch und verschwand mit Max. Als sie zurückkamen, stellten sie Mariacron, Moskovskaja und Tequila Souza auf den Getränketisch.

Die Kickboxerin vom MEK öffnete den Moskovskaja und schenkte Justus ein. Das gefiel ihm, und in seiner steifen Art näselte er: »Welch eine Ehre, von einer so attraktiven jungen Frau bedient zu werden.« Die Männer scharten sich alle um sie, und Marius erzählte stolz von ihrer Begegnung beim Einsatz in der Wohnung des alten Ehepaars aus Stettin. Wodka scheint die Waffe dieser tollen Frau zu sein, dachte Paula.

Max ging auf die Bühne und sprach in seiner ewig gebeugten Haltung aus zwei Metern Höhe herunter, jetzt komme der Karaoke-Teil, ob jemand singen wolle. Niemand meldete sich, obwohl alle schon ziemlich angetrunken waren. Schließlich trat Marius vor, aber der dicke Waldi war schneller, und ohne Playback sang er: »Ich war mit Wilma essen – ganz schick bei Kerzenschein – ich aß ein bisschen Tofu – sie fraß ein ganzes Schwein – Wilma ist so niedlich – Wilma ist mein Schwarm – im Sommer gibt sie Schatten – im Winter hält sie warm.«

Ralf raunte Paula zu, langsam sei es wohl Zeit zu gehen, was aber im allgemeinen Lärm unterging, denn Kicki wanderte von Gast zu Gast und offerierte Tröten und Rasseln.

Paula nahm auch eine Tröte, beim Hineinblasen gab es einen lauten Ton, und eine Papierschlange schnellte hervor. Das brachte Paula derart zum Lachen, dass Waldi sagte, sie könne ja richtig gackern wie ein Huhn, und sie musste sich selbst eingestehen, dass sie ganz schön angeschickert war.

Sie stahl sich auf die Toilette. Wie gut, dass Ralf nur alkoholfreies Bier getrunken hatte. Da konnte er anschließend fahren. Im Spiegel prüfte sie, ob man ihr schon etwas ansah. Sie fand, man konnte. Sie massierte sich die Schläfen und machte ein bisschen Gesichtsgymnastik. Sie war so in ihre Grimassen vertieft, dass sie nicht merkte, wie die Tür aufging, die sie vergessen hatte abzuriegeln. Gerade streckte sie ihre Zunge heraus und versuchte ihre Nasenspitze zu berühren. Schon als Kind hatte sie damit jede Wette gewonnen. Ihre Schwestern kamen längst nicht so weit.

»Bist du okay?«, fragte Marius.

Sie fuhr herum. »Ja, ja, geht schon, ich bin schon weg!«

Zwei Sekunden lang standen sie sich unter der schmalen Tür gegenüber und sahen sich tief in die Augen. Paula sog seinen Duft ein. Holz und Apfel, an diesem Abend allerdings überlagert von einem winzigen Hauch Wodka. Trotzdem hätte sie ihn in diesem Augenblick am liebsten geküsst, so wie damals, im Taxi. Marius schien ihre Gedanken zu lesen. Denn plötzlich packte er sie entschlossen an den Schultern, schob sie zur Tür hinaus und schloss sie mit einem bedauernden Achselzucken hinter sich. Der Zauber der Entfernung zeigt uns Paradiese, dachte Paula und schlenderte seufzend wieder nach draußen.

Ihre Teamkollegen waren gerade dabei, die Niederlage von Hertha BSC gegen Bayern München zu kommentieren.

Die Kontrahenten: Tommi für Bayern und Waldi für Hertha. Max, der alle überragte, stand eher teilnahmslos dabei, warf ab und zu ein Gummibärchen in die Luft, um es dann mit dem Mund aufzufangen.

»Da hab ich Achtung vor den Bayer«, sagte Tommi, und Max killte ihn: „Bayer Leverkusen?"«. Was alle verstummen ließ.

»Mäxchens Bären-Verstand!«, sagte Tommi nach einem Moment der Verblüffung, und die Runde lachte.

Justus fehlte. Er stand auf der Bühne und fummelte an dem Mikrofon herum, das gelegentlich laut knackte. Er streckte schnell den Arm aus, um es woanders hinzuhalten, aber dann heulte es wegen einer Rückkopplung auf. Schließlich ließ er es bleiben und steckte es zurück auf den Ständer. Stattdessen nahm er eine Tröte und eine Rassel. Er blickte um sich und winkte schließlich Marius auf die Bühne, der gerade von der Toilette kam.

Marius folgte seiner Aufforderung und begann zu der Karaoke-Hintergrundmusik »Let it be« zu singen, während Justus auf Paula zusteuerte, grinsend vor ihr stehen blieb und so kräftig in die Tröte pustete, dass die Papierschlange Paulas Stirn traf.

Sie riss Justus die Tröte aus dem Mund. Mit glasigem Blick starrte er sie an. »Sorry, Missis!«

»Vorsicht, mein Lieber«, ermahnte sie ihn, »eh du dir so was wieder erlauben kannst, muss noch ein bisschen Gras ...« In diesem Moment reichte ihr Ulla von hinten noch ein Glas Bowle, und Tommi fragte, wann ein Porsche auf einem Behindertenparkplatz parken dürfe. »Wenn eine Blondine auf dem Beifahrersitz ist«, prustete er. Ein Gummibärchen platschte in Paulas Glas, und Waldi brüllte, Paula solle jetzt »My way« singen.

»There will be an answer, let it be ...«, sang Marius und warf Paula einen wehmutsvollen Blick zu, den sie nicht weniger wehmütig erwiderte.

Waldi kippte den Rest seines Wodkas hinunter und brüllte, nein, Paula solle nun endlich »My way« singen, er habe die Schnauze voll von dem Sängerknaben.

Paula gab sich einen Ruck, öffnete zwei Knöpfe an ihrer Teufelsbluse, stieg unter dem Applaus ihrer Kollegen auf die Bühne und nahm das Mikro: »Regrets, I've had a few, but then again, too few to mention ...« Ralf lächelte ihr zu. Als Mädchen hatte sie Sängerin werden wollen, allerdings war sie selbst überrascht, dass sie noch den ganzen Text konnte. Alle waren begeistert und sangen laut den Refrain mit.

Dann übernahm Waldi wieder das Mikro und feuerte die Gäste an mit »Dsching, Dsching, Dschingis Khan, auf Brüder, sauft, Brüder, immer wieder, lauft Brüder. Lasst uns noch Wodka holen!« »Ho ho ho ho«, brüllten die Gäste, »denn wir sind Mongolen – ha ha ha ha.« »Und der Teufel kriegt uns früh genug!«, schmetterte Waldi.

Es kam so richtig Stimmung auf, alle begannen zu tanzen.

Ralf verabschiedete sich irgendwann: »Ehe ich hier noch mit allen Brüderschaft trinken muss, gehe ich lieber, sei mir nicht böse«, sagte er zu Paula. »Wir sehen uns später.«

Aber sehr lange ging die Party ohnehin nicht mehr, denn jemand aus der Nachbarschaft hatte wegen des Lärms die Polizei gerufen. Als die Uniformierten hereinkamen, zeigte Max ihnen seinen Ausweis. »Hallo Kollegen! Kommt doch auf 'nen Schluck rein.«

Marius sagte, er werde jetzt auch abdampfen, und bot Paula an, sie nach Hause zu fahren.

»Will noch jemand mit?«, fragte er in die Runde.

»Hier!«, meldete sich Tommi.

Nachdem sie ihre Mäntel geholt hatten, nahm Tommi Paulas Arm und bugsierte sie durch die Tür. Sie zischten ab, während die anderen um die beiden Uniformierten eine neue Runde eröffneten.

Paula merkte, dass sie ziemlich betrunken war. Tommi half ihr, auf die hintere Sitzbank zu kriechen, während er sich selbst auf den Beifahrersitz fallen ließ und verkündete, dass es genau neun Kilometer zu ihm nach Hause seien.

»Das werden wir ja noch schaffen«, lächelte sie und langte einmal nach vorne, um Marius übers Haar zu streichen. Was für ein Glück, dass Tommi mit im Auto saß.

Marius fuhr Richtung Messelpark, wo es links in die Waldmeisterstraße zur Bredenbach-Villa ging, was Tommi zu der Bemerkung veranlasste: »Wir könnten ja noch ein Tässchen beim Doktor trinken.« Marius reagierte nicht darauf. »Du könntest ja als Tod auftreten und sagen, Herr Dr. Bredenbach, ich hol nun doch Ihren Sohn ab«, er bekam einen Lachanfall.

»Sehr witzig!«, murmelte Marius.

Er fluchte über einen schwarzen Passat, der mit einem solchen Tempo aus der Ruhlaer Straße geschossen kam, dass er scharf bremsen musste. An der Ampel Elsterplatz überfuhr der Wagen eine gelbe Ampel. Marius verfolgte ihn bis zur Kreuzkirche, wo der Passat links in die Elgersburger abbog. Er zog nach links rüber, und Tommi protestierte: »Rechts, Baby, die Forckenbeckstraße ist rechts!«

Marius aber bog links ab.

»Wo willst du denn hin?«, grunzte Tommi.

Paula richtete sich auf, um zu sehen, was da los war. »Soll das eine Verfolgungsjagd werden?«, fragte sie.

»Die Fahrerin ist betrunken. Die können wir so nicht weiterfahren lassen«, sagte Marius bestimmt.

»Bring mich erst nach Hause, bevor du 'nen Aufriss machst«, protestierte Tommi.

»Vielleicht ist die Lady da vorne ja gar nicht so übel«, entgegnete Marius.

»Bitte, Marius, jetzt hör damit auf«, sagte Paula. »Wir halten die an und rufen einen Funkwagen. Die übernehmen das. Die sind doch gleich da.«

»Bis die mal in die Strümpfe kommen ...«

»Lass uns doch ruhig mal prüfen, wie es aussieht mit den dreifachen Streifen in Grunewald.«

Marius schien tatsächlich kaum etwas getrunken zu haben. Paula ließ sich wieder zurücksinken, die Augen fielen ihr halb zu, und sie erlebte alles durch einen Schleier aus Schwindel und Müdigkeit.

Marius folgte dem Passat durch die Elgersburger Straße bis zur Franzensbader, wo der Wagen ein Stoppschild überfuhr und erst an der nächsten Ampel kurz hinter der Karlsbader gegenüber einer alten Dixielandkneipe anhielt. Weiter hinten in der Delbrückstraße tauchte schon ein Streifenwagen auf.

»Na bitte«, sagte Marius und stieg aus. »Schreib das Kennzeichen auf, Tommi.« Er ging auf die Fahrertür des Wagens zu.

Paula sah aus dem Seitenfenster. Sie kannte das Lokal, in dem sie dreimal die Woche Livemusik machten. Dort hatte sie vor ein paar Jahren mal Nina Hagen gehört. Inzwischen ging sie eigentlich nur noch in die Clubs in Mitte. An der Außenwand hingen Tafeln, welche Gruppen wann spielten, und sie versuchte zu entziffern, wer es an diesem Abend gewesen war. Natürlich hatten sie an Allerheiligen um Mitternacht Schluss gemacht. Tommis Stift schrieb nicht, er wandte sich an Paula. »Gib mal 'n Kuli!«

Sie sah, dass der Passat vor ihnen stand und Marius die Fahrertür erreicht hatte, sich ein wenig hinunterbeugte und mit der Taschenlampe in das Wageninnere leuchtete.

Tommi rief: »Merk dir B-KL 6597!« Er sprang aus dem Wagen und rannte nach vorne.

Paula kniff die Augen zusammen und konnte im Lichtschein der Taschenlampe erkennen, dass zwei Leute in dem Passat saßen – hinter dem Steuer wohl eine Frau und auf dem Beifahrersitz ein Typ mit einer Pudelmütze. Genau in diesem Moment nahm der mit der Pudelmütze beide Arme hoch und reckte sich, als wäre er gerade aufgewacht.

Paula durchzuckte es plötzlich wie ein elektrischer Schlag. Den hatte sie schon einmal gesehen. Ja! Vor Christianes Wohnung! Oh Gott!

Ich muss zu ihm, dachte sie noch, aber bevor sie die kleinste Bewegung machen konnte, krachte ein Schuss, und Marius brach zusammen.

Tommi brüllte etwas und kam zum Wagen zurückgelaufen. Paula kletterte hinaus und hastete zu Marius, dem die Taschenlampe aus der Hand gefallen war. Sie lag neben ihm, ihr Schein fiel auf seinen Hals, aus dem das Blut schoss wie aus einer Fontäne.

Der Passat war mit quietschenden Reifen rechts um die Ecke verschwunden.

Paula kniete neben ihm. Sie hatte sofort gesehen, dass seine Halsschlagader getroffen war. Sie schrie Tommi zu, er solle sein Hemd ausziehen. Tommi riss sich das Hemd vom Körper, reichte es Paula, und sie presste Marius den Stoff gegen den Hals, um das Blut zu stoppen. »Hol das Handy aus dem Auto!«, brüllte sie. Marius lebte noch. Er lag mit offenen Augen auf der Straße.

»Das ist kein Problem, das kriegen wir hin«, flüsterte sie ihm beruhigend zu. »Entspann dich und bleib ganz ruhig liegen.« Sie kniete im Blut und presste den Stoff in seine Wunde.

Als Tommi mit dem Handy angerannt kam, befahl sie: »Ruf den Notarztwagen!«

Hektisch rannte er die Delbrückstraße hinauf und fuchtelte mit den Armen, um den Streifenwagen heranzuwinken, aber der fuhr schon mit Sirene und Blaulicht los, dem flüchtigen Fahrzeug hinterher.

Marius' Kopf lag in Paulas rechter Hand. Beide konnten nichts tun, außer sich anzusehen. Sie bemerkte, wie vertraut ihr sein Gesicht war, und doch war es in diesem Moment anders und schöner. Sie strich ihm das Haar aus der schweißnassen Stirn und küsste ihn zärtlich zwischen die Augenbrauen.

Sein Atem ging flacher. Sie lächelte ihm zu. Halte durch, betete sie.

Sie rückte ganz nah an ihn heran und bettete seinen Kopf auf ihren Schoß, ohne den Druck auf seine Wunde zu mindern. Er sollte nicht auf dem kalten Asphalt liegen. Sie würde bei ihm bleiben, er musste es schaffen.

Er war schon halb bewusstlos. Sie wollte ihn sacht schütteln, damit er wach bliebe, aber es wurde nur ein leises Hin- und Herschaukeln.

Er bewegte die Lippen, und sie beugte sich zu ihm hinab. »Nein, Lieber, nicht jetzt«, sagte sie. »Du schaffst es. Nicht sprechen.« Er drückte ihre Hand.

Es schien eine Ewigkeit zu dauern, bis der Krankenwagen kam. Sollte ihr Kuss der Abschiedskuss werden? Sie gab ihm zurück, was er ihr damals im Taxi noch ins Ohr geraunt hatte. »Auch wenn du schweigst, hört mein Herz nicht auf, deinem zu lauschen.«

Türen flogen auf, zwei Krankenpfleger kamen heraus, sie legten ihn auf eine Trage. Paula kletterte mit in den Krankenwagen, das Hemd immer noch fest gegen seine Wunde gedrückt. Marius schien davon nichts mehr wahrzunehmen.

»Bitte bemühen Sie sich um einen Gefäßchirurgen und lassen Sie Blutkonserven bereitstellen«, sagte der begleitende Arzt zu einem der Krankenpfleger.

»Sind Sie eine Kollegin?«, fragte er Paula und blickte verwundert auf ihr Teufelskostüm.

»Ich bin Kriminalbeamtin. Ich leite die Ermittlungen gegen die Grunewald-Bestien. Das ist mein Kollege. Wahrscheinlich ist er ein Opfer der Bestien.« Marius' Augen waren geschlossen.

Als sie ankamen, hatte er schon sehr viel Blut verloren. Blitzschnell wurde er zum OP gerollt. Die Türen standen weit offen, der Chirurg wartete schon.

»Ist das der Polizist?«

Paula nickte.

Der Chirurg sagte nichts zu den Kostümen, so etwas war er gewöhnt. »Blutgruppe feststellen und Blutkonserven für die OP bereitstellen! Es sollen auch gleich Konserven gekreuzt werden, vier bis sechs.«

Die Türen schlossen sich. Paula stand alleine da. Ihre Schläfen hämmerten.

Sie wusste nicht, wie lange sie da gestanden hatte, als ihr Handy klingelte.

Es war Westphal, der ihr mitteilte, dass er am Tatort sei und die siebte Kommission den Fall übernehmen werde.

Ihr Magen zog sich zusammen. »Stefan, das ist mein Fall. Es waren dieselben Täter wie bei Bredenbach.«

»Wenn du Recht hast, wäre die Fünfte zuständig.« Irgendetwas drängte sie, sie konnte nicht nachgeben. »Ich will den Fall zurück.«

»Geh erst einmal nach Hause und schlaf dich aus. Dein Kollege hat gesagt, dass du einige Gläser Bowle intus hast. Ich kann ja deinen Freund anrufen und ihm Bescheid sagen.«

Sie begriff, dass sie jetzt nichts machen konnte. Sie musste sich erst einmal geschlagen geben und durfte ihren Chef in dieser Situation auf keinen Fall verärgern. »Gut, Stefan, wir reden morgen darüber.«

»Heute ist für dich dienstfrei, morgen ist Wochenende, erhol dich ein paar Tage. Wir sprechen uns Montag.«

Wurde sie jetzt nur noch wie eine Idiotin behandelt? Sie wollte etwas sagen, aber er ließ sie nicht zu Wort kommen. »Deinem Kollegen Thomas Blank geht es auch nicht gut. Ist ja auch klar, wenn ein Kollege erschossen wird.«

»Marius lebt noch!«, fauchte sie.

»Mein Gott, da fällt mir ein Stein vom Herzen! Gut. Aber noch mal zu Blank. Er lebt allein und braucht jetzt Unterstützung. Ich habe ihm mein Gästezimmer angeboten.«

Sie konnte sich kaum vorstellen, dass Tommi das annehmen würde, aber sie sagte, das sei sehr nett, in solchen Situationen müsse man jüngere Kollegen unterstützen. »Also bis Montag.«

Sie setzte sich auf die Bank im Flur und weinte.

Es schien eine Ewigkeit, bis sich die Türen des Operationssaales öffneten. Marius wurde an ihr vorbeigefahren. Sie sprang auf. Hatte er es geschafft?

Der Arzt kam auf sie zu. »Er hat verdammt großes Glück gehabt«, sagte er. »Die Halsschlagader war seitlich aufgerissen. Schon als er hier ankam, hatte er viel Blut verloren, und wir mussten einige Konserven geben. Aus welcher Entfernung wurde der Schuss abgefeuert?«

»Ein bis anderthalb Meter.«

»Oh Gott«, sagte der Arzt. »Er hat nur überlebt, weil die Wunde sofort abgedrückt wurde.«

Paula nickte. »Haben Sie die Operation persönlich durchgeführt?«

»Ja. Man näht das heutzutage nicht nur einfach zu, sondern appliziert ein Kunststoffstück. In ein, zwei Wochen ist er wieder fit wie ein Turnschuh.«

Marius würde leben! Paula nahm beide Hände des Arztes und rief: »Danke! Vielen, vielen Dank!«

Da erst bemerkte der Arzt, dass sie voller Blut war, und fragte, ob sie Marius geholfen habe. Als sie nickte, sagte er, ohne ihre Geistesgegenwart wäre es aus gewesen, auch ohne die Geistesgegenwart des Notarztes, der noch vom Unfallort aus die Gefäßchirurgie benachrichtigt hatte.

Paula seufzte.

»Taxis stehen am Haupteingang. Gute Nacht.« Er lächelte, schüttelte Paula die Hand und ging rasch davon.

Im Taxi versuchte sie, ihre Gedanken zu sortieren. Ihre Beurlaubung für die nächsten Tage – das musste sie akzeptieren. Westphals Entscheidung war unumstößlich, und es hatte keinen Zweck, weiter darüber nachzudenken und sich zu quälen.

Sie ließ sich in den Sitz zurücksinken und spürte, wie sich ihr Körper entspannte. Sie dachte an Marius und fühlte sich ihm ganz nahe. Am liebsten hätte sie in seinem Krankenzimmer ein Bett bezogen, um sich um ihn kümmern zu können. Hatte sie Mitschuld? Um Gottes Willen, das konnte jetzt nicht das Thema sein. Aber sie hatte ja frei, sie konnte ihn besuchen.

Als sie vor der Haustür ausstieg, schaute sie nach oben. Im dritten Stock brannte noch Licht. Sie betrachtete den klaren Sternenhimmel.

Ralf hatte auf sie gewartet und dabei noch einige Gläser Rotwein getrunken. »Ich habe mir Sorgen gemacht und x-mal bei Jahnkes angerufen. Irgendwann habe ich Max erreicht, da war er schon mit Ulla beim Aufräumen und hat gesagt, dass du schon vor Stunden mit Marius aufgebrochen bist«, sagte er. »Habt ihr euch denn wenigstens noch gut amüsiert?«, fügte er spitz hinzu. Ohne ein Wort ging sie an ihm vorbei und legte sich im Gästezimmer ins Bett.

Zwei Tage und zwei Nächte lang blieb sie einfach so liegen. Nur ab und zu hob sie den Kopf, um einen Schluck aus der Tasse zu trinken, die Ralf ihr an den Mund hielt. Sie fühlte sich, als wäre das Mark aus ihren Knochen verdampft. Dazu kam ein Druck auf der Brust, wie sie ihn noch nie erlebt hatte. In manchen Momenten musste sie plötzlich nach Luft ringen, sie griff sich an die Kehle, wie um jemanden abzuwehren, der sie erdrosseln wollte. Auch nachts hatte sie immer wieder Erstickungsgefühle.

Als sie sich am Sonntagmorgen zu Ralf in die Küche schleppte, musste sie ihm nicht mehr viel erklären. Das hatten die Medien schon getan.

Die meiste Zeit des Sonntags verbrachte sie zusammen mit dem Kater auf dem Sofa. Der Gedanke, dass der Mordanschlag auf Marius nicht ihr Fall sein sollte, ließ sie nicht los. Sie hatte die Täter gesehen, es waren dieselben wie im Bredenbach-Fall, da war sie sich sicher. Sie hatte sie gesehen, wenn auch beide Male nur silhouettenhaft und nur von hinten. Es waren die Mörder, die sie suchte. Die Grunewald-Bestien. Aber wer würde ihr das abnehmen? Ist das deine weibliche Intuition, würden sie fragen und ein Lächeln nicht mal unterdrücken. Auch mit Ralf konnte sie nicht darüber sprechen. Marius wäre der Einzige gewesen.

Schließlich zog sie sich etwas über und fuhr in die Klinik. Marius lag mit einem dicken Verband um den Hals in den Kissen, war aber wach. Seine Augen leuchteten, als er sie sah, er nahm ihre Hand in beide Hände und hielt sie fest.

Sie setzte sich auf das Bett und betrachtete ihn. Sie wollte ihn erst etwas sagen lassen, aber er schwieg. Sie sahen sich an, lächelnd, versonnen, vielleicht träumend, und allmählich stieg in ihr eine Verzweiflung auf, dass er die Verletzung vielleicht nicht überleben würde. Aber es ging ihm gut.

Eine Stunde saß sie so bei ihm, ohne dass ein Wort gesprochen wurde. Wie Wärme in ihrem Herzen fühlte sie die Stille, obgleich sie gekommen war, um mit ihm über alle Möglichkeiten einer Aufklärung des Verbrechens zu sprechen.

Als sie ging, sagte sie, sie würde jeden Tag vorbeikommen. Das tat sie dann auch und brachte ihm immer etwas mit. Sie freute sich, wie gut sie seinen Geschmack kannte.

Am Montag ging sie nicht zu Westphal, und er kam auch nicht zu ihr. Alles verlief in gewohnter Routine. Sie fühlte nichts als Schuld, Trauer und Wut.

Tommi berichtete, wie es nach Paulas Abfahrt im Krankenwagen weitergegangen war. Der Tatwagen war dem Streifenwagen entwischt und Stunden später ausgebrannt am Lorenzweg am Hafen Tempelhof gefunden worden. Von den Tätern fehlte jede Spur. Tommi stöhnte vor sich hin. »Ich habe mich das ganze Wochenende gefragt, wer die beiden waren. Es können doch nicht plötzlich alle zu Killern mutiert sein.«

»Nein«, sagte sie, »das glaube ich nicht. Aber ich habe eine Idee. Ich bin in zwei Stunden zurück.« Sie konnte die Untätigkeit nicht weiter ertragen. Dies war ihr Fall – Dienstvorschriften hin oder her.

In der Uniklinik fragte sie den behandelnden Arzt, wie es Jonas gehe. Der Arzt erzählte ihr, dass sie versuchten, Schritt für Schritt seine Entspannungsfähigkeit wieder aufzubauen.

»Er kann sich nicht entspannen?«

»Nein. Das Problem haben viele Menschen. Aber bei Jonas ist es besonders schlimm. Sie können es sich folgendermaßen vorstellen: Ein Signal löst eine Spannung aus, durch dieses Spannungsfeld entsteht das nächste und so weiter. Stellen Sie sich vor, der Betroffene wird von diesen Spannungsfeldern vertrieben, weil er sie nicht erträgt. Dann sitzt er sehr schnell am Rand seiner Seele. Er kann sich nicht bewegen, alles ist voller Spannungen. Er kauert in einer Ecke wie in der Ecke einer Zelle. Oder er wird hyperaktiv und läuft schreiend davon. Wir müssen Jonas beibringen, diesen Spannungen nicht auszuweichen, sondern sie hinzunehmen.«

»Kann ich mit ihm reden?«

»Sie können es versuchen. Aber manchmal spricht er über das Erlebte immer noch wie über einen Film.«

Paula erinnerte sich an ihr erstes Gespräch mit Jonas. Bei dem zweiten Gespräch war er normal gewesen.

»Sie werden es ja wissen, aber soweit ich informiert bin, herrschte zur Tatzeit ohrenbetäubender Lärm. Jonas wurde geschlagen, er wurde angeschrien – und dann die Schmerzensschreie des Mädchens. Dazu das Feuer, der Rauch, der Geruch von Angstschweiß, Exkrementen, brennendem Fleisch ...«

Paula nickte.

»Solche Erlebnisse schreiben sich in den Körper ein.«

Paula war hergekommen, um Jonas zu fragen, ob er mit Saskia kurz vor dem Verbrechen Geschlechtsverkehr gehabt hatte. Bisher waren alle davon ausgegangen, dass sie bis zu ihrer Vergewaltigung unschuldig gewesen war, aber Paula war eine seltsame Idee gekommen.

»Die Täter sind übrigens denselben Reaktionen ausgeliefert wie ihre Opfer«, redete der Arzt weiter, als sie den Flur entlang gingen. »Irgendwann, meist schon in frühester Kindheit, müssen sie selbst schweren Schocks und Verletzungen ausgeliefert gewesen sein. Und durch jedes begangene Verbrechen werden sie noch kränker. Eine teuflische Spirale.«

Paula dankte ihm und betrat das Krankenzimmer.

Jonas lag in seinem Bett und starrte an die Decke. Sie zog einen Stuhl heran und saß eine Weile so da. »Ich war auf Saskias Beerdigung.«

Jonas reagierte nicht.

»Ich möchte noch einmal mit dir darüber sprechen, was mit ihr geschehen ist.«

Schweigen.

»Auf der Spüle stand ein Glas mit Saskias Fingerabdrücken. Wann war sie in der Küche?«

Keine Reaktion.

»Du hast sie von zu Hause abgeholt, und ihr seid dann in den Keller gegangen, habt einen Film gesehen und Musik gehört. Habt ihr zusammen geschlafen?«

Er sah sie an.

»Jonas, entschuldige, doch ich muss das wissen.«

Seine Miene blieb ausdruckslos, aber er begann zu erzählen. Sie hätten erst einen Film gesehen, Saskia habe dann aber lieber Musik hören wollen. Er habe Xavier Naidoo aufgelegt, und sie wollte mit ihm tanzen.

Paula hatte die Situation, die er schilderte, genau vor Augen: Sie tanzten eine Weile zu diesem langsamen Song, den sie später auch auf ihrer Beerdigung spielten, und dann wollte sie etwas trinken. Er ging mit ihr hinauf in die Küche, goss Mineralwasser ein und gab Eis ins Glas. Saskia nahm einen Eiswürfel wieder heraus und hielt ihn gegen ihre Lippen.

»Als ihr Mund ganz kalt war, hat sie mich geküsst. Dann hat sie uns ausgezogen, erst ein Stück von ihr, dann ein Stück von mir. Sie trug ein kurzes Wollkostüm mit dicken Strickstrümpfen und Prada-Stiefel. Ihre Haare waren an dem Tag zum Zopf geflochten, und das Make-up, das sie im Bad meiner Eltern vergessen hatte, war von ZARA-Woman.«

Paula war ein wenig verwundert. Zu ihrer Zeit hätte sich ein Junge in einer solchen Situation nicht an eine Make-up-Marke erinnert. Wie waren die Kids heute bloß drauf?

»Irgendwann hatte sie nur noch ihre schwarzen Strickstrümpfe und ihre Stiefel an und zog mich auf den Boden.« Er schwieg.

Haben sie nun oder haben sie nicht? Das musste er schon deutlicher sagen. Sie stellte ihm diese Frage klar und hart, und er nickte. Sie bat ihn, das deutlich auf ihr Aufnahmegerät zu sagen und dann weiter zu erzählen. Was er auch tat.

Nachdem sie ihn in der Küche verführt hatte, gingen sie ins Badezimmer der Eltern, sie öffnete ihren Zopf und schminkte sich. Den Abend in dem Restaurant hatte sie mit offenem Haar verbracht, das stimmte mit den anderen Aussagen überein. Aber sie hatte den Sex schon hinter sich gehabt, während ihre Freundin ihr später noch gute Ratschläge erteilt hatte.

»Und dann?«

»Sind wir wieder runtergegangen und haben weitergetanzt.«

»Kann ich den Arzt bitten, dass er mir eine Blutprobe von dir gibt? Wir können dann deine Spuren von denen der Verbrecher trennen.«

Jonas nickte.

»Danke.«

Bevor sie wieder ins Büro zurückfuhr, brachte sie die Blutprobe in die Gerichtsmedizin. Auf der Fahrt dachte sie an Saskias Eltern. Würden die je angenommen haben, dass ihr verschämtes und unschuldiges Mädchen es das erste Mal auf dem Küchenboden treiben würde? Es passte so gar nicht zu Saskia. Aber wie oft hatte sie so etwas bei ihren Ermittlungen erlebt. Sie selbst hatte sich jedenfalls das erste Mal kuschelig gewünscht. Und so war es auch gewesen.

Im Büro bot Ulla ihr ein Stück Schwarzwälder Kirschtorte an, aber sie lehnte ab.

»Ich habe mich noch mal mit Jonas unterhalten«, sagte sie und berichtete ihren Kollegen von dem Gespräch. »Das Sperma stammt also nicht von einem der Verbrecher. Der ist vorher vermutlich durch den Angriff seines Kollegen gestört worden. Also sind unsere Bestien wieder im Spiel.«

»Das bedeutet doch im Klartext«, sagte Justus, »dass der Bredenbach-Fall nicht von den beiden anderen getrennt werden muss, aber ein Beweis dafür, dass sie zusammenhängen, ist das auch nicht.«

»Das stimmt«, sagte Paula. »Aber wenn der *Offizier* bei Bredenbach dabei war, dann war er es, der den *Säufer* während Saskias Vergewaltigung angegriffen hat. Dann war er es auch, der vorher Saskia laufen lassen wollte, wie die beiden aus dem Jugendheim ausgesagt haben. Und er hat auch dafür gesorgt, dass Jessica und Hella am Leben geblieben sind.«

Allen war klar, dass Paula nicht aufgeben würde. Entschlossen ging sie zum Referatsleiter, um ihm ihre neuesten Erkenntnisse vorzutragen.

Saenger hatte nur ein paar Minuten Zeit für sie. Sie erklärte ihm knapp, dass ihr die beiden Täter, die auf Marius geschossen hatten, zufällig vor dem Bredenbach-Verbrechen begegnet waren. Es seien die Bredenbach-Killer, und spätestens seit Jonas' letzter Aussage bestehe für sie überhaupt kein Zweifel mehr daran, dass alle drei Fälle zusammenhingen.

Saenger holte tief Luft, hob die Hände wie zu einer wichtigen Aussage, ließ sie aber wieder in den Schoß sinken, ohne etwas zu sagen. Paula ließ nicht locker: »Infolgedessen habe ich einen Anspruch, weiter zu ermitteln. Schließlich kenne ich mich in diesem Sachverhalt am besten aus. Auf alle Fälle besser als die Kollegen aus der Fünften oder Siebten.«

Saenger rutschte im Sessel hin und her.

»Glaub mir, ich verstehe dich«, sagte er. »Aber ich kann hier nicht den ganzen Laden umschmeißen. Das sind doch alles nur Spekulationen. Wenn du irgendwelche Indizien hättest, irgendwelche Beweise, dass die Fälle zusammenhängen, ich versprech's dir, ich würde selbst zum Chef gehen.«

Paula sah ihn erwartungsvoll an. Beweise? Wo sollte sie die herkriegen, ohne an den Fällen zu arbeiten? Aber es war eine Chance.

Sie ging in ihr Büro, ließ sich in den Sessel hinter ihren Schreibtisch fallen und betrachtete ihre Kuh. »Es ist alles eine große Scheiße«, sagte sie laut. »Irgendwie hab ich das

Gefühl, dass diese verdammten Verbrecher allmählich mein ganzes Leben auffressen.«

Als das Telefon klingelte, zuckte sie zusammen. Es war Wieland Solms. Solms war einer der Ballistikexperten aus der PTU, die alle polizeitechnischen Untersuchungen machten. Er war so alt wie Paula, und sie kannte ihn schon, seit sie in der Mordkommission angefangen hatte.

Seine Kollegen hatten Marius am Tag nach dem Anschlag in der Klinik befragt. Das Geschehen war dann am Tatort rekonstruiert worden, wo die Hülse noch im Rinnstein gelegen hatte. Sie hatten die Schussbahn der Kugel verfolgt, die sie dann in einem Baum vor dem Jazzlokal entdeckten. Das Projektil war bei Solms im Labor gelandet, und zehn Minuten zuvor hatte er festgestellt, dass sie aus einer 7,65er Walther PPK abgefeuert worden war, und zwar aus genau derselben Waffe, mit der ein Unbekannter erschossen worden war, den sie unlängst aus dem Teltowkanal gefischt hatten. »Der Typ hat aus allernächster Nähe einen Genickschuss gekriegt, ist in die Knie gegangen, bekam einen weiteren Schuss von oben in den Kopf und wurde dann in den Kanal gestoßen.«

Paula durchfuhr es heiß. »Das war dieselbe Waffe, mit der auf Marius geschossen worden ist?«

»Ehe irgend ein anderes Arschloch daraus irgendwelche Schlussfolgerungen zieht, sag ich es dir, Paula«, brummte Solms freundlich und erzählte ihr noch, dass etwas weiter kanalaufwärts eine Waffe gefunden worden sei, die sie erst für die Tatwaffe gehalten hätten. Es war aber eine 9 mm Parabellum. »Durch die ist unser Sportsfreund nicht ums Leben gekommen.«

»Vielleicht hat sie dem Opfer gehört«, sagte Paula.

»Schon möglich.«

»Habt Ihr denn die Waffe überprüft?«

»Ja. Wir konnten aber kein uns bekanntes Verbrechen mit ihr in Verbindung bringen.«

»Den Wegener-Fall?«

»Wäre uns nicht entgangen.«

»Den Bülow-Fall?«

»Da habt Ihr doch kein Projektil gefunden, wenn ich mich recht erinnere. Was vermutest du denn?«

»Folgendes: Nennen wir den, der Marius verletzt hat, A. Du sagst nun, A hat auch den Typ aus dem Teltowkanal erschossen. Wenn der Tote aus dem Kanal eine Bestie war, dann ist A wahrscheinlich auch eine. Vielleicht war der Mord eine gruppeninterne Hinrichtung. Der grausige Höhepunkt irgendeiner Auseinandersetzung.«

»Wenn du ein passendes Projektil bei den von Bülows findest, dann wäre das ein schlagender Beweis. Vielleicht solltet Ihr da noch mal gründlich suchen.«

Paula bedankte sich und sagte, sie werde von sich hören lassen. Sie zog sich den Mantel über, ging zu Justus und bat ihn, Metalldetektoren zu besorgen, um den Park der von Bülows noch einmal abzusuchen. »Ich fahre ins Leichenschauhaus.«

Sie parkte in der Invalidenstraße vor dem flachen Gebäude, in dem die Gerichtsmedizin untergebracht war. Süßlicher Geruch, eine Mischung aus Desinfektionsmittel und Verwesung, schlug ihr entgegen. Sie ging ins erste Büro, stellte sich einer streng aussehenden älteren Dame vor und erklärte, sie würde gerne die eingelieferte Wasserleiche aus dem Teltowkanal sehen.

»Name und Vorname?«

»Zeisberg, Paula.«

Der Dragoner blickte auf. »Ich denke Zeisberg sind *Sie*?« Sie nickte.

»Name und Vorname der Leiche, Mädchen!«

»Unbekannt.«

Sie ließ den Zeigefinger über die Seiten des Eingangsbuchs gleiten, Eintrag für Eintrag, stoppte schließlich und schrieb eine Nummer auf einen kleinen Zettel. Dann rief sie einen der Sektionshelfer. Er führte Paula durch den Flur, der den Innenhof hufeisenförmig umschloss, öffnete die Glastür des Vorraums, von dem weitere Türen in die Kühlräume, den Obduktionsraum und den Schauraum führten.

An den Wänden eines der Kühlräume standen etwa zwanzig Rollwagen mit Leichen. Unter weißen Tüchern guckte jeweils der rechte Fuß heraus, am Zeh ein Zettel mit einer Nummer. Links von der Tür im Regal lag ein Baby und in dem Fach daneben ein Arm, zwei Beine und ein Kopf.

Der Sektionsgehilfe ging die Leichen entlang, wendete jeden der Anhänger und winkte ihr, als er fündig geworden war. Sie schlug das Tuch zurück.

Der Tote war ein Mann von etwa dreißig Jahren, 1,85 groß, zirka 95 Kilo schwer. Er wirkte allerdings viel schwerer, weil er vom Wasser aufgedunsen war. Er war bereits obduziert und wieder zusammengenäht worden, aber zuvor hatte man den Algenbewuchs noch entfernt. Nun sah er aus wie eine hellbraune Wachsfigur. Er war dunkelhaarig, hatte einen Stiernacken und eine vorstehende Stirn. Der rechte obere Eckzahn fehlte. Das Auffälligste war eine Tätowierung auf der Brust, ein Wolfskopf, und eine zweite am Oberarm, ein Säbel. Der Sektionsgehilfe sagte, der Rücken sei vollkommen mit Tätowierungen bedeckt.

Paula ahnte, dass das ihr Mann war, aber sie schwieg. Erst mal Genaueres erfahren. Sie fuhr zurück in die Keithstraße und bat den Leiter der Fünften, der den Fall bearbeitet hatte, um die Akte. Sie setzte sich in ihr Büro und blätterte sie durch.

Ein Schiffsführer hatte die Leiche morgens auf Höhe des Wulfila-Ufers im Teltowkanal entdeckt. Nach Schätzung des Gerichtsmediziners hatte der Tote etwa zwei Wochen im Wasser gelegen. Also war der Mann vor dem Überfall in der Bredenbach-Villa umgelegt worden. Todesursache waren, wie Wieland Solms bereits gesagt hatte, ein Genickschuss und ein Steckschuss im Kopf. Er hatte dunkle Sportkleidung getragen. Die Kleidungsstücke waren fotografiert worden. Paula nahm die Fotos heraus, zusammen mit drei Bildern von der Leiche, die nach der Totentoilette gemacht worden waren.

Die Ermittler gingen von einer bandeninternen Hinrichtung aus und hatten die Fotos auch an die Auslandsabteilung des Bundeskriminalamtes geschickt, woraus sich aber nichts weiter ergeben hatte.

Auffällig waren die Tätowierungen, die schlechten Zähne, der fehlende Eckzahn und die Art der Tötung. Wer diesen Kerl erschossen hatte, verstand sein Handwerk. Er war kein Risiko eingegangen, sondern hatte gleich zwei gezielte Schüsse gesetzt. Ob die in der Nähe gefundene 9 mm Parabellum aus dem Besitz des Toten stammte, hatte man nicht klären können.

Der Tote konnte eine der Grunewald-Bestien sein. Seine Kleidung zumindest stimmte mit den Aussagen von Frau von Bülow überein. Fingerabdrücke konnten zwar nicht genommen werden, da die Waschhaut sich im Wasser bereits gelöst hatte, aber sie hätten ohnehin nichts genutzt, weil die Täter in den ersten beiden Fällen Handschuhe getragen hatten. Verletzungen am Körper wiesen darauf hin, dass die Leiche im Kanal an Bergehaken, Schrott oder Ähnlichem hängen geblieben und deshalb nicht weitergetrieben war. Der Tatort wurde also in der Nähe der Fundstätte vermutet. Der Zahnersatz deutete auf eine Herkunft aus Osteuropa hin.

Paula gab die Akte zurück und sagte, sie habe ein paar Fotos entnommen, um sie den Zeuginnen zu zeigen. Sie werde sie am nächsten Tag wieder zurückbringen.

Als sie im Kleinbus rausfuhren, wollte Waldi wissen, warum sie sich da im Gras herumquälen sollten.

»Wenn wir das Projektil aus der Parabellum finden, wissen wir, wer von Bülow erschossen hat.«

»Warum zeigst du der von Bülow nicht einfach ein Foto von der Wasserleiche?«, fragte Tommi. »Die würde den doch wiedererkennen.«

Das wollte Paula der Zeugin vorerst ersparen.

»Aber es ist doch nur ein Foto«, wandte Tommi ein.

»Und die von Bülow will doch auch, dass die Typen endlich hinter Schloss und Riegel kommen«, unterstützte ihn Waldi.

»Wir suchen«, sagte Paula. Die Männer zuckten die Achseln.

Hella von Bülow wollte die Arbeit des Teams so gut als möglich unterstützen und hatte sogar angeboten, ihnen mittags einen Lunch zuzubereiten.

»Einen Lantsch?«, fragte Max.

»Das ist Englisch und heißt Mittagsimbiss«, sagte Justus. Ulla musste leider an diesem vielleicht letzten schönen Herbsttag im Büro bleiben, sie hätte der Hausherrin sicher gern in der Küche geholfen. Marius lag immer noch im Krankenhaus, und die Auseinandersetzung mit ihren Vorgesetzten über die Zuständigkeiten im Bredenbach-Fall stand Paula noch bevor.

Jetzt aber genoss sie den Blick von der Terrasse der Bülow'schen Villa. Entzückt erklärte sie allen die Bäume des Parks, verglich die großen Lebensbäume mit den kleinen Thujen in ihrem Schrebergarten und vergaß fast, weswegen sie eigentlich hier waren.

Die alte Dame freute sich darüber und erzählte, dass der Park eigentlich eine Baumsammlung ihres Mannes gewesen war. Er habe weder Kosten noch Mühen gescheut, immer neue Exemplare heranzuschaffen und von einem Gärtnermeister einpflanzen und pflegen zu lassen. Auf einer großen Rasenfläche standen turmhohe Sommerlinden, deren letzte Blätter jetzt im Herbst bereits sonnengelb waren. Frau von Bülow schwärmte davon, wie die Luft im Hochsommer vom Duft der Blüten erfüllt wurde. Paula wandte ein, die Linde sei trotz ihrer Vorzüge einer der wenigen Bäume, die mehr Laster als Tugenden hätten. Die alte Dame lachte und sagte, vielleicht sei sie deshalb der Lieblingsbaum der Liebenden. Es war das erste Mal, dass Paula Frau von Bülow lachen hörte. Das freute sie.

Die anderen hatten keine Zeit, sich an den Schönheiten der Natur zu erfreuen, insbesondere Waldi nicht, der fluchend unter einem Haselnussstrauch herumkroch und sich entweder zu sehr strecken oder zu tief bücken musste.

Max war in das Arbeitszimmer hinaufgegangen und studierte eine der Jagdflinten von Bülows, auf die ein Zielfernrohr geschraubt war. Er erklärte, so müsse er die Flugbahnen der Kugeln »nicht erahnen«.

»Wie denn?«, rief Justus hinauf.

»Ich stelle mich in die Position der Täter und schaue dann, wo der Schuss eingeschlagen sein könnte«, rief er zurück.

»Aber bitte nicht die Waffe mit Gummibärchen laden!«, brüllte Tommi über die Wiese.

Niemand glaubte an Max' Experiment. Nur Glück konnte ihnen helfen, eines der Projektile zu finden. Und Glück hatten sie ja schon, denn normalerweise hätten sie um diese Jahreszeit mit grauen Nebelschwaden rechnen müssen. So wanderten sie mit ihren Metalldetektoren im herbstlichen Sonnenschein kreuz und quer über die Wiese.

Max rief sie plötzlich alle in den hinteren Teil des Parks und führte sie in den Geräteschuppen, in dessen holzverkleideter Wand ein kleines Loch zu sehen war. Ein Einschussloch. Sie holten das Projektil heraus, und Justus konstatierte: »Ich würde sagen, das ist aus einer 7,65er.«

Paula jubelte: Wenn Wieland Solms aus der Ballistik es bestätigte, konnte sie dem guten Erich Saenger den Beweis bringen, dass die drei Verbrechen *und* der Mord an dem

Mann aus dem Teltowkanal *und* der Schuss auf Marius in einem Zusammenhang standen!

Alle waren ziemlich aufgekratzt, weil ihre Mühen nicht umsonst gewesen waren, und Tommi meinte mit einem Blick auf Max, wer so viel Glück beim Ostereiersuchen habe, könne sich Glück in der Liebe wohl abschminken.

Max verstand die Anspielung und konterte: »Kicki Michel kriegst *du* nicht!« Er schnippte ein Gummibärchen in Richtung Tommi, der aber schnell auswich.

Wie eine Ausflugsgesellschaft schlenderten sie zum Haus zurück. Die Bäume warfen lange grünblaue Schatten auf die kurz geschorene Wiese. Paula zeigte auf den gigantischen Baum, unter dem sie hindurchgingen und erklärte, das sei eine Englische Ulme. »Wie alt schätzt ihr die?«

Sechzig, tippte Waldi, zweihundert tippte Max, dreihundert Jahre war Justus' Vermutung, Tommi übertraf alle mit tausend, und Paula ließ sich von Hella von Bülow beim Imbiss die hundertzwanzig Jahre, die sie geschätzt hatte, bestätigen.

Hella von Bülow wartete schon mit dem Lunch. »Eine bayerische Brotzeit für die Berliner«, rief sie.

Es gab Allgäuer Schinken, Roller mit Musik, Weißwürschtl, Salzbrezeln, Radieschen, in Zwiebeln gebratene Schwammerln mit Knödeln, Leberkäs und Blaubeerschmarren. Das Mädchen ging herum und fragte jeden, ob er Weißbier, Pils oder Weißweinschorle wolle. Paula begnügte sich mit Mineralwasser. Die gute Stimmung und Fröhlichkeit ihres Teams reichte ihr für einen Schwips.

Nach dem Essen bestand Paula darauf, dass sie die Wiese noch einmal sorgfältig absuchten, um vielleicht noch weitere Geschosse zu finden, denn auf von Bülow war dreimal geschossen worden und das aus unterschiedlichen Waffen. Eine davon konnte die Parabellum 9 mm von dem Mann aus dem Teltowkanal gewesen sein.

»Ich denke, die Kugel aus der Wasserleichenpistole habt ihr in dem Schuppen der Bülows gefunden«, sagte Ralf später, als sie ihm alles zu erklären versuchte.

»Schon«, erwiderte sie , »das war eine 9 mm Parabellum, bei von Bülow haben wir aber das Geschoss der kleineren 7,65 Walther gefunden, mit der auf Marius, auf Jonas Bredenbach und bei den Bülows durch's Fenster geschossen worden ist. Ich glaube, dass es der *Offizier* war, der Hella von Bülow erschießen sollte. Aber er hat wohl über sie hinweggezielt, um sie am Leben zu lassen.«

»Auf Marius hat er aber geschossen. Warum sollte er über Hella von Bülow hinwegzielen?«

»Weil sie eine Frau ist. Weil er vielleicht auf Männer, aber nicht auf Frauen schießt.« Es war ihr selbst ein bisschen abwegig vorgekommen, als sie es sich hatte sagen hören.

»Ein Kavalier alter Schule?«, war sein spöttischer Kommentar gewesen, und sie hatte eine Antwort verschluckt. Es war, verdammt noch mal, ihre Pflicht, alle Möglichkeiten in Erwägung zu ziehen!

Paula überzog das in Frage kommende Areal mit einem genau ausgelegten Schachbrettmuster und wies jedem ein Quadrat zu. Aber sie fanden nichts mehr, und da es schon dämmrig wurde, brachen sie die Suche schließlich ab.

Hella von Bülow hatte Tee zubereitet, aber das Team musste zurück, und alle bedankten und verabschiedeten sich. Nur Paula wollte noch bleiben und bat Max, sie in einer Stunde abzuholen.

Während Hella von Bülow den Tee holte, legte Paula drei große Fotos von dem Toten aus dem Teltowkanal auf den Tisch. Paula hob ihre Teetasse, als die Gastgeberin ihr einschenken wollte, und war erstaunt, wie leicht sie war. »Das ist chinesisches Porzellan. Habe ich von einer Konzertreise aus Taiwan mitgebracht. Möchten Sie Kandis?«

Sie lehnte dankend ab.

Mit einem Blick auf die Fotos sagte ihre Gastgeberin: »Wie ich sehe, sind Sie einen Schritt weitergekommen.«

»Vielleicht. Das hoffen wir zumindest.«

»Sie haben einen der Täter gefunden.«

»Sie erkennen den Toten auf dem Foto?« Paula spürte ihre Aufregung.

»Ja, es ist Vuk, der Wolf.«

Es klang so, als hätte sie ihn gekannt.

»Vuk, der Wolf? Wie kommen Sie darauf?«

Hella von Bülow schwieg. Sie bekam hektische Flecken am Hals und im Gesicht und atmete schneller. »Wie kommen Sie darauf?«, wiederholte Paula und hatte plötzlich eine Eingebung. »Sie haben die Wolfstätowierung auf seiner Brust gesehen und nachgeschlagen, was Wolf auf Serbisch heißt.« Sie behielt Hella scharf im Auge. »Vuk heißt doch Wolf. Oder?« Sie wartete. Sie hat mich ganz genau verstanden, dachte sie.

Nach einer Weile schluckte Hella von Bülow schwer und sagte: »Sie haben Recht.«

Dann war sie doch vergewaltigt worden, hatte dabei die Tätowierung gesehen und sie deshalb in ihrer Täterbeschreibung nicht erwähnt, schoss es Paula durch den Kopf.

Hella von Bülow betrachtete Paula, wie sie langsam ihren Tee schlürfte. Ein freundliches, solidarisches Schweigen folgte. Paula spürte das langsame Verrinnen der Zeit. Schließlich unterbrach sie die Stille und bat sie, ihr die Wahrheit zu sagen. Ihr auch die Dinge zu erzählen, die sie bisher verschwiegen hatte.

Hella von Bülow versagte fast die Stimme, als sie begann, ihr Martyrium zu schildern. Cavaćik hatte Recht gehabt – auch ihr war nichts erspart geblieben.

Am Ende fragte Paula, ob sie bereit sei, ihre Aussagen auch vor einem Richter oder Staatsanwalt zu wiederholen.

»Ja«, sagte sie mit fester Stimme, »das bin ich.«

Draußen wartete Max schon, um Paula abzuholen. Sie sagte ihm, sie müssten nun noch zu Jessica Wegener und sehen, ob sie den Wolfskopf auch wiedererkenne.

Mit Jessica verabredete sie sich in einem Café in Krielow. Sie berechnete grob die Fahrzeit und die Dauer der Befragung und schickte Ralf eine SMS, wann sie an diesem Abend zu Hause sein würde.

Auf der Fahrt unterhielt sie sich mit Max darüber, wie Jessica wohl reagieren würde, wenn sie die Fotos sähe.

»Jedenfalls nicht so cool wie die von Bülow.« Nach einem Moment fügte er hinzu, dass er die alte Dame wirklich cool finde.

»Und Jessica?«, fragte Paula.

Wegen seiner Größe saß Max etwas gebeugt hinter dem Lenkrad und hatte nicht genügend Platz für die schlackernden Bewegungen, in die er sich normalerweise flüchtete, wenn er verlegen war.

»Was ist?«, fragte sie.

»Ich würde da gleich nicht so gerne mit reingehen.«
»Warum nicht?«
»Hysterische Reaktionen kann ich nicht gut ab.«
»Verstehe ich«, sagte sie. »Geht mir manchmal genauso. Aber du musst mit rein. Als Zeuge.«

Nachdem sie Jessica Wegener in dem fast leeren Café begrüßt und ihre Getränke bestellt hatten, versuchte Paula mit ihr ein wenig über das Leben zu plaudern, das sie jetzt führte, aber Jessica schien das weder als Ablenkung noch als ernsthafte Anteilnahme zu empfinden. Es ist vielleicht doch alles viel schwerer zu ertragen, als ich es mir vorstellen kann, dachte Paula.

Sie sagte ihr, dass sie alles in ihrer Macht Stehende tue, um den Fall zu lösen und die Verbrecher zu fassen. »Aber wir brauchen noch einmal Ihre Hilfe!«

Jessicas Blick war leer. Sie nickte abwesend.

Paula legte die Fotos vor sie auf den Tisch. »Könnte dies einer der Täter sein?«

Jessica wendete langsam den Kopf, bis ihr Blick auf die Fotos fiel. Sie fasste sie nicht an, sie schien nicht einmal zu atmen.

Max starrte in den staubigen Kronleuchter in der Mitte des Raumes.

Jessicas Blick wanderte zur Kuchentheke, hinter der eine Kaffeemaschine gurgelte, dann weiter zur Tür und zu den Fensterbänken, auf denen Aquarien die Sicht nach draußen versperrten. »Ja«, kam es leise. Sie saß noch immer kerzengerade da, die Hände im Schoß.

»Sie sagen nichts zu der Tätowierung.«
»Er hatte einen Jogginganzug an.«

»Woran haben Sie ihn erkannt?«

»Ihm fehlt ein Zahn«, hauchte sie leise, aber bestimmt, und tippte mit dem Fingernagel auf die rechte Seite ihres Mundes.

Es stimmte, genau da fehlte dem Toten der Eckzahn.

Als sie zurückfuhren, wunderte sich Paula, wie ruhig Jessica geblieben war. Es schien nur eine Kleinigkeit gewesen zu sein: ein Foto, ja, das war der Mann, sonst nichts.

Für Paula aber hatte sich das Blatt um hundertachtzig Grad gewendet. Aus der Verschwommenheit, in der sich die Ungeheuer verbargen, war ein Gesicht aufgetaucht.

Sie rekapitulierte: Marius' Angreifer aus dem Passat mit dem Kennzeichen B-KL 6597 hatte vier Wochen zuvor den Wolf liquidiert und in den Teltow-Kanal gestoßen. Und die Sensation war, dass mit der 7,65er Walther PPK nicht nur auf den *Wolf* und Marius, sondern auch auf Jonas und bei von Bülow geschossen worden war – falls die ballistische Auswertung das nicht widerlegte.

Sie fragte Max, welche Beschreibung am besten auf die Wasserleiche passe.

»Das *Tier*.«

Das war auch Paulas Meinung. Sie war ziemlich aufgekratzt. Sie hatte den roten Faden gefunden, der die einzelnen Verbrechen an einer Kette aufreihte.

»Was meinst du, Max? Der *Säufer,* das *Tier,* der *Gladiator* und der *Offizier* haben das erste Verbrechen gemeinsam begangen. Einer hat den Baulöwen erschossen, und alle haben sie seine Frau vergewaltigt. Dann kommen sie nach einem Monat wieder und schlagen bei den von Bülows zu. Danach gibt es Streit wegen irgendeiner Sache, und sie beschließen, das *Tier* zu liquidieren. Er wird von demjenigen hingerichtet, der später auf Jonas Bredenbach und auf Marius schießt. Jetzt sage ich dir etwas: Dieser Mann ist der *Offizier*, und sein Begleiter bei Bredenbach und bei der Attacke auf Marius ist der *Säufer*. Was meinst du?«

»Könnte hinkommen.«

»Der *Gladiator* wird in der Zwischenzeit einen Ersatzmann für das *Tier* holen, und dann werden sie wieder zuschlagen.«

Max überlegte und schüttelte dann den Kopf. »Den haben sie auch umgelegt. Sie haben bemerkt, zu zweit geht es auch.«

»Gut. Und sie waren zu Halloween schon auf Raub aus. Sie werden sich nicht lange aufhalten lassen.«

Max stimmte zu.

Als er sie in der Keithstraße absetzte, sah sie noch Licht in Saengers Zimmer. Das war ihre große Chance.

Am Ende fragte Saenger, ob das alles hieb- und stichfest sei.

»Worauf du dich verlassen kannst«, erwiderte sie.

Saenger hatte nicht damit gerechnet, dass Paula je einen Zusammenhang der Taten würde belegen können. »Die Entscheidung trifft der Landeskriminaldirektor persönlich«, sagte er und rieb sich das Kinn. Dann gab er sich einen Ruck. »Ich sehe ihn heute Abend. Ich werde ihm die Sache darlegen.« Sie wollte etwas sagen, aber er hob die Hand. »Ich bin im Bilde. Nur muss ich einen Weg finden, wie ich das dem Gebhardt begreiflich machen kann.«

Aufgekratzt bedankte sie sich. In der Tür drehte sie sich noch einmal um. »Erich, ich bin es auch Marius einfach schuldig.«

Anschließend wollte sie noch kurz mit Justus sprechen, aber es war niemand mehr im Büro. Ein wenig ratlos stand sie auf dem Flur herum. Sollte sie nach Hause? Oder lieber noch den Verwaltungskram erledigen, der schon zu einem dicken Stapel angewachsen war? Am liebsten wäre sie mit ein paar italienischen Antipasti und einer guten Flasche Wein zu Marius ins Krankenhaus gefahren, hätte alles mit zwei Kerzen an seinem Bett aufgebaut und mit ihm seine baldige Entlassung aus der Klinik gefeiert.

Ihr Handy dudelte. Ralf wollte wissen, was los war. Im Hintergrund hörte sie die Filmmusik von *Solino*. „Gib mir noch 'ne halbe Stunde, okay?« sagte sie und legte auf. Mit einem Seufzer wählte sie Marius' Nummer im Krankenhaus. Er nahm aber nicht ab. Wahrscheinlich schlief er schon.

Auf dem Heimweg hielt sie am Bahnhof Zoo, um einen Blumenstrauß zu kaufen. Sie dachte an die Rosen in ihrem Garten, wie betörend sie im Sommer dufteten und wie schlapp und farblos dagegen die Schnittblumen im Laden waren, aber Ralf würde sich freuen. Mit einem Strauß knallgelber Astern und Rosen im Arm entdeckte sie im Geschäft neben dem Blumenladen einen flauschigen weißen Bademantel. Ralf lungerte zu Hause am liebsten bis mittags im Bademantel herum, und so kaufte sie das teure Stück.

Ralf freute sich riesig und zog ihn gleich an. Er stolzierte wie auf dem Catwalk vor ihr auf und ab und richtete sich an ein unsichtbares Publikum, dem er dankend die »grandiose und wundervolle Bademantelspenderin« zeigte. Paula musste lachen. Manchmal war er wie ein Kind.

Sie war erschrocken, wie sehr sie anschließend beim Sex mit Ralf an Marius dachte.

Am nächsten Morgen gab es gleich nach Dienstbeginn eine Auseinandersetzung mit Westphal. Er regte sich darüber auf, dass sie bei Saenger versucht habe, ihre Kompetenzen auszudehnen. »Die Dienstverletzung von Marius Seefeld ist nicht der für dich von Gott erdachte Sonderfall«, sagte er mit schneidender Stimme. Als Paula später Christiane triumphierend erzählte, wie mannhaft sie ihren Standpunkt vertreten habe, verbesserte sie Christiane. »Standhaft, meine Liebe«, sagte sie lachend. »Mannhaft ist was anderes. Was völlig anderes.«

Was Christiane auch immer sagte, ohne Ralfs Unterstützung hätte sie nicht so stark sein können. Er bekochte sie, brachte ihr Suppen, heiße Tees und Wärmflaschen ans Bett und massierte ihren Nacken. Er redete davon, sie auszuführen – ins Kino, ins Restaurant, um sie auf andere Gedanken zu bringen, Lebensfreude zu verbreiten. Aber dafür hatte sie keine Zeit. Sie genoss seine Fürsorge und ertappte sich manchmal bei dem Gefühl, dass das Leben in schwierigen Zeiten schöner war als sonst. Jedenfalls war Ralf dann weicher, umgänglicher, und das gab ihr nicht nur Kraft für die berufliche Krise, in der sie steckte, sondern ihrem Leben auch einen tieferen Sinn. So empfand sie es jedenfalls.

Am Spätnachmittag besuchte sie Marius. Auf der Fahrt ins Krankenhaus kamen ihr wieder Momentaufnahmen der Halloween-Nacht in den Sinn. Die Party, die Szene auf der Straße, als sie glaubte, Marius würde sterben.

Er lächelte versonnen, als sie hereinkam. Sie küsste ihn sacht auf die Stirn. Dann unterhielten sie sich darüber, was für ein Glück er gehabt hatte.

»Warum musst du auch hinter jedem Auto herfahren, in dem irgendwelche komischen Typen sitzen?«, fragte sie mit leichtem Vorwurf. »Musstest den Helden markieren, was?« Marius grinste. »Aber ich hab doch Recht gehabt!«

»Solche Verkehrskontrollen macht man doch nicht alleine und ohne Waffe.«

»Stimmt. Ich weiß auch nicht. Es ging ja auch alles so schnell. Der hat mir die Vorfahrt genommen, ich war stocksauer und bin gleich hinterher, dann war da schon die Ampel, und ich immer an ihnen dran. Tommi wusste, dass ich meine Waffe im Handschuhfach hatte. Wenn er die doch gleich mitgenommen hätte!«

»Wer weiß«, sagte Paula. »Vielleicht würde Tommi dann jetzt neben dir liegen. Jedenfalls bist du der Einzige, der die Bestien gesehen hat. Ich stell jetzt mal mein Tonband an.« Warum musste der Alltag immer die heiteren, unbeschwerten Momente im Leben verdrängen?

Marius beschrieb den Ablauf noch einmal. Er hatte einen etwa dreißig Jahre alten Mann gesehen, mit langen blonden Haaren, ziemlich kompakt und gut durchtrainiert. »Ich klopfte an die Scheibe und sagte, runterdrehen, aber der Typ reagierte nicht. Er hatte den Blick auf seinen Begleiter gerichtet. Der Fahrer war bestimmt auf Drogen, der war so was von cool! Erst als ich mit der Lampe gegen die Scheibe pochte, geruhte der Beifahrer, sich langsam umzuwenden. Er zog die Augenbrauen hoch und musterte mich. Ich leuchtete ihn an. Er trug eine Pudelmütze, war viel schmaler als der andere, auch im Gesicht. Dann hat er sich gestreckt. Er langte rüber, ich dachte, er wollte die Scheibe auf der Fahrerseite öffnen. Ich sah nur noch, dass er Handschuhe anhatte und eine Waffe auf mich richtete. Den Rest weiß ich nicht mehr.«

Der Gangster hatte direkt auf Marius' Gesicht gezielt, aber vermutlich war er durch dessen Lampe geblendet worden und hatte deswegen nur den Hals getroffen.

Am Ende fragte sie, ob er nachts davon träume. Er zuckte müde mit den Schultern. Sie betrachtete ihn eine Weile. Er wirkte alt.

Als sie das Krankenhaus verließ, rief Solms von der Ballistik an und sagte, bingo, in allen Fällen sei dieselbe Waffe zum Einsatz gekommen, die 7,65er Walther PPK. Jetzt hatte sie den endgültigen Beweis eines Zusammenhangs zwischen den Taten.

Solms hatte sich genau beschreiben lassen, wo sie das Projektil gefunden hatten.

»Wie viel Mann haben denn geschossen?«

»Drei. Die haben so eine Art militärische Exekution inszeniert.«

»Du sagst, das Projektil steckte etwa hundertfünfzig Meter entfernt in der Wand?«

Sie sagte, es habe sie auch gewundert, dass die Kugel durch Bülow hindurch dann noch so weit fliegen konnte.

Sie diskutierten das eine Weile und kamen schließlich überein, dass von den drei Kugeln, die Bülow durchschlagen hatten, keine einzige gefunden worden war. Die 7,65er war wahrscheinlich abgefeuert worden, als Bülow schon tot am Boden lag.

»Das ist meine Theorie«, sagte Paula. »Die Ehefrau liegt am Boden, der *Gladiator* bedroht von Bülow, der bis ans Fenster zurückweicht. Der *Gladiator* geht zu den Komplizen am Tresor zurück, sie legen alle drei an, der *Gladiator* gibt das Kommando, und sie schießen. Die Kugeln treffen von Bülow, er bricht tot zusammen. Die drei Killer stürmen raus und überlassen dem *Offizier* die Beseitigung der Zeugin. Mit der Paket-Formel rufen sie ihm zu, er soll sie töten. Der *Offizier* legt auf sie an, aber als sie draußen sind, schießt er aus dem Fenster, so dass die anderen den Schuss hören und denken, er hätte ihren Befehl ausgeführt. Tatsächlich lässt er Hella von Bülow am Leben. So wie Jessica Wegener.«

Solms war ihr aufmerksam gefolgt. »So könnte es gewesen sein. Jedenfalls stimmt es mit unseren Erkenntnissen überein.«

»Aber irgendwie überzeugt mich diese Geschichte noch nicht«, sagte sie nachdenklich.

Solms zündete sich eine Zigarette an. »Warum nicht?«

»Ein Typ, der die Zeuginnen am Leben lässt, würde sich doch gar nicht erst auf solche Brutalos einlassen.«

»Wieso nicht?«

»Er passt einfach nicht zu ihnen. Sie könnten ihn gar nicht ertragen, sie würden ihn verachten. Vom Typ her.«

»Das mag sein«, sagte Solms. »Bei so was kennst du dich besser aus. Aber ballistisch gesehen wäre dieser Tathergang schlüssig.«

Sie bedankte sich, sagte, er habe ihr sehr geholfen und fragte ihn schmunzelnd, ob sie ihm nun eine Kiste Cohibas schulde.

»Eine halbe«, hörte sie ihn grinsend sagen.

Paula war zufrieden. Sie genoss die Selbstverständlichkeiten, die sich ergaben, wenn man seit langem gut zusammenarbeitete. Sie rief Saenger an und setzte ihn über den aktuellen Stand der Dinge in Kenntnis. Er stöhnte wieder in seiner netten Art und sagte, er sehe das ein, aber ... Bevor er weitersprechen konnte, erinnerte sie ihn an seine Zusage. Wenn sie den Zusammenhang der Taten beweisen könnte, würde sie die Leitung aller Fälle wiederkriegen.

»Ich habe gesagt, ich würde mich dann bemühen. Ich entscheide das doch nicht alleine!«

»Was soll ich tun?«

»Mach einfach weiter!«

Mach einfach weiter, gut, sie konnte ohnehin nicht tatenlos dasitzen und warten. Selbst der Streit der Täter untereinander hatte der Polizei nichts genutzt. Sie hatten das *Tier* umgebracht, und über den Verbleib des *Gladiator*s wusste man nichts, doch die Polizei hatte daraus keinen Vorteil gezogen. Im Gegenteil, man hatte die Verbrechen sogar auf verschiedene Kommissariate verteilt, im Wettlauf mit der Zeit ein riesengroßer taktischer Fehler.

Im Treppenhaus traf Paula Dr. Krampe. »Wie ich höre, hat Sie jetzt der ganz große Ehrgeiz gepackt, was?«, sagte er.

Paula traute ihren Ohren nicht. Wenn sich der Psychologe, der sie eigentlich immer unterstützte, in solch provozierende Formulierungen verstieg, wie wacklig war dann ihre Position in der Keithstraße?

Sie überspielte ihre Verblüffung. »Wie meinen Sie das?«

»Ich meine«, antwortete er kühl, »dass es eine Sache ist, wenn Sie sich selbst gegenüber hart sind und mit Arbeit und Schwierigkeiten überladen, dass es aber eine andere Sache ist, wenn Sie Ihre Verantwortung dem Team gegenüber verletzen, wozu auch eine gewisse Fürsorgepflicht gehört.«

Paula war so verblüfft, dass sie ihn einfach stehen ließ, ohne etwas zu sagen. Oben drehte sie sich noch einmal um. Dr. Krampe stand noch an derselben Stelle und sah ihr nach.

Als alle im Besprechungszimmer versammelt waren, schlug sie vor, noch einmal die gestohlenen Kraftfahrzeuge durchzugehen. Die Wagen waren nicht nur im Bezirk Tempelhof gestohlen, sondern – bis auf den Seat – auch dort nach den Verbrechen wieder abgestellt worden. Das legte die Vermutung nahe, dass die Täter irgendwo in der Nähe des Flughafens Tempelhof ihren Unterschlupf hatten. Die Frage war nur, was aus dieser Vermutung folgte.

Justus schlug vor, in dem Viertel Zivilstreifen einzusetzen und darauf zu hoffen, dass ihnen irgendetwas auffallen würde.

Damit war Paula einverstanden und fügte hinzu, dass man diesmal alles auf eine Karte setzen sollte. An ihren Gesichtern sah sie, dass niemand ihr folgen konnte.

»Was meinst du?«

»Dass wir ihnen diesmal zuvorkommen müssen.«

»Und wie?«, fragten Tommi und Justus fast gleichzeitig.

»Wir machen uns die Methoden aus der Terrorismusfahndung zunutze«, verkündete sie und markierte alle Kreuzungen, an denen man von Charlottenburg aus Richtung Grunewald vorbei musste. Auf der Karte zeigte sie auf die vermutlichen Anfahrtswege der Täter aus Tempelhof und die Kreuzungen, wo sie zuschlagen konnten, wenn sie auf reiche Leute aus waren, die am Sonnabend oder Sonntag irgendwo in Charlottenburg im Theater, Kino oder zum Essen waren. »So hat es bisher funktioniert, und daran werden sie sich vermutlich halten.«

Ulla notierte die Kreuzungen. Paula bat Justus, einen genauen Ablaufplan zu entwickeln und den zeitlichen und personellen Aufwand zu errechnen. »Diese Geschichte hat Vorrang, und du kannst dir dazu aus dem Team nehmen, wen du brauchst.«

Justus sagte, die Ressourcen seien knapp, er müsse wissen, über welchen Zeitraum diese Aktion laufen solle, damit er das Personal möglichst effektiv einsetzen könne. Wenn man nur eine beschränkte Anzahl von Leuten zur Verfügung habe, müsse man die Kreuzungen auswählen, an denen die Chance, den Fisch ins Netz zu bekommen, besonders groß wäre.

»Wenn es noch einen Mord gibt, kommen wir in Teufels Küche«, warnte Paula.

»Das macht die Sache ja einfach«, sagte Justus.

»Inwiefern?«, fragte Waldi.

»Weil wir dann eigentlich alle Kreuzungen rund um die Uhr besetzen müssten. Aber wir bekommen bestimmt nur Personal für drei oder vier Nächte.«

»Und welche drei Nächte sollen wir nehmen?«, fragte Ulla.

»Gute Frage. Kann man die Täter denn nicht durch irgendetwas locken?«, überlegte Tommi.

Jedem war klar, dass das die erfolgversprechendste Lösung wäre, und daher waren alle erstaunt, aber auch gespannt, als Max seinen Lutscher aus dem Mund nahm und sagte: »Ich habe eine Idee!«.

Alle blickten ihn an, da aber niemand ihn aufforderte zu sprechen, saß er da, krumm wie immer, die Ellbogen aufgestützt, den Lutscher zwischen Daumen und Zeigefinger der rechten Hand.

»Willst du was sagen oder dir einen –«, wollte Tommi sticheln, aber Paula wusste, was kommen würde und unterbrach ihn.

»Er will was sagen.« Er war manchmal verdammt schüchtern, und sie nickte ihm ermunternd zu. »Hast du eine Idee, wie wir die Täter dazu bringen können, zu einem bestimmten Zeitpunkt an einer ganz bestimmten Stelle zuzuschlagen?«

Max nickte. »Indem wir sie wissen lassen, dass wir auf einer bestimmten Kreuzung Hunderte von Gummibärchen aufstellen werden.«

Alle wandten sich ärgerlich ab, und Tommi zischte: »Fuck you!«

Paula hätte sich ärgern können, aber sie war amüsiert. Mit seiner Antwort hatte er den Nagel auf den Kopf getroffen. Es gab kein Mittel, die Täter dazu zu bewegen, an einem bestimmten Tag zuzuschlagen, nur weil die Polizei nicht genügend Leute hatte. Paula musste entweder auf Nummer sicher gehen und die Personalstunden möglichst lange strecken, oder sie setzte alles auf eine Karte und sagte, es passiert an diesem Freitag, Sonnabend oder Sonntag.

Sie entschied sich für Variante zwei. »Die Täter haben jeweils an einem Wochenende zugeschlagen«, sagte sie, »nur kam ihnen diesmal Marius in die Quere. Sie fuhren das geklaute Auto zurück an den Flughafen Tempelhof und zündeten es an, um die Spuren zu vernichten. Ich vermute, dass sie es gleich am nächsten Wochenende noch mal versuchen werden, um dann für einen weiteren Monat aus Berlin zu verschwinden.«

»Es lag immer genau ein Monat zwischen den Verbrechen«, sagte Justus. »Am 27. Juli der Überfall auf die Wegeners, am 31. August auf die von Bülows, am 28. September Bredenbach. Der Schuss auf Marius fiel am 1. November. Wenn wir von ihrem üblichen Rhythmus ausgehen, dürfen wir den nächsten Überfall Ende November erwarten, also am Wochenende zum Totensonntag.«

Betretenes Schweigen. Bis Paula schließlich aussprach, was alle dachten: »Nomen est omen. Darauf setzen wir.«

Tommi meldete sich und meinte, man sollte sich noch einmal den Typus der Täter vor Augen führen. »Ich gehe davon aus, dass das Söldner sind, aus ein- und derselben Truppe. Vier von diesen Wahnsinnigen, die schon im Krieg in Jugoslawien keine andere Sprache kannten als rauben, foltern und morden. Hartgesottene, pervertierte Brutalos. Irgendwann waren die Kriege aber zu Ende, es war nicht mehr viel da, die letzten Häuser weggesprengt. Und da haben die sich gesagt, wir können jetzt noch auf den einen Touristen warten, der im Wohnmobil vorbeikommt, oder wir gehen nach Berlin, wir bringen denen den Krieg, in dem wir Meister sind, und holen uns, was wir wollen. Vermutlich haben die im Fernsehen gesehen, wie viele Milliarden in die neue Hauptstadt gepumpt wurden und dachten, hey, das ist das Schlaraffenland, von der Torte nehmen wir uns auch ein Stück, würde Ulla sagen.« Er grinste Ulla kurz zu. »Waffen hatten sie noch, sie haben sich irgendein Auto geschnappt und sind durchgefahren, direkt bis auf die Stadtautobahn.

Bei irgendwelchen Landsleuten haben sie ausgeschlafen und sich ein paar Slibowitz hinter die Binde gekippt. Dann haben sie ein Auto geknackt, sind durch die Gegend gegondelt, und schließlich dachten sie: Auf zum Nachtangriff. Also haben sie sich aus dem reichhaltigen Luxusangebot ihre Opfer rausgesucht und sind an der Ampel über die von Bülows hergefallen. Die Beute war riesig, was für ein Fest! So viel hätte es bei keinem Banküberfall gegeben. Aber jetzt schnell weg. Sie feiern noch 'ne Runde, leeren die eine oder andere Flasche Slibowitz, pennen sich aus, und am nächsten Abend ab gen Heimat. Königliche Reichtümer, die sie mitbringen, mehr brauchen sie gar nicht, und so ist der *Gladiator* das nächste Mal nicht mehr dabei und sie sind nur noch zu dritt. Zwei allerdings verstehen sich besser. Sie sind heiß auf Party, Mädels und schnelle Autos, ziehen sich auch gerne mal 'ne Linie rein, wenn sie was kriegen können, haben jedenfalls keinen Bock auf die seichte Tour. Aber das *Tier* besteht darauf, dass sie es machen wie immer. Auf Besserwisserei können sie nicht. Also weg mit ihm. Jetzt sind sie zu zweit und können richtig einen draufmachen, und als sie den Ferrari sehen, gibt es kein Halten mehr, den müssen sie haben. Und die Party ist um Klassen besser als die beiden davor. Einsame Spitze. Film, Supersound, geile Drinks und eine junge Braut. Das einzig Dumme ist, dass ausgerechnet in dem Moment etwas dazwischen kommt, als sie auf dem Ku'damm mit dem Ferrari den großen Auftritt hinlegen wollen. Ich habe mich oft gefragt, warum sie das Auto so fluchtartig verlassen haben, dass sie nicht mal mehr die Türen hinter sich zuschlagen konnten. Jedenfalls haben sie ihren Rausch ausgeschlafen, sind wieder nach Hause gefahren und waren sich einig, dass es auch ohne den *Gladiator* und das *Tier* wunderbar klappt. Also ging's am Monatsende wieder los, aber auf der Suche nach einer geeigneten Luxuskarosse ist ihnen Marius dazwischengekommen. Ausgerechnet ein Cop. Aber was soll's – solche Situationen kennen sie ja aus dem Krieg, damit können sie umgehen. Und waren mal wieder schneller als die Polizei. Sie haben das geklaute Auto angezündet. Nicht um die Spuren zu verwischen, darum haben sie sich ja auch sonst nicht gekümmert, sondern um ihren Frust loszuwerden oder vielleicht auch, um sich aufzugeilen. Statt einer Frau das Auto, so pervers das klingt. Aber das hat ihnen nicht gereicht, sie wollten ihre geile Party, und deswegen sind sie nicht in die Heimat abgereist, sondern hier geblieben. Ich glaube, die sind nicht unbedingt aufs nächste Wochenende fixiert. Die warten auf das richtige Feeling, und wenn das da ist und eine Stimme ihnen sagt, heute ist der Tag, geht hin und feiert ein neues Fest der Hölle, dann werden sie sich ein Auto klauen und losfahren und es wieder tun.«

Alle waren ein bisschen mitgenommen von Tommis drastischer Darstellung. Besonders Justus. Ihm lag diese Art überhaupt nicht, das merkte Paula immer wieder. Hinterher sagte er zu Waldi: »Wenn der redet, denkt man, man hat einen dieser Höllenreiter vor sich.«

Paula aber war das jetzt egal, sie wollte einfach nur wissen, ob Tommi Recht hatte und die Täter sich tatsächlich noch in Berlin aufhielten, um bei der nächstbesten Gelegenheit wieder zuzuschlagen. Und wenn ja, wo.

Während Tommis Rede hatte Max eine Reihe Gummibärchen auf dem Rand seines Computers aufgebaut. Er nuschelte, er sehe das alles anders. »Wir wissen ja schon ein bisschen mehr«, sagte er. »Der *Offizier* hat Jessica Wegener entgegen seinem Auftrag nicht erschossen. Die Erschießung Hella von Bülows hat er nur vorgetäuscht. Möglicherweise hat vielleicht er auf Jonas Bredenbach geschossen, aber vielleicht hat ihm der blonde *Säufer* bei ihrer kleinen Auseinandersetzung die Waffe auch abgenommen und selbst abgedrückt.«

Justus wandte ein, man wisse letztendlich nicht genau, wer auf Jonas geschossen habe, aber Paula korrigierte ihn, es sei eindeutig der mit den langen blonden Haaren gewesen. So jedenfalls habe Jonas ihr das in der Klinik geschildert.

Waldi mischte sich ein und fragte Max, worauf er eigentlich hinaus wolle.

»Nehmen wir mal an«, antwortete er, »die 7,65er gehört dem *Offizier*. Dann hätte er tatsächlich den Schießbefehl auf die Damen verweigert; er hätte auch nicht, wie Paula sagt, auf Bredenbach geschossen. Dafür aber einen seiner Komplizen umgelegt.«

»Und beinahe Marius!«, unterbrach ihn Justus.

»Um einer direkten Verhaftung zu entgehen«, verteidigte Max seine Theorie.

»Gut, aber was willst du damit sagen?«, wollte Justus wissen.

»Ihr geht doch davon aus, dass die vier aus einer dieser paramilitärischen Banden kommen, die im ehemaligen Jugoslawien immer noch aktiv sind. Vielleicht hat der *Offizier* einfach einen anderen Auftrag als die anderen drei.«

»Welchen Auftrag soll er denn haben?«, fragten Justus und Tommi fast gleichzeitig.

»Keine Ahnung. Vielleicht sollen die nur Geld beschaffen und der *Offizier* soll aufpassen, dass keine unnötigen Übergriffe passieren, weil das dem Auftraggeber eine Menge Ärger bringen könnte.«

Die Diskussion wurde hitziger, denn Waldi widersprach vehement. Das seien ja Verschwörungstheorien, regte er sich auf, für so etwas gebe es überhaupt keine Hinweise. Man solle als einfacher Polizist seine Arbeit machen und fertig.

Mit einem Blick zur Uhr brach Paula die Debatte ab, denn sie war mit Cavaćik in der *Ankerklause* in Kreuzberg verabredet. »Wenn wir die Aktion am Wochenende starten wollen, dann müssen wir jetzt ran.«

Justus stimmte ihr zu, er würde jede ihrer Entscheidungen mittragen. Paula freute sich. Ihr Ärger auf ihn wegen der Pressekonferenz war verflogen. Sie konzentrierten sich wieder gemeinsam auf die Sache.

Im Auto rief Saenger sie an und sagte, er habe eine gute Nachricht. »Gebhardt hat's genehmigt. Du bist die Chefin, Paula.« Sie jubelte und sagte, darauf müssten sie demnächst mal einen trinken.

Neben dem Türkenmarkt, direkt an der Spreebrücke, lag die Kneipe. Paula ließ den Blick durch den niedrigen Raum schweifen, aber der Dolmetscher war noch nicht da. Die Tische und Stühle auf der Terrasse waren schon mit Ketten zusammengeschlossen. Im Sommer konnte man dort wunderbar draußen sitzen und sich von den schlechten Witzen der Fremdenführer auf den Touristenschiffen beschallen lassen. Drinnen war es etwas heruntergekommen, aber sehr charmant. Paula war gerne dort, und wann immer sie in der

Gegend war und Zeit hatte, genehmigte sie sich einen Teller Odaliskensalat mit Zuckererbsen und frischer Minze.

Sie setzte sich ans Fenster, nahm eine Zeitung und bestellte einen Kamillentee. Irgendwie hatte sie in diesem Moment keinen Hunger. Sie fror, ließ den Mantel deshalb an und blickte hinaus. Einen Sommer hatte es nicht gegeben, aber dafür kam jetzt wenigstens ein hässlicher Winter, wie Tommi die Situation treffend auf den Punkt gebracht hatte.

Als der Dolmetscher die Kneipe betrat, sah er sie sofort, aber er lächelte nicht, sondern checkte routiniert ab, wer sich noch im Raum aufhielt. Die scheinen da alle nur den Krieg draufzuhaben, dachte Paula irritiert. Er trug einen hellen Kamelhaarmantel, den er beim Herankommen auszog und in der linken Faust festhielt, während er Paula die Hand gab. Er bestellte einen doppelten Wodka und blickte sie aus seinen graublauen Augen aufmerksam an.

Sie erzählte ihm, was seit ihrer letzten Begegnung passiert war. Cavaćik hörte zu, und als Paula fertig war, sagte er, dass an der Geschichte irgendetwas nicht stimme.

»Sie verstehen die Mentalität dieser Menschen nicht!«, sagte er.

»Was meinen Sie damit?«, fragte sie und verspürte leichte Kopfschmerzen.

»Die lassen keine Gnade walten«, sagte Cavaćik.

»Also, als gnädig habe ich ihre Verbrechen auch nicht bezeichnet!«

»Doch.« Er sah sie traurig an. »Sie stellen den *Offizier* als Retter dar, der die Todgeweihten mitleidvoll verschont.«

Draußen war es inzwischen stockfinster geworden, und es hatte angefangen zu regnen. Die Lichter von der Brücke und vom gegenüberliegenden Ufer zersprangen an der nassen Scheibe in viele kleine Strahlen. Sie wollte endlich nach Hause, ein heißes Bad nehmen und Ralfs warme Hand auf ihrer Stirn spüren. Es wurde ihr etwas leichter, als sie sich seine besorgte Stimme vorstellte. Du hast Fieber, leichtes Fieber, aber bis morgen früh ist das weg.

Sie fragte Cavaćik, wie er sich denn erkläre, dass der *Offizier* die Frauen am Leben gelassen hatte.

»Sie beschreiben den *Offizier* als einen intelligenten Mann. Aber ist er wirklich anders als die anderen, nur weil er besser riecht und sich rasiert? Vielleicht wollte er die Opfer nicht von ihren Qualen erlösen. Vielleicht weiß er, dass es nach bestimmten Erlebnissen eine viel größere Qual bedeutet, am Leben zu bleiben.«

Paula schluckte schwer.

»Was glauben Sie denn? Mal auf den Punkt gebracht!«

Cavaćik überlegte. »Die vier sind Söldner aus dem Bosnien-Krieg. Alle vier waren Angehörige der Drina-Wölfe. Die Tätowierung der Wasserleiche ist das Emblem dieser paramilitärischen Einheit. Immer noch stehen sie im Dienst eines jener Warlords, denen es immer an Geld fehlt für neue Waffen und zur Entsoldung der Truppen. Immer noch fließt die meiste Energie auf dem Balkan in Guerilla-Aktionen, in Morde an Politikern und Militärführern, in Rivalitäten und Kleinkriege. Der Mann, den Sie aus dem Teltowkanal gefischt haben, wurde nicht wegen eines bandeninternen Streits erschossen, sondern auf Befehl. Dafür spricht die Kombination aus Genick- und Kopfschuss. Für mich gibt es keinen Zweifel daran, dass der Befehl weiter besteht. Wem in diesen Kreisen sein Leben lieb ist, der möchte nicht zurück in die Heimat kommen und sagen, wir haben's uns anders überlegt, wir haben's doch nicht gemacht.« Er machte wieder eine Pause und sah sie eindringlich an. »Es wird nicht lange dauern, bis die wieder zuschlagen.«

Immer noch war Paula von seiner Mischung aus Trauer und Entschiedenheit auf eine seltsame Art und Weise fasziniert und abgestoßen zugleich. Sie fragte ihn, wo die Täter sich denn aufhalten könnten.

Cavaćik hatte anscheinend mit der Frage gerechnet. »Es gibt zwei Möglichkeiten. Entweder bei einem gleichgesinnten Serben, der sich legal in Berlin aufhält. Oder bei einem Opfer aus Srebrenica.«

Paula verstand nicht, und Cavaćik fuhr fort. »Zu Gleichgesinnten muss man freundlich sein, vielleicht sogar etwas von der Beute abgeben, Meinungen diskutieren. Bei einem Opfer sind die Fronten geklärt. Ein Opfer wäre fast besser geeignet.«

»Warum Srebrenica?«

»Weil die Täter einen Mordbefehl benutzen, der dort einmal üblich gewesen ist«

Als Paula endlich in ihren Wagen stieg, hatte sie nur noch einen Wunsch – einen Lindenblütentee und ihr Bett. Sie stellte nicht einmal mehr das Radio an, jede Bewegung war ihr zuviel, und sie hoffte, dass sie nicht zu lange nach einem Parkplatz suchen musste.

Auf der Fahrt versuchte sie aber noch, Ulla zu erreichen. Sie wollte den Auftrag gleich loswerden, den sie für sie hatte. »Ulla, stell bitte alle Mieter fest, die aus Srebrenica und Umgebung stammen und im Stadtteil Tempelhof wohnen.«

»Mach ich. Und wozu?« Paula schätzte an Ulla, dass sie erst verstehen wollte, was sie tat, bevor sie es tat.

»Wenn wir fündig werden, müssen Zivilstreifen zur Observierung eingesetzt werden.«

»In Ordnung, Paula. Übrigens – du klingst nicht gut, leg dich ins Bett.«

Das tat Paula auch gleich. Doch die halbe Nacht wälzte sie sich schweißgebadet hin und her. Obgleich Ralf ihr Hühnersuppe gekocht, starken Erkältungstee gebraut und ihre Füße massiert hatte.

Am nächsten Morgen weckte Ralf sie, indem er seinen Arm um sie legte und sich ganz nah an sie schmiegte. Sie war sofort wach, spürte seine warme Haut an ihrem Rücken.

Als sie geduscht hatte, war der Frühstückstisch gedeckt, aber sie hatte keinen Appetit. Sie wollte nur etwas trinken, das sie munter machte. Ralf gab ihr eine Tasse dampfenden grünen Tee. »Morgenzauber.«

Sie brauchte etwa hundert Zivilbeamte für Tempelhof und weitere zweihundert Beamte für die Überprüfung aller Fahrzeuge in Charlottenburg, Wilmersdorf und Grunewald. Davon hundert vom Sondereinsatzkommando. Seit den Zeiten der RAF gab es ein Gesetz, das der Polizei erlaubte, ohne konkreten Anlass jedes Auto zu durchsuchen und die Personalien der Insassen zu überprüfen. Allerdings benötigte man dazu einen Gerichtsbeschluss. Darum musste sich Rauball kümmern. Außerdem brauchte sie das Okay vom Landeskriminaldirektor und die Zusage der Schupo-Grundsatzabteilung. Sie musste Westphal überzeugen, und das würde nur gelingen, wenn sie es an diesem Tag schaffte, mit dem Team die genauen Einsatz- und Ablaufpläne zu erarbeiten.

Sie hatten einen harten Vormittag, arbeiteten aber so konzentriert, dass sie schon am Mittag das erste Ergebnis präsentieren konnten.

Als sie in Westphals Büro saß, tränten ihr die Augen und sie hatte Kopfschmerzen, aber sie war auch stolz, was ihr eine gewisse Beschwingtheit verlieh.

Westphal telefonierte und machte Paula ein Zeichen, sie möge im Sessel Platz nehmen. Paula drehte sich leicht zum Fenster, damit sie ein Stück vom Himmel sehen konnte. Sie überlegte, ob sie Westphal mal eine Pflanze für sein Fensterbrett mitbringen sollte. Sie versuchte sich vorzustellen, welche Pflanze zu ihm passen würde. Ein Kaktus? Er beendete sein Telefonat. »Was gibt's?«, fragte er.

Paula legte alle Argumente dar, und er hörte zu, ohne das Gesicht zu verziehen.

»Gibt es Beweise für deine These, dass die Täter sich in Tempelhof bei irgendwelchen Bosniern aufhalten? Und wie kommst du darauf, dass sie ausgerechnet am Wochenende in der Gegend herumfahren werden, bis sie auf einer der von uns besetzten Kreuzungen überprüft werden?«

»Es ist zwar eine Menge Personal«, gab Paula zu, »aber wir müssen auch bedenken, was auf dem Spiel steht.«

»Was denn bitteschön?« fragte Westphal skeptisch.

»Menschenleben. Vielleicht werden es diesmal zwei oder drei, vier oder gar fünf sein, wer weiß.«

Westphal schüttelte den Kopf.

»Der schlechteste Versuch ist der, den man unterlässt«, setzte sie neu an.

Westphal erhob sich. »So kann ich nicht argumentieren. Tut mir leid, Paula.« Damit war sie verabschiedet.

Wie betäubt ging sie hinaus und blieb an der Treppe stehen. Am liebsten hätte sie sich auf die Stufen gesetzt und geweint. Sie wusste nicht, wie lange sie da so gestanden hatte, als sie Saengers Stimme hörte.

»Wolltest du zu mir?«, fragte er. Seine Stimme klang freundlich wie immer, fast wie eine Einladung, und sie hatte plötzlich die Idee, es auch so aufzufassen. »Ja, ich muss mit dir reden«, sagte sie und folgte ihm in sein Büro.

Er sagte, dass er verdammten Hunger habe und fragte sie, ob sie mit ihm essen gehen wolle.

»Tut mir Leid, Erich, aber ich habe keine Zeit. Ich brauche deine Hilfe.«

Saenger stöhnte, sie sei eine Nervensäge, ließ sich aber wieder in den Sessel fallen.

»Du hast bei Westphal für alle Zeit verschissen, wenn ich deine Anträge jetzt genehmige«, gab Saenger zu bedenken.

»Klar, aber ich verlasse mich auf dich.« Sie versuchte zu lächeln. Dabei merkte sie, wie angespannt sie war.

»Du weißt, dass das der oberste Boss genehmigen muss.« Paula nickte. »Ja, ja, ich weiß schon. Dann geht's zur Leitung LK 1, dann brauchen wir noch das Okay von der LSA Grundsatzabteilung.« Lauter Instanzen, die sie bei einem Fehlschlag verurteilen würden, dachte Paula, aber es war ihr egal. Sie wollte ihre dreihundert Mann.

»Gut, ich ruf dich an. Aber du gehst jetzt rüber ins KaDeWe und holst mir was zu essen.«

Paula lächelte müde und salutierte. »Ai, ai, Sir.«

Sie raste mit Max ins KaDeWe. Im sechsten Stock besorgte sie Mozarella mit Tomaten, Spaghetti all' arrabiata plus eine Flasche Perrier und servierte Saenger alles mit Hilfe ihres Hilfskellners Max.

Saenger war amüsiert und berichtete, er habe die Sache inzwischen auf den Weg gebracht. Rauball werde sich persönlich mit dem Richter in Verbindung setzen, um den Beschluss für die Kfz-Überprüfungen zu bekommen.

Paula dankte ihm, und schon am späten Nachmittag fand die Einsatzbesprechung statt. Das Wichtigste war die Kontrolle strategisch wichtiger Kreuzungen von Freitag bis Sonntagnacht. Sie informierte die Team- und Gruppenführer, worauf es ankam. Von allen Verdächtigen sollten Personalien und Kfz-Kennzeichen aufgenommen werden.

Natürlich wusste niemand, ob die Bestien sich ausweisen konnten oder ob sie kontrollsichere Fälschungen mit sich trugen. Der Tote aus dem Teltowkanal hatte nichts bei sich gehabt, weder Geld noch Wertgegenstände oder Papiere.

Paula bereitete die Einsatzkräfte darauf vor, dass bei einer Kontrolle eventuell unmittelbar Widerstand geleistet oder gleich geschossen würde. Deshalb hatte sie außerdem darauf bestanden, weitere Spezialkräfte aus Brandenburg anzufordern.

Gegen Abend ging sie kurz in die Apotheke in der Ansbacher Straße, um sich etwas gegen ihre Erkältung zu holen. Wieder in der Keithstraße angekommen, begegnete ihr Westphal in der Eingangshalle. Sie wünschte ihm einen schönen Feierabend. Er blieb stehen. »Du hältst dich wohl für etwas ganz Besonderes, was, Paula?«

Paula hatte sicher neununddreißig Grad Fieber und war viel zu erschöpft, um sich zu rechtfertigen. Sie winkte nur müde ab und sah zu, dass sie an ihm vorbeikam.

Am Treppengeländer musste sie sich hochziehen, so schwer waren ihre Beine.

Sie hatte noch drei Stunden zu tun. Dann rief sie Ralf an. Er war noch wach und sagte, er würde auf sie warten. Sie höre sich schlechter an als am Morgen, sagte er mitfühlend, und bot an, ihr ein Vollbad einzulassen.

»Das ist lieb von dir.«

Am nächsten Tag fühlte sie sich besser, und alles lief nach Plan.

Am frühen Abend legte sie sich kurz hin, rappelte sich aber um neun wieder auf, um zehn sollte es losgehen. Sie zog sich warm an, fror aber trotzdem.

Ralf sagte zuversichtlich, in dieser Nacht würden sie sie fassen, und der Spuk und der ganze Stress wären vorbei.

Sie wollte widersprechen, aber er ließ sie nicht zu Wort kommen, sondern setzte sich neben sie und legte den Arm um ihre Schulter. Während er Honig in ihren Tee rührte, strahlte er sie an. »Und dann kriegst du einen Orden, und ich sitze in der ersten Reihe und klatsche.«

Sie musste lachen. »Und dann?«

»Dann fahren wir nach Verona, machen Sightseeing und lieben uns die ganze Nacht. Wie damals.«

Als zentralen Einsatzort hatten sie den Hubertus-Sportplatz gewählt. In der Warmbrunner Straße, gegenüber von Christianes Wohnung, erinnerte sie sich, dass sie dort die zwei Verbrecher das erste Mal gesehen hatte. Im schwarzen Seat, während sie mit ihrer Freundin telefoniert hatte. Ein schlechtes Omen? Jedenfalls war nicht weit von dort auf Marius geschossen worden.

Sie ließ sich einer Gruppe zuteilen, die den Platz am Wilden Eber besetzte, wo sieben Straßen zusammenliefen.

Sie parkten den Mannschaftswagen ein paar Schritte vom Wilden Eber entfernt. In ihrer Gruppe aus insgesamt zweiundvierzig Beamten waren zwölf Kollegen vom SEK und zehn vom MEK.

Paula spürte eine allgemeine Nervosität. In so einer gespannten Situation konnte schnell etwas schief gehen, aber sie hatte alle umsichtig über die Gefahren aufgeklärt. Natürlich wussten alle, dass ein Kollege bereits Opfer geworden war. Niemand hatte eine Ahnung, wie die Bestien genau aussahen. Es gab nur Phantombilder, und sie wussten nicht, was sie von diesen Kriegern zu erwarten hatten, die mit ihren Fünftagebärten aus dem Dreck und der Nacht kamen, mit durchgeladenen Pistolen in alten Karren herumfuhren und auf Berlins Straßen ahnungslose Opfer überfielen.

Immer wieder ging Paula den Wilden Eber entlang, von Ecke zu Ecke. Die Bewegung hielt sie wach und ließ sie die Grippe vergessen. Sie hörte den Funk der anderen Gruppen mit und sah die Jungs fleißig die Kelle schwenken, immer abgesichert von Spezialkräften. Auf der Uhr, die sich kaum zu bewegen schien, verfolgte sie das Verstreichen der Nacht.

Im Morgengrauen fuhr Paula nach Hause. Im Radio lief »The fool on the hill«, und sie sah schon das gönnerhafte Gesicht Westphals vor sich, tja, außer Spesen nichts gewesen.

Als sie sich durch den Hausflur schleppte, hatte sie nur den einen Gedanken – sich im Duft von frisch gebügelten Laken auszustrecken und von Ralf getröstet und gestreichelt zu werden.

Ralf schlief noch. Kater Kasi begrüßte sie. Sie nahm ihn auf den Arm und kraulte ihn. Er schnurrte noch vor ihrem Bett herum, als sie ihren Arm um Ralf legte und in tiefen Schlaf sank.

Erst am Mittag wachte sie auf. Sie bewegte sich nicht, wollte die himmlische Ruhe nicht vertreiben. Wie Morgennebel verschwand langsam ihre Schläfrigkeit. Sie fühlte sich besser, obwohl ihre Füße kalt waren und sie noch immer etwas fröstelte.

Auf dem Kopfkissen lag ein Ralfscher Liebeszettel, wie er sie zu Anfang ihrer Beziehung überall in der Wohnung aufgehängt hatte.

Sie stand auf, duschte heiß, rubbelte sich gründlich trocken, zog sich Ralfs neuen weißen Bademantel über und holte sich aus der untersten Schublade ein paar dicke Wollsocken. Dann schlurfte sie in die Küche. Sie fühlte sich immer noch schlapp.

Ralf hatte ein Frühstück für sie hingestellt.

Sie goss sich Tee ein und setzte sich mit Kasi auf die Küchenbank. Nach drei Tassen Tee und zwei Aspirin verzog sie sich wieder ins Bett, um noch ein paar Stunden zu schlafen, denn es würde wieder eine lange Nacht werden.

Als sie aufwachte, war ihr Bettzeug völlig verschwitzt. Sie duschte, zog sich warm an und ging in die Küche. Während sie ein paar Happen zu sich nahm, versuchte Ralf, sie mit ein paar letzten Streicheleinheiten zu stärken.

Gegen 22:00 Uhr fuhr sie das Netz der überwachten Kreuzungen ab. Sie parkte vor den Sperren, begrüßte die Kolleginnen und Kollegen und erkundigte sich bei jedem Gruppenleiter, ob alles ruhig lief. Nirgends gab es etwas Auffälliges.

Es regnete nicht mehr, war aber trotzdem feucht und kalt. Sie fror und hatte schon fast alle Papiertaschentücher verbraucht.

An der Kreuzung, die sie am Vorabend selbst kontrolliert hatte, bekam sie starke Kopfschmerzen und Schüttelfrost. Sie spürte, dass sie sich gleich übergeben musste, und schaffte es gerade noch bis zum nächsten Baum. Danach schleppte sie sich zu einem der Mannschaftswagen. Sie musste sich hinlegen.

Weil es keine lange Bank gab, lag sie unbequem. Sie schob allerlei Krempel auf den Sitzen beiseite und versuchte zu schlafen, aber das war unmöglich, weil das Funkgerät lief. Wie durch einen Nebel hörte sie die Berichte von den verschiedenen Kreuzungen an die Leitstelle.

Nach einer Weile hatte sie endlich eine einigermaßen bequeme Position gefunden. Sie versuchte, sich auf ihren Bauch zu konzentrieren. Entspannen! Doch statt Ruhe und Erholung erfüllte sie die Angst, dass die ganze Aktion ein Reinfall werden könnte. Vielleicht sind die Bestien gar nicht in Deutschland, dachte sie, vielleicht kommen sie erst nächste Woche zurück, und nicht mehr nur zu zweit oder zu dritt, sondern zu viert wie am Anfang. Oder gleich in Gruppen und Horden, sie überfallen Berlin, plündern und vergewaltigen, töten und verschwinden wieder. Eine ganze Stadt im Krieg.

Irgendwann quälte sie nur noch der Gedanke, dass sie eine dritte Nacht durchhalten musste. Noch einmal all die Anstrengung, obwohl sie ahnte, dass das alles vergeblich war. Aber was sollte sie tun? Sie konnte es jetzt nicht mehr ändern. Sie konnte die Kontrollen nicht einfach abblasen.

Ihr Magen meldete sich wieder und sie kroch schnell aus dem Wagen, um sich ein zweites Mal zu übergeben.

Dann legte sie sich wie ausgelaugt wieder in den Mannschaftsbus. In der Ferne hörte sie den Straßenverkehr und Hupen und im Wagen die laut gestellten Funkgeräte.

Nach einer Weile nahm sie die Geräusche nur noch wie das Rattern eines Zuges wahr. Nichts interessierte sie mehr. Sie lag in einem Nebel, aus dem fern irgendwelche Stimmen drangen. Manchmal schienen sie aus den Funkgeräten, dann wieder aus ihren Träumen zu kommen. Der *Offizier*! Jemand berichtete von einem Mann mit einem Lamborghini, der Freunde besuchen wollte. Er wurde verfolgt, aber er entkam durch einen flachen Weiher. Hatte man auch von Schüssen gesprochen? Oder hatte sie das geträumt? War der *Offizier* durch einen Weiher entkommen?

Sie rappelte sich hoch und versuchte, die Funknachrichten genau anzuhören. Es wurde gemeldet, dass es überhaupt nichts Auffälliges gebe, nicht einen einzigen Betrunkenen ohne Papiere. Ja genau, ein Witz, meinte jemand. Von wegen Bestien im Schlaraffenland! Sie lachten darüber, dass sie vielleicht anfangen sollten, Fußgänger statt Autos zu kontrollieren, genug Personal hätten sie ja. »Einen haben wir eben tatsächlich angehalten. Aber der kam nicht aus dem Balkan, sondern aus Italien und hat sich vor Angst in die Hose gemacht!« – »Wieso in die Hose?« »Er hatte nasse

Hosenbeine«. – »Er hat in sein Auto gepisst?« – »Er hatte kein Auto, er kam zu Fuß, aber der Kollege hat ihn mit der Kelle gestoppt.« Und ein anderer wollte dann wissen, ob er ABS-Bremsen habe, und alle lachten wieder und überprüften ihn, ein Itaker, aber sie konnten leider kein Italienisch, außer mamma mia, und er konnte kein Deutsch, also rissen sie so viele Witze über ihn, wie ihnen der Groll eingab dafür, dass sie sich die Nacht wegen irgendwelcher Balkanesen um die Ohren schlagen mussten. Mach mal deinen Kofferraum auf, sagte eine Stimme, aber der Spaghetti nix verstehen, und sie lachten wieder und ließen ihn laufen. Lauf, Makkaroni, aber vom 1. AC Mailand ist der nicht.

Paula war genervt, sie konnte das Gerede ihrer Kollegen nicht länger ertragen und rief Christiane an. Doch die hatte keine Zeit zum Reden, kicherte laut und flüsterte leise, dass es ein ganz schlechter Moment sei, aber warum sie sich überhaupt da draußen in der Kälte die Nächte um die Ohren schlage? Na prima, dachte Paula, das ist ja echt ermutigend, verabschiedete sich schnell und wählte die Nummer von zu Hause. Ralf klang verschlafen. Als sie ihre Situation beschrieb, sagte er, das täte ihm Leid, sie solle nach Hause kommen, für die Aktion bräuchten sie dort niemand. Sie wurde wütend. Was maßte er sich an? Woher wollte er das wissen?

»Du bist krank«, versuchte Ralf sich durchzusetzen. »Andere lassen sich da drei Wochen Bettruhe verschreiben und du rennst rum, um die Kollegen zu kontrollieren.«

Jetzt spürte sie schon die erste Hitze der Wut. Und die Anstrengung, ruhig zu bleiben. »Ich bitte dich, ich bin schon fast wieder gesund.«

»Du bist krank und hast hohes Fieber, Spatzi-Schatzi.«

»Ich werde hier gebraucht!«, fauchte sie und legte auf. Einen Moment musste sie sitzen bleiben, bis ihr Herz aufhörte zu rasen.

Die Kollegen unterhielten sich immer noch über den Italiener. Sie hatte dauernd hinhören müssen, irgendetwas arbeitete in ihr, irgendetwas wollte an die Oberfläche und hatte ihr für das Gespräch mit Ralf keine rechte Aufmerksamkeit gelassen, und dann war es da! Die Meldung über den Lamborghini, den Weiher und die nassen Hosen! Hatte nicht jemand seinen Lamborghini am Rand eines kleinen Parks abgestellt, war bedroht worden und durch einen Teich geflüchtet? War ihm der Verfolger ein Stück ins Wasser hinein gefolgt?

Tommi hatte doch ziemlich plausibel erklärt, dass die Typen scharf auf Sportwagen waren! Die Straße war »Auf dem Grat«, das war nicht weit weg. Der Täter konnte gut bis zur Clayallee/Hohenzollerndamm gegangen sein, wo er als Italiener überprüft worden war.

Per Funk fragte sie, wie der Italiener ausgesehen habe. Langes blondes Haar und Jogging-Anzug, war die Antwort. Sie gab die Anweisung, ihn unter irgendeinem Vorwand festzuhalten. »Aber Vorsicht! Vielleicht ist das unser Mann!« Sie rannte zu ihrem Wagen und raste mit Blaulicht los.

Auf dem Hohenzollerndamm hielt sie an, fand aber nur noch einen Polizisten vor, der auf die gegenüberliegende Straßenseite zeigte und sagte, die anderen verfolgten den flüchtigen Verdächtigen. Der Mann sei über einen Zaun im Unterholz verschwunden. Sie rief die Einsatzleitung an und gab Befehl, alle verfügbaren Kräfte zusammenzuziehen, um das Viertel Hagenstraße, Hohenzollerndamm, Waldmeister, Bernadotte bis zum Wildpfad abzuriegeln.

Sie beteiligte sich nicht an der Treibjagd. Sie war zu fertig. Sie setzte sich in einen Mannschaftswagen und wartete.

»Gott, wenn das die falsche Entscheidung war«, sagte sie laut vor sich hin.

Nach zwanzig Minuten hatten sie ihn. Eine Kampfsportmeisterin vom MEK hatte ihn erwischt. Kicki Michel, wie Paula wenig später herausfand. Sie ordnete an, ihn sofort ins LKA zu bringen und seine Fingerabdrücke mit denen aus dem Bredenbach-Fall zu vergleichen.

Anschließend rief sie Tommi an. Es klingelte nur zweimal, dann war er putzmunter am Apparat. Er stieß einen Freudenschrei aus über die Nachricht, und als er hörte, dass er zum Erkennungsdienst fahren sollte, um Druck zu machen, rief er fröhlich: »Bin schon unterwegs.«

Paula wollte, dass alles ruckzuck erledigt wurde. Sie wollte den Verdächtigen schon in einer halben Stunde in der Keithstraße zum Verhör haben. Dazu brauchte sie Ulla als Schreibkraft und Cavaćik als Dolmetscher.

Die Kontrollen an den Kreuzungen gingen weiter, während sie nervös auf Tommis Nachricht wartete. Sie hatte das Handy vor sich auf den Tisch gelegt und starrte es an wie Kasimir, wenn er eine Maus im Visier hatte. Blitzschnell packte sie zu, als es den ersten Piepser machte.

»Er ist es!«, brüllte Tommi. »Mensch, er ist es! Seine Fingerabdrücke sind identisch mit denen aus dem Keller der Bredenbachs!«

Paula durchfuhr es heiß. Endlich hatten sie einen! Den *Säufer*!

»Hat er irgendwas dabei?«

»Wir haben seine Waffe. Es ist eine 9 mm Makarow. Keine Ausweise, aber ein Handy!«

»Gut. Falls er deutsche Nummern gespeichert hat, mach den Kollegen vom Großen Lagedienst Dampf, ich brauch die Anschriften sofort.« Dann ließ sie die Überwachung der Kreuzungen abbrechen und schrie einen Juchzer in die Luft. Aber es waren noch zwei Killer auf freiem Fuß. Es galt, möglichst viele Informationen aus dem *Säufer* herauszuquetschen. Und schnell zu handeln, denn eine wirkliche Chance hatte sie nur, wenn sie die Verwirrung des Gegners ausnutzte.

Im Büro versuchte sie sich zu sammeln. Ihre Grippe hatte den Höhepunkt überschritten, aber sie fühlte sich immer noch schwer wie Blei. Trotzdem konnte sie nicht stillsitzen, sie tigerte im Büro herum, zur Tür und wieder zurück, im Kreis um den Schreibtisch, wo sie jedes Mal bei der Kuh stehen blieb.

Endlich klingelte ihr Handy. Tommi teilte ihr mit, dass der Wachdienst den *Säufer* gerade in die Kellerzelle gebracht habe.

Gleich würde sie ihm zum ersten Mal begegnen. Sie blickte in den Spiegel über dem Waschbecken. Ringe unter den Augen, blasse Haut und stumpfes Haar.

Keller und Zelle waren grell erleuchtet. Gut, dass ich mir nicht die Lippen nachgezogen habe, dachte Paula. Der *Säufer* saß auf der Pritsche, den Blick auf den Boden gerichtet.

Sein Jogging-Anzug hatte schon allerlei hinter sich, die langen blond gefärbten Haare hingen ihm ins Gesicht. Als Paula hereinkam, blickte er sie kurz erstaunt an. Er stank, fiel Paula als erstes auf, wahrscheinlich hatte das Schwein seit Tagen nicht geduscht. Der *Säufer* stieß kurz die Luft durch die Lippen und grinste abschätzig. Wahrscheinlich hatte er nicht mit einer Frau gerechnet.

»Legt ihm Handschellen an und bringt ihn rauf.«

Ulla war schon im Vernehmungszimmer, ebenso Cavaćik.

Tommi sagte, dass auf dem Handy des *Säufers* nur ausländische Nummern gespeichert seien.

Paula setzte sich dem Inhaftierten gegenüber. Demonstrativ gelangweilt blickte der Mann an die Decke, als gäbe es dort etwas Interessantes zu sehen. Paula versuchte kurz sich vorzustellen, wie er gewesen sein könnte, bevor er sich den Bestien angeschlossen hatte. Was war es, das aus einem Menschen ein Scheusal machte? Ein Tier, das nur noch seinen aggressiven Instinkten folgte? Paula musste daran denken, wie sie früher mit den Jungs im Wäldchen nahe ihrer Kleingartensiedlung Banden gebildet und abends zerkratzt und glücklich von ihren Streifzügen heimgekehrt war. Hätte der Kerl, der jetzt als Verbrecher vor ihr saß, auch einer von ihnen sein können? Sie versuchte, in seinen Zügen irgendeinen letzten Rest von Unschuld zu entdecken. Sie wollte in seinem herausfordernden Grinsen etwas erkennen, das auf den niedlichen Jungen deutete, der er vielleicht einmal gewesen war. Es gelang ihr nicht.

Paula bat Cavaćik, den Inhaftierten nach seinen Personalien zu befragen. Der Dolmetscher versuchte sein Bestes, aber der Mann verschanzte sich hinter seinem Grinsen. Er schien nicht gewillt, sich von Paula aus der Ruhe bringen zu lassen. Unwillkürlich fragte Paula sich, ob er einem Mann vielleicht geantwortet hätte.

Sie wartete geduldig und fragte schließlich, ob der Mann ihn überhaupt verstehe. Cavaćik antwortete, er habe es mit Serbokroatisch und Albanisch versucht, aber sie sehe ja selbst, wie verbissen er schweige.

Paula übergab an Tommi, bat Cavaćik in ihr Büro und gab ihm die ausländischen Nummern, die in seinem Handy gespeichert waren.

»Serbien«, sagte er.

Er sollte sie durchprobieren. »Wenn sich jemand meldet, begrüßen Sie ihn auf Serbisch. Es ist Nacht, die Leute sind verschlafen, die werden nicht sofort die fremde Stimme erkennen. Sagen Sie, Sie rufen aus Berlin an. Vielleicht haben wir Glück und es spricht Sie jemand mit seinem Namen an.«

Cavaćik nickte.

Paula ließ ihn alleine und kam gerade rechtzeitig, um Tommi daran zu hindern, auf den Gefangenen einzuschlagen. Aufgebracht erklärte er, dass der Typ ihn angespuckt habe. Paula fragte den Burschen erst auf Englisch, dann auf Deutsch und schließlich in unmissverständlicher Zeichensprache, ob er endlich bereit sei, etwas zu sagen, aber der grinste nur. Paula ließ ihn zurück zu den Beamten im LKA-Keller bringen.

Cavaćik hatte während der Telefonaktion herausgefunden, dass der Inhaftierte Milan hieß und vermutlich aus Srebrenica stammte. Unter drei Nummern hätten sich männliche Stimmen gemeldet, sagte der Dolmetscher. »Ich habe genuschelt, nur Berlin habe ich deutlich gesagt, und dann kam immer die Frage, Milan? Als sie merkten, dass er es nicht war, haben sie sofort aufgelegt.«

Paula war so fertig, dass sie nicht mehr richtig denken konnte, aber sie wusste, dass sie kurz vor der Lösung des Falls standen. Auch die anderen sagten nichts. Ulla steckte sich eine Zigarette an und meinte, vielleicht kenne ihn ja die Familie aus Srebrenica in Tempelhof.

Paula verstand nicht sofort.

»Du wolltest doch, dass wir recherchieren, ob in Tempelhof irgendwelche Leute aus Srebrenica wohnen. Nach deinem Gespräch mit Herrn Cavaćik.«

Paula erfuhr, dass in der Friedrich-Wilhelm-Straße eine Familie Hiseni lebte, genauer gesagt eine Mutter mit drei Töchtern. Sie hatte 1995 in Deutschland einen Asylantrag gestellt. Ulla ging an ihren Computer. »Hier. Kimete Hiseni, Krankenschwester im Wenkebach-Krankenhaus in Tempelhof. Mann gestorben, drei Töchter: Dhurata, 13, Dardonja, 14, Dehija, 16. Unbeschränkte Aufenthalts- und Arbeitserlaubnis.«

»Woher hast du das?«, fragte Paula.

»Ich hab mich mit ihrem Arbeitgeber in Verbindung gesetzt. Ich hab denen erzählt, in welcher Sache wir ermitteln. Die haben uns alle Unterlagen aus der Personalakte gefaxt. Dürfen sie eigentlich gar nicht. Ihr Bruder Hamza soll noch leben, aber seine Familie wurde umgebracht. Das Glück der Hiseni war, dass die Blauhelme sie als Krankenschwester rausgeflogen haben, als alles brannte und die Serben jeden abschlachteten.«

Einen Moment lang saßen sie ein wenig ratlos da. Schließlich meinte Tommi, es sei doch unwahrscheinlich, dass die Moslem-Familie einer serbischen Verbrechertruppe bed-and-breakfast biete. Paula entgegnete, Cavaćik sei da anderer Meinung und ließ ihn noch einmal seine Theorie ausführen, dass Opfer immer wieder Gefahr liefen, erneut zu Opfern zu werden.

»Okay, dann lass uns hinfahren und sehen, was wir finden«, schlug Tommi vor.

Paula war zu müde. »Ich finde heute nur noch mein Bett.« Sogar ihre Stimme gab schon ihren Geist auf. »Wenn du mir noch einen Gefallen tun willst, ruf die Leitstelle am Augustaplatz an und beantrage eine Observierung. Mach ihnen klar, wie dringend es ist. Sie sollen gleich hin.«

Sie bedankte sich bei Ulla und Cavaćik.

»Ab wann kann ich dich denn morgen anrufen?«, fragte Tommi. Paula drehte sich noch einmal um: »Nicht vor eins.«

Als Ralf sanft aber beharrlich ihren Rücken streichelte und ihr Unanständigkeiten ins Ohr raunte, wusste sie, dass sie schon wieder aufstehen musste. Sie krabbelte mühsam aus dem Bett und schwankte ins Bad. Eine Weile lehnte sie über dem Waschbecken und beobachtete das fließende Wasser. Als sie in den Spiegel sah, fand sie sich alt. Krähenfüße, rote Augen, entzündete Lider.

Tommi hatte nicht einmal die Geduld, sie irgendwo zu treffen. Er hatte Ralf gesagt, er werde sie abholen und unten im Auto auf sie warten. Als Paula eingestiegen war, schaltete er das Blaulicht an und gab Gas.

»Kannst du mir mal verraten, warum du es so eilig hast?«, fragte sie gähnend.

»Möchtest du eine ehrliche Antwort?«

Paula schüttelte den Kopf. »Ja, bitte.«

»Also, diese Kicki von der Halloween-Party neulich ...«

»Was ist mit der?«

»Also, die hat in der nächsten Woche frei und würde mit mir zum Kickboxen nach Braunschweig fahren. Wenn ich auch frei hätte ...«

»Und wann hättest du frei?«

»Wenn wir den Fall abgeschlossen haben«, sagte Tommi.

»Dann wird's wohl nichts mit Braunschweig. Und mit dieser Kicki auch nicht.«

»Du solltest nicht so schnippisch sein, immerhin hat sie gestern die Bestie überwältigt.«

Sie hielten in einiger Entfernung vom Haus der Hisenis, und Paula sprach mit dem Einsatzleiter. Er zeigte ihr die Liste und die Fotos der Personen, die ins Haus hineingegangen und herausgekommen waren. Ein Verdächtiger war nicht dabei gewesen.

Sie warf einen Blick auf die Beschreibung der Gesuchten. Der *Gladiator* – etwa 1,85 groß, schätzungsweise 85 Kilo, am rechten Ohr ein Ring mit einem Totenkopf, vermutlich dunkle Haare, Jogging-Anzug, leicht als Ausländer erkennbar, geschätztes Alter zwischen dreißig und achtunddreißig. Und der *Offizier* – Sonnenbrille, Lederhandschuhe, brauner Bürstenhaarschnitt, etwa 1,70 groß, vielleicht siebzig Kilo, gut rasiert. Paula bat ihn, das noch mal seinen Leuten durchzugeben und für den Fall, dass so jemand in der Nähe der Wohnung auftauche, sofort zuzugreifen. Sie wies auf die Gefährlichkeit der beiden hin und erinnerte daran, dass sie bewaffnet sein könnten.

Sie selbst wollte mit Tommi einen Blick ins Innere des Hauses werfen. Sie speicherte die Nummer des Einsatzleiters im Handy, und beide ließen sich kugelsichere Westen geben.

Der Einsatzleiter informierte sie, dass die observierte Wohnung im Parterre liege und früher eine Motorradwerkstatt gewesen sei. Er gab Paula das Fernglas. »Es ist das letzte Haus. Wo Sie die Schaufenster sehen, war das Motorradgeschäft und davor, weiter in dieser Richtung, die Werkstatt. Die haben sich das umgebaut. Wenn Sie vom Hausflur aus reinkommen, ist in der Mitte ein Flur und rechts ein Zimmer, dann ein größeres Wohnzimmer, dann wieder ein Zimmer und noch eins. Und links erst ein Zimmer, dann Küche, Bad, Toilette. Hier ist der Grundriss. Haben wir uns von der Hausverwaltung geben lassen. Wir observieren vom Hof und von der Straße aus.«

Paula bedankte sich und schlenderte mit Tommi die Straße entlang, als machten sie einen Spaziergang.

Auf der linken Seite war eine Backsteinmauer, hinter der das Wenkebach-Krankenhaus lag, rechts standen fünfstöckige Miethäuser, deren grauer Putz an einigen Stellen bröckelte. Auf einer Telefonzelle stand *Fuck Bush the am bush*. Tommi meinte, das solle wohl nicht Bush am Busch, sondern Bush am Arsch heißen, und nahm es als Beleg, dass dort des Englischen unkundige Ausländer lebten. »Grobe Richtung Islamisten«, sagte er.

»Die Familie, die wir besuchen wollen, *sind* Muslime«, sagte Paula.

»Dann haben die das wahrscheinlich hingeschmiert.«

Paula wollte etwas sagen, aber nahm sich vor, mit ihm mal bei anderer Gelegenheit ein gründliches Gespräch zu führen.

Am Kopfende des Hauses, wo zuvor das Motorradgeschäft gewesen war, prangte ein Schild: »Haufs Bauausführungen«. Das Innere war geschützt durch weiße Sichtblenden. Rechts lag eine weiß übertünchte Glastür, die offenbar schon zur Wohnung der Hisenis gehörte. Im ersten Stock, über der früheren Werkstatt, befand sich ein großes Fenster, das gerade von einer alten Frau geöffnet wurde. Ihre Wangen waren eingefallen, sie hatte keine Zähne und schütteres Haar. Paula vermutete, dass sie bestimmt dreißig Mal am Tag das Fenster öffnete, um zu sehen, wer das Haus verließ oder hineinging. Von ihr würde man erfahren, ob die Hisenis in den letzten Monaten auffälligen Besuch empfangen hatten. Im Stockwerk darüber hing außen am Fenster ein leerer Vogelbauer. Vor dem Haus stand ein Motorrad unter einer Plane.

Paula schlug vor, mit dem Hausflur anzufangen. Das Treppenhaus war bis zur Hälfte gefliest, darüber Jugendstilverzierungen aus Gips. Die blauweißen Fliesen zeigten Küstenlandschaften mit Mühlen. Sie waren zum Teil herausgebrochen. Neben dem Treppenaufgang war die Holztür zur ehemaligen Werkstatt. Rechts davon gab es eine Klingel, und darunter klebte das Schild Hiseni. Eine Treppe ging nach oben und eine hinunter in den Keller.

Paula warf einen kurzen Blick in den Hof – Küchenbalkone mit Kühlschränken und Fahrrädern. Als sie wieder ins Haus kam, stand die Tür zur Wohnung der Hisenis offen. Tommi unterhielt sich mit einer Frau in einem grün-blau gestreiften Kleid und einem Kopftuch.

Drei pubertierende Mädchen versteckten sich hinter ihr in der Tür. Paula war alarmiert, obwohl das Bild ganz friedlich aussah: eine Mutter im Gespräch mit einem netten Nachbarn, die Töchter neugierig hinter ihrem Rücken.

Tommi zwinkerte Paula zu und Frau Hiseni sagte, aus dieser Wohnung könne der Brandgeruch nicht kommen, sie habe nichts auf dem Herd stehen. Tommi machte eine hilflose Geste, sie seien von zwei verschiedenen Mietern im Haus verständigt worden, dass es einen Brandgeruch gebe.

Dann drückte er sich höflich lächelnd an Frau und Töchtern vorbei in die Wohnung. »Ich glaube Ihnen, aber ich muss mich trotzdem vergewissern.« Die Hisenis wichen zurück und standen nun im Treppenhaus.

Paula lächelte entschuldigend über ihren etwas verrückten Kollegen und tastete heimlich nach ihrer Waffe. Sie würde sich Tommi später für diese wahnsinnige Aktion vorknöpfen, doch jetzt musste sie ihm Rückendeckung geben. Sie schob sich etwas vor, blieb in der Mitte des Flurs stehen, sah, wie Tommi weiterging und die Türen zu den einzelnen Zimmern öffnete, ohne eine Waffe in der Hand, immer vor sich hin murmelnd: »Hier ist auch nichts ... Hier kann ich auch nichts finden ... Frau Hiseni, hier ist nichts. Ich glaube, wir können wieder gehen.« Paula fiel ein, wie das SEK die Wohnung der alten Polen gestürmt hatte. So war es richtig, aber Tommi spazierte hier herum wie der Hahn auf dem Hühnerhof.

Inzwischen war Frau Hiseni mit ihren Töchtern wieder in die Wohnung gegangen. Paula musste mit hinein, wollte sie Tommi nicht alleine lassen. Der entschuldigte sich überschwänglich offenbar bei einer Frau, die sich im Bad befand, zu dem Tommi gerade die Tür geöffnet hatte.

»Tut mir Leid«, rief er lachend, aber schon war er wieder zurück und klopfte Paula jovial auf die Schulter. »Im Treppenhaus hab ich's auch gerochen, aber hier ist nichts. Komm, wir sehen mal im Keller nach.«

Die drei Töchter standen in der Tür und sagten artig auf Wiedersehen.

Tommi wollte zur Haustür, aber Paula sagte zu Frau Hiseni, sie würden noch einmal oben im Haus fragen, ob da was von einem Feuer bemerkt worden sei. Tommi folgte ihr in den ersten Stock. An der Tür der alten Dame sah er Paula fragend an, und sie sagte, nun könnten sie seine Story auch weiter benutzen.

Während sie warteten, schwärmte Tommi von der sportlichen Figur der Frau, die er nackt im Bad der Hisenis überrascht hatte. Paula kräuselte die Stirn. Schon allein das Eindringen in die Wohnung der Hisenis war ja verrückt. Sie wusste, dass Tommi eine Schraube locker hatte, aber dass er das Risiko eingegangen war, von Schüssen durchlöchert in diesem Treppenhaus zu enden, übertraf alles. »Was ist da eigentlich eben gelaufen?«

Tommi machte ein unschuldiges Gesicht. »Ich stand an der Treppe und hab auf dich gewartet, auf einmal geht die Tür auf, und die Frau steht da mit einem Korb Wäsche unter dem Arm. Sie fragt, wer ich bin, ich sage, ich bin mit einem Kollegen von der Feuerwehr hier, Nachbarn hätten uns gemeldet, dass es hier brennt.«

Die Tür ging einen Spalt auf und die Nase der Alten erschien über der Kette.

»Was wollen Sie?«

Paula sagte, sie suchten ihre Freunde aus Jugoslawien, vier Männer, ob die hier eingezogen seien. Seit wann die denn hier wohnen sollten, fragte die Alte. Paula nannte aufs Geratewohl das Datum vom Überfall auf die Wegeners.

»Genau«, sagte sie. »Drei Tage vorher sind sie gekommen.«

Paula vermutete, sie sei verwirrt oder habe sie falsch verstanden. »Wer?«, fragte sie.

»Ihre Freunde«, sagte sie und wollte die Tür zumachen, aber Tommi hatte den Fuß dazwischen.

»Wo?«, fragte er. »Bei wem sind sie zu Besuch?«

Sie zeigte mit dem Finger nach unten, und die Tür ging zu.

Wie begossene Pudel standen sie vor der wieder verschlossenen Wohnungstür. Die Alte war wahrscheinlich wirklich verrückt, aber Paula konnte ihre Bemerkung nicht einfach übergehen. Angenommen, sie hatte Recht, was dann? Tommi hatte in jedes Zimmer geschaut. Sie fragte ihn, ob er irgendetwas gesehen habe, Klamotten, Rasierzeug, Schuhe – irgendetwas, das auf die Anwesenheit von Männern schließen ließ.

Tommi schüttelte den Kopf. »Wär mir aufgefallen.«

Unten gab es nur eine Wohnung. Vielleicht der Keller? Tommi meinte, das könnte man ja leicht prüfen, und war schon auf dem Weg nach unten. Paula folgte ihm, blieb aber vor der Kellertür stehen, so dass sie die Wohnung der Hisenis im Auge behalten konnte.

Tommi kam zurück. »Nur normale Kellerräume. Holztüren, alles verriegelt.«

»Will ich mir trotzdem mal genauer ansehen«, sagte sie. »Und dann hauen wir ab.«

Welcher Kellerraum gehörte zu welcher Wohnung? Sie ging von ihrem Haus in der Stargarder Straße aus, da gehörte der erste Kellerraum rechts zur Wohnung im Parterre. »Der da!«, sagte sie zu Tommi. »Kriegst du ihn auf?«

Tommi nickte, sprang die Kellertreppe hinauf und schloss die Tür zum Treppenhaus. »Wegen der Lärmbelästigung«, grinste er und trat die Lattentür zum Kellerabteil ein.

Der Kellerraum stand voller Sperrmüll. Wie konnte man bloß so viel Mist ansammeln? Regale, Kisten, Koffer, Fässer bis unter die Decke. Dort würden sie bestimmt nichts finden. Das alles zu durchwühlen würde Stunden in Anspruch nehmen.

Tommi war schon dabei, ein paar Koffer nach vorne zu zerren. Er kämpfte sich zügig vor, schob Kisten zur Seite und riss Pappkartons auf, aber schließlich wischte er sich mit dem Ärmel den Schweiß ab. »Hier ist nichts. Nur Gerümpel«, sagte er und trat mit dem Fuß gegen ein Fass, von dem ein stechender Geruch ausging. Paula vermutete in Öl eingelegte Lebensmittel. Sie wollte das Ding beiseite schieben, griff in eine Art Wäschesack, spürte darin etwas Hartes. Der Sack rutschte hinter das Fass, sie hielt immer noch den Gegenstand fest, ihre Hand war eingeklemmt. Dennoch zog sie kräftiger und sah etwas Glitzerndes zum Vorschein kommen. Der Widerstand löste sich, und sie zog das ganze Zeug heraus. Jetzt sah sie das Glitzernde genauer: eine Art Modeschmuck, billiger Strass. Aber aus einem Instinkt heraus griff sie erneut hinter die Tonne und zerrte weitere Sachen aus dem Sack.

»Nimm mal das Zeugs hier weg«, fuhr sie Tommi an.

Er bückte sich, stemmte sich gegen eine Kiste und schob alles zur Seite, während sie sich streckte, um noch tiefer wühlen zu können. Einige Bettgestelle kippten um. Als es wieder still war, hörte sie etwas klingeln, etwas Metallisches. Es war eine Münze. Sie rollte wie in Zeitlupe auf ihre Füße zu, drehte sich zweimal und blieb liegen. Paula bückte sich und betrachtete sie auf der flachen Hand. Beide starrten darauf. Es war das Unikat mit dem 190 SL-Emblem darauf. Die Mercedes-Münze.

Es lief ihr kalt über den Rücken. »Los«, sagte sie. »Hilf mir das Zeug beiseite zu schieben, da muss noch mehr sein.«

Es ging ihr nicht schnell genug, sie ließ sich auf die Knie fallen und griff mit dem Arm tief in den Müll hinein, suchte und tastete und hatte eine Uhr in der Hand. Also doch! Sie ahnte, was sie hervorzerren würde – die Uhr des ermordeten Wegener, seine Jaeger-le-coultre-reverso. Paula zog gegen einen Widerstand an. Und fühlte plötzlich, dass die Uhr an einem Handgelenk war. »Mein Gott«, keuchte sie. »Los, weiter!« Tommi fasste zu, weitere Kartons fielen um.

Sie schob eine dünne Matratze beiseite, die einen eingerollten Teppich bedeckte. In dem Teppich lag eine Leiche. Eine Ratte sprang fiepsend davon, und Tommi schrie auf. Er zitterte am ganzen Körper.

Paula zerrte an dem Teppich, der mit schwarzer Faulleichenflüssigkeit getränkt war. Ekel lief ihr den Nacken hinunter, als sie merkte, dass sie das Zeugs schon an den Händen hatte. Sie stoppte noch rechtzeitig den Impuls, es an ihren Jeans abzuwischen. Schließlich kullerte die Leiche auf den Steinboden, sie zog den Teppich ein Stück weg und ließ ihn fallen.

Sie wollte sich die Nase zuhalten, unterließ es aber, als sie die klebrige Flüssigkeit an ihren Händen spürte.

Die Leiche war männlich, am Körper noch nicht sehr verwest. Nur im Gesicht tummelten sich Maden. Die Gesichtszüge waren flach, eingefallen, ein plattes, schreckliches Gesicht. An seinem rechten Ohr hing ein Totenkopfring!

Das alles hätte irgendjemand sein können, aber sie erkannte die Metallreifen an beiden Oberarmen. Zwar war die Uhr keine Jaeger-le-coultre-reverso, sondern ein Billigprodukt, aber es gab keinen Zweifel, sie hatte eine der Bestien vor sich, den *Gladiator*.

»Wir brauchen die Spurensicherung. Aber erst mal fragen wir die Damen da oben, was sie hierzu zu sagen haben.«

Vor der Wohnung der Hisenis fragte sie Tommi noch einmal, ob er sich sicher sei, dass sich kein Mann in der Wohnung befinde. »Todsicher«, sagte Tommi, und das war ausnahmsweise kein Scherz.

Sie klingelte und machte ihm ein Zeichen, dass er zur Seite treten sollte, damit sie nicht im Schussfeld standen. Sie hörte Schritte, die Tür wurde geöffnet, und eines der Mädchen sah sie ängstlich an.

»Ich muss noch mal mit deiner Mutter reden.« Da erschien sie schon, und Paula bat sie, ihr den Keller zu zeigen.

Tommi zog die Waffe und entsicherte sie, während er ihr in den Keller folgte.

Frau Hiseni sah die eingetretene Tür zu ihrem Kellerabteil, machte zwei zögernde Schritte darauf zu, blieb abrupt stehen und fing an zu schreien.

Paula ging in die Küche der Hisenis, um sich die Hände zu waschen. Dann bat sie über ihr Handy die Einsatzleitung um Verstärkung.

Frau Hiseni stürzte herein und setzte sich weinend an den Küchentisch. Die Mädchen standen völlig verängstigt hinter ihr. Paula blickte sich um. Tommi sicherte mit gezogener Waffe den Flur.

Mit den Männern vom MEK durchsuchte er dann die Wohnung. Verwundert stellte er fest, dass die junge Frau, die er im Bad gesehen hatte, nicht mehr da war. Die Kollegen vom MEK bestätigten, dass etwa fünfzehn Minuten zuvor eine weibliche Person aus dem Haus gekommen sei. Sie hatten sie fotografiert und gehen lassen. Im Wohnzimmer der Hisenis fanden sie in einer Holztruhe, auf der ein großer Fernseher stand, diverse Kleidungsstücke, die ganz offensichtlich Männern gehörten.

Paula rief Justus an, es gebe eine neue Leiche, sie brauche hier das Große Besteck. »Ich brauche jeden von euch hier und sofort zwanzig Schupos zur Absperrung und Sicherung des Tatorts«, sagte sie und gab ihm die Adresse durch.

Sie wollte die Hisenis in der Keithstraße verhören, weil im Haus bald alles von Polizisten wimmeln würde, doch zuvor wollte sie noch wissen, wer die Frau war, die Tommi im Bad gestört hatte.

»Zina Mesić. Ich kenne sie aus Srebrenica.«

»Ist sie eine Verwandte?«

Als die Frau zögerte, fügte sie hinzu: »Ist es so schwer zu sagen, wer verwandt ist und wer nicht?«

»Es ist so furchtbar ... da unten im Keller ...« Paula wartete. »Es stinkt ... Er liegt da schon lange.«

Tommi kam herein und sagte, der Mann im Keller sei sehr wahrscheinlich erstochen worden.

Paula fragte die Hiseni, ob sie den Mann kenne. Sie nickte und sagte, die anderen hätten ihn Radovan genannt.

»Welche anderen?«

Paula konnte die Angst in Frau Hisenis Augen sehen. Sie legte die Fotos von dem *Tier* und von dem Verhafteten mit den blond gefärbten Haaren auf den Tisch. »Diese beiden?«

Frau Hiseni nickte.

»Sie sind im August gekommen und haben bei Ihnen gewohnt, nicht wahr?«

Wieder nickte sie.

»Alle vier?« Paula konnte spüren, wie die Angst der Frau fast zu Panik wurde.

»Wann waren Sie das letzte Mal im Keller?«

Sie zuckte mit den Achseln. »Ich weiß nicht. Vor einem Monat ...«

»Und wann haben Sie Radovan zuletzt gesehen?«

»Am 21. September.«

»Und den?« Paula zeigte auf das Foto von dem Toten aus dem Teltowkanal.

»Auch da«, sagte sie.

»Wie kommt es, dass sie sich noch so genau an das Datum erinnern können?«

Frau Hiseni erzählte ihr, dass sie einen Tage später am 22. September, einem Montag, ein Auto gemietet habe, weil Radovan ihr Auto genommen hätte, um damit nach Paris zu fahren. Er hätte sich unbedingt das Disneyland dort ansehen wollen.

Paula wollte wissen, ob er alleine gefahren sei, denn eine Woche später hatte sich der Überfall im Haus Bredenbach ereignet, und da waren es nur zwei Täter gewesen.

»Nein, es ist dann noch der andere mitgefahren.« Frau Hiseni zeigte auf das Foto von der Wasserleiche.

Paula nickte. Der Tote aus dem Teltowkanal war mindestens zwei Wochen vor dem Kerl im Keller umgebracht worden. Vielleicht hatte Radovan die Exekution des *Tieres* überwacht oder selbst geschossen und war erst dann nach Paris gefahren.

»Wie lange ist Radovan in Paris geblieben?«

Frau Hiseni zuckte mit den Schultern. »Ich habe geglaubt, er wäre immer noch dort. Jedenfalls hab ich ihn seit damals nicht mehr gesehen.«

Paula deutete auf das Foto vom *Säufer*. »Und den da? Wann haben Sie ihn zum letzten Mal gesehen?«

»Gestern Nachmittag, kurz bevor ich zur Nachtschicht musste.«

»Da war er noch hier?«

Sie nickte.

»Hat er hier gewohnt?«

Wieder ein Nicken. Jetzt kamen ihr wieder Tränen. Sie tupfte sich mit dem Zipfel ihres Kopftuchs die Augen.

Es fehlte nur noch der *Offizier*. Das kann schwierig werden, dachte Paula, denn vermutlich ist er intelligenter als die anderen. Auf jeden Fall disziplinierter. Wahrscheinlich war er am tag zuvor mit dem *Säufer* unterwegs gewesen. Sie hatten sich dann getrennt, als der *Säufer* den Lamborghini-Fahrer verfolgte. Paula erinnerte sich, dass von Schüssen die Rede gewesen war. Also war etwas dazwischen gekommen und der *Offizier* war abgehauen. Vielleicht war er direkt zur Grenze gefahren und hatte das Land schon verlassen.

»Als Sie Sonntag früh vom Dienst kamen, waren die beiden da schon zurück?«

»Nein. Sie sind noch gar nicht zurück.«

»Erwarten Sie sie denn?«

Sie zögerte. War sie vielleicht mit dem *Offizier* liiert und hatte deshalb ihn und seine Freunde aufgenommen? Sie betrachtete die Frau genau und wartete. In diesem Moment verstärkte sich ihr Gefühl, dass zwischen dieser Frau und dem *Offizier* eine besondere Verbindung bestand.

»Sind Sie bedroht worden?«, hakte Paula weiter nach

Frau Hiseni nickte. Paula sagte, dass sie keine Angst mehr haben müsse. Sie werde dafür sorgen, dass ihr nichts passiere.

Die Bosnierin musterte sie, zeigte aber keine Reaktion. Offensichtlich war sie sich nicht sicher, ob sie Paula trauen konnte. »Mit was für einem Wagen waren die beiden zuletzt unterwegs?«

»Ein blauer VW Golf. Habe ich gemietet.«

»Am 22. September, sagten Sie. Also vor mehr als acht Wochen. Können Sie sich als Krankenschwester denn so lange einen Mietwagen leisten?«

Frau Hiseni sagte, das Geld dafür habe ihr der Radovan gegeben. Paula bat sie, ihr den Vertrag zu zeigen.

Frau Hiseni verließ die Küche, und Paula nutzte die Gelegenheit, um ein paar Worte mit Tommi zu wechseln, der sich inzwischen nebenan mit den Töchtern unterhalten hatte. Die Viererbande sei Anfang Juli aus Serbien gekommen, als die

Mädchen noch Ferien hatten. Dann seien sie etwa eine Woche geblieben und wieder abgereist und dann zurückgekommen. Zwei seien im September mit dem Auto der Mutter nach Paris gefahren und seitdem nicht wieder aufgetaucht. Die anderen zwei, der *Säufer* und der *Offizier*, seien am Tag zuvor mit einem Mietauto los, einem blauen Golf.

»Ihre Mutter holt gerade den Mietvertrag«, sagte Paula. »Ich bitte dich, das Auto gleich zur Fahndung rauszugeben. Und sag denen, sie sollen die Grenzübergänge nach Osten im Auge behalten.«

Frau Hiseni kam aus dem Wohnzimmer und gab ihr den Vertrag, den sie Tommi weiterreichte. »Hier, da ist alles drauf, Kennzeichen und so weiter. Ich glaube, mehr können wir im Moment hier nicht tun. Ich habe jetzt noch ein paar Fragen an Frau Hiseni, und dann fahren wir in die Keithstraße, um ein Protokoll aufzunehmen. Wie heißen denn die beiden, die Sie zurück erwarten?«

»Milan und Zoran«, kam Tommi der Hiseni zuvor.

»Vor Milan brauchen Sie keine Angst mehr zu haben, den haben wir schon.«

Die Frau sah sie an wie in Trance. Paula konnte den Blick nicht deuten.

»Was ist denn Zoran für ein Typ?«

Auf die Frage reagierte Frau Hiseni nicht. Ihn hatte sie überhaupt noch nicht erwähnt, aber vor ihm schien sie am meisten Angst zu haben. »Sie brauchen sich wirklich nicht mehr zu fürchten, den kriegen wir schon.« Doch auch diese Aussicht schien Frau Hiseni nicht wirklich zu beruhigen.

»Sie sagten, die junge Frau, die heute bei Ihnen war -«, Paula warf einen Blick auf ihre Notizen, »Zina – hat sie irgendwas mit diesen Männern zu tun?«

Frau Hiseni schüttelte energisch den Kopf.

»Ist sie zu Besuch?«

Frau Hiseni nickte.

»Seit wann ist sie hier?«

»Seit gestern Nacht. Sie ist gestern gekommen.«

»Hat sie die beiden anderen noch getroffen?«

Wieder schüttelte sie den Kopf.

»Woher wollen Sie das wissen? Sie hatten doch Nachtdienst!«

»Meine Töchter haben es mir erzählt.«

Plötzlich wurde die Tür aufgerissen. Paula fuhr so heftig herum, dass einer ihrer Halswirbel knackte. Aber es war Tommi. »Muss das sein?«, fuhr sie ihn unwirsch an.

»Tschuldigung, aber der blaue Golf ist gefunden worden«, sagte Tommi. »Er steht hier in der Straße, ein paar Schritte weiter unten. Die Kollegen vom MEK sagen, dass er schon da steht, seit sie hier angerückt sind.«

Sie wandte sich an Frau Hiseni. »Sie haben doch gesagt, dass die mit dem Auto unterwegs wären.«

Unsicher erwiderte Frau Hiseni, das habe sie auch geglaubt.

»Was für ein Auto hat denn diese Zina?«

»Die hat keins.«

Da fiel Paula erst wieder Frau Hisenis Wagen ein, mit dem der *Gladiator* nach Paris gefahren war. Oder hatte fahren wollen. Der musste ja auch irgendwo sein. »Wo ist denn Ihr Auto?«

»Der Mazda?«

»Ein Mazda? Haben Sie den Fahrzeugbrief da?«

Frau Hiseni holte ihn. Paula bat Tommi, danach fahnden zu lassen. »Es könnte ja sein, dass der *Gladiator* mit dem Mazda aus Paris wieder zurückgekommen ist, im Keller von dem *Säufer* oder dem *Offizier* umgebracht wurde und dass sein Mörder dann das Auto versteckt hat, damit der andere denken sollte, der *Gladiator* und das *Tier* wären damit noch in Frankreich unterwegs.«

»Könnte sein«, sagte Tommi. »Dann muß es der *Offizier* gewesen sein. Denn der ist gestern in dem blauen VW Golf mit dem *Säufer* weggefahren, hat den Golf zurückgebracht und den Mazda genommen. Nur er hat gewusst, wo der Mazda stand. Darauf würden die Hisenis erst mal nicht kommen, weil sie denken, der ist noch in Frankreich, falls sie zur Polizei gehen. Okay, versuchen wir's, vielleicht erwischen wir ihn gleich.« Damit war Tommi hinaus.

»Wir werden ihn kriegen«, sagte Paula zu Frau Hiseni und rieb sich den Nacken. »Vor dem brauchen sie auch keine Angst mehr zu haben.« Dann bat sie sie, ihr von Zina zu erzählen.

Jetzt entspannte sich die Hiseni und manchmal glitt sogar der Hauch eines Lächelns über ihr Gesicht.

Sie kenne Zina schon seit ihrer Geburt. Sie selbst habe sie 1974 in Soboranj als Hebamme auf die Welt geholt.

Paula fragte immer weiter nach. Sie wollte wissen, wie aussagefreudig die Hiseni bei unverfänglichen Fragen war, bevor sie von ihr genaue Auskunft über den *Offizier* forderte. Sie erfuhr, dass Zinas Vater Bauer war und außer ihr noch sechs Kinder hatte, lauter Söhne. Die zwei ältesten Söhne waren Kfz-Mechaniker und hatten drei schrottreife Lastwagen wieder hergerichtet, mit denen der Vater ein kleines Transportunternehmen betrieb.

In der Wohnung war es inzwischen ziemlich laut geworden. Die Kollegen von der Siebten und ihr Team waren eingetroffen, da Westphal inzwischen verfügt hatte, Paula das 7. Kommissariat dazuzugeben, damit sie die Arbeit schaffte. Auch die Mannschaft von der Spurensicherung war da, und die Medien belagerten bereits den Bereich hinter der Absperrung. Alle warteten darauf, dass Hauptkommissarin Zeisberg endlich mit den vier Frauen herauskäme, um sie mit einem Blitzlichtgewitter zu begrüßen. Justus warnte Paula vor der Meute und meinte, es sei vielleicht besser, die Vernehmungen der Familie Hiseni in die Keithstraße zu verlegen. Das hatte sie ohnehin vorgehabt. Sie hatte Frau Hiseni bloß nicht unterbrechen wollen, als diese angefangen hatte zu reden. Hier war sie in ihrer eigenen Küche, aber in einem Polizeibüro konnte sich die Stimmung schlagartig ändern, und Paula müsste dann in einem quälenden Frage- und Antwortspiel alles aus ihr herausquetschen.

Paula dankte Frau Hiseni herzlich und fragte sie, ob sie damit einverstanden wäre, den Standort zu wechseln, weil hier jetzt in den nächsten Stunden alles untersucht werden müsse. Sie versprach ihr aber, dass sie ihre Wohnung wieder in einem ordentlichen Zustand vorfinden würde.

Tommi teilte ihr mit, der Gerichtsmediziner habe eine erste Vermutung über die Todesursache der Kellerleiche geäußert. »Offenbar hat man unserem Freund von hinten einen Dolch direkt ins Herz gerammt«, sagte Tommi. »Mit einem einzigen gezielten Stich. Unser *Offizier* muss ein Schwertmeister sein.«

Justus hatte einige Leute von der Schutzpolizei bereitgestellt, die für Paula und die Hisenis eine Gasse durch die

Journalisten, Fotografen und Neugierigen bahnten und sie in einen der Mannschaftsbusse schoben. Bevor sie einstiegen, hörte Paula eine laute Stimme aus der Menge: »Wann kann Berlin endlich wieder ruhig schlafen, Frau Zeisberg?« Das war Horst Aigner. Der hatte ihr gerade noch gefehlt.

Die Türen glitten hinter ihnen zu, während unentwegt Blitzlichter aufflammten. Paula sah die Schlagzeile des Hais schon vor sich: »Bosnische Mutter die Geliebte der Grunewald-Bestien!«

Als der Bus losgefahren war, rief sie Justus an. Die Siebte solle sich um den Tatort kümmern, sie brauche jetzt das ganze Team für die Vernehmungen der Mädchen. Paula selbst wollte in Ullas Büro das Gespräch mit Frau Hiseni zu Ende führen.

Dann rief sie den Großen Lagedienst an und bat darum, sofort benachrichtigt zu werden, wenn sie den Mazda hätten.

Während des Verhörs konzentrierte sie sich insbesondere auf die An- und Abreisedaten der vier Killer. Es passte alles zusammen. Sie waren jeweils einige Tage vor dem Verbrechen gekommen, hatten im Auto der Hisenis Gegenden und Straßen ausspioniert und in Tempelhof einen Wagen gesucht, den sie dann für den Überfall stahlen. So waren sie auch an das Auto von Sylvia Bernacher gekommen, das Hertz während der Auseinandersetzung mit Kottbus hatte stehen lassen. Nach Deutschland waren sie immer über die grüne Grenze gekommen – mit einem Wagen, den sie wahrscheinlich am Flughafen Tempelhof abgestellt hatten und mit dem sie nach den Überfällen wieder zurückgefahren waren. Frau Hiseni wusste aber nicht, was das für ein Auto war. Offenbar hielten sie es für ratsam, damit nicht in Berlin herumzufahren. Die Waffen hatten sie aus Serbien mitgebracht.

Die Hiseni wusste auch nichts von den Verbrechen, die ihre ungebetenen Gäste begangen hatten, während sie selbst in der Klinik Dienst getan und ihre Töchter geschlafen hatten.

Paula bat sie, ihr alles zu erzählen, was sie aus Bemerkungen der vier oder ihren Unterhaltungen aufgeschnappt hatte. Die Hiseni dachte eine Weile nach und sagte, die vier gehörten einer militärischen Organisation an.

»Was für eine Organisation ist das?«

»Die nennen sich Rote Säbel. Die führen hier irgendeinen Auftrag aus.«

Paula dachte an Cavaćik. Sein Vater war ein hohes Tier in der jugoslawischen Parteihierarchie gewesen, er war also seit frühester Jugend mit allen Facetten des politischen und militärischen Lebens dort vertraut gewesen. Kurz nach Titos Tod war er von einem geheimen Sonderkommando in München umgebracht worden.

»Bestand der Auftrag darin, Leute umzubringen?«

»Was sonst? Sonst können die doch nichts!« Ihre Stimme bebte. Wochenlang hatte sie mit diesen Mördern zusammengelebt. Wie hatte sie das nur ausgehalten, fragte sich Paula immer wieder.

»Haben Sie über diesen Auftrag irgendetwas Näheres erfahren?«

»Ich glaube, es hat mit der Finanzierung einer politischen Aktion zu tun.«

»Einer politischen Aktion?«

»Ich glaube, es ging um eine Aktion gegen einen serbischen Politiker. Aber um was genau, weiß ich nicht.«

Dann fiel ihr noch ein, dass des Öfteren von einem Mann die Rede gewesen war, den sie nur den Leguan genannt hatten. Sie vermutete, dass er der große Boss in Belgrad war. Frau Hiseni hatte den Gesprächen der Männer entnommen, dass Zoran bis Anfang des vergangenen Jahres als Fahrer bei einer Firma gearbeitet hatte, an der der Leguan Anteile besaß.

Paula erinnerte sich, dass auch Cavaćik von ihm erzählt hatte, von Arkans Konkurrent, der aller Wahrscheinlichkeit nach auch dessen Killer war. Sollte es bei dieser Aktion um die Finanzierung eines Putsches gehen?

Immer wieder kam Paula auf den *Offizier* zu sprechen, aber die Hiseni sagte, sie wisse nicht, wo dieser sich derzeit aufhalten könnte. Sie wisse nur, dass er am Sonnabend spät mit Milan weggefahren sei und seitdem die Wohnung nicht wieder betreten habe. Für Paula gab es zwei Möglichkeiten: Entweder war er mit Frau Hisenis Mazda auf dem Weg zurück in die Heimat, oder er hatte den Mazda dort abgestellt, wo der bosnische Wagen geparkt war, mit dem der *Säufer* und er das letzte Mal aus Belgrad gekommen waren, und war nun mit ihm unterwegs nach Hause.

Paula wollte gerade die Frage stellen, weshalb die vier sich ausgerechnet bei den Hisenis einquartiert hatten, als das Telefon klingelte und sie die Nachricht erhielt, der gesuchte Mazda sei auf der Autobahn zwischen Lübbenau und Dresden von einer örtlichen Streife entdeckt worden. Die Beschreibung des Fahrers stimmte mit der Täterbeschreibung vom *Offizier* überein – Wollmütze, Sonnenbrille,

Handschuhe, Jogginganzug. Sie fragte, ob auch eine Frau mit im Wagen sei. Nein, lautete die Antwort. Zumindest sei außer dem Fahrer niemand zu sehen.

Der *Offizier*! Jetzt hatten sie ihn. Nach Monaten harter Arbeit wollte sie sich seine Festnahme nicht entgehen lassen und gab Anweisung, sie mit dem Helikopter aus Lichterfelde abzuholen.

»Kümmere dich bitte um Frau Hiseni«, sagte sie zu Ulla und wollte schon los, als sie bemerkte, wie bleich ihre Zeugin geworden war.

»Tun Sie ihm nichts«, flüsterte sie und sah Paula flehend an.

Paula hatte es schon die ganze Zeit gespürt, aber nicht wahrhaben wollen, wohl weil ihr die Mutter der drei Mädchen Leid tat: Die Hiseni kannte den *Offizier* von früher, sie hatte eine wie auch immer geartete Beziehung zu ihm, und deshalb hatte sie die Männer in ihrer Wohnung aufgenommen. Sie liebte den *Offizier*.

Was für eine dumme Geschichte. Da könnte der blöde Hai mit der von ihr vermuteten Schlagzeile auch noch Recht kriegen.

Paula musste los, es nutzte nichts, aber die Hiseni hielt ihre Hand umklammert.

Paula versuchte, sie zu beruhigen: »Wenn er sich ergibt, wird ihm nichts geschehen. Wollen Sie mitkommen? Wollen Sie mit ihm sprechen?«

Sie nickte und stand auf. Ohne zu zögern, folgte sie Paula zur Tür.

»Sie dürfen sie nicht umbringen!«, schluchzte die Hiseni plötzlich los, als sie in dem Wagen saßen, der sie zum Helikopter-Landeplatz des MEK nach Lichterfelde bringen sollte.

Paula war irritiert. Von wem redete sie? Waren sie doch zu zweit unterwegs?

»Sie dürfen sie nicht umbringen!«, wiederholte Frau Hiseni aufgeregt und schüttelte dabei beschwörend den Kopf.

»Ist er nicht allein unterwegs?«, fragte Paula.

Die Hiseni schüttelte den Kopf. »Der *Offizier* – ist eine Frau!«

Paula sah die Hiseni ungläubig an. Der *Offizier*, der Anführer der Bestien, sollte eine Frau sein? Paula fand diesen Gedanken so abwegig, dass sie sich unwillkürlich weigerte, ihn weiterzudenken.

»Doch, glauben sie mir! Sie ist eine Frau! Zina ist der *Offizier*!«

Die Frau, die Tommi unter der Dusche gesehen hatte, sollte der *Offizier* sein?

»Zina hat den Pass von einem toten Serben genommen. Sie musste das tun, sie wollte überleben. Das war der einzige Weg, um damals aus Srebrenica herauszukommen!«

Frau Hiseni flehte sie nun förmlich an. »Bitte, erschießen Sie sie nicht!«

Paula konnte ein sarkastisches Lachen nicht unterdrücken.

»Diese Geschichte können Sie erzählen, wem sie wollen, aber ganz bestimmt nicht mir.«

»Doch, glauben Sie mir!« Frau Hiseni schien entschlossen, endlich auszupacken. »Sie hat doch schon als Kind wie ein

Junge gelebt, sie war das einzige Mädchen und hatte nur Brüder!«

Paula versuchte, das mit ihren Ermittlungsergebnissen in Einklang zu bringen. Jessica hatte doch ausgesagt, dass sie von allen vier Tätern vergewaltigt worden war! Und dann diese unglaubliche Brutalität und die skrupellose Vorgehensweise.

Nun erzählte ihr die Hiseni, dass Zinas Vater seine einzige Tochter von klein auf nicht als Mädchen, sondern genauso wie ihre sechs Brüder behandelt habe. Zina habe sich nicht nur wie ein Junge anziehen müssen, sondern sich auch so verhalten. Ihr Vater hätte sie genauso wie ihre Brüder zur Feldarbeit eingesetzt und im Stall schuften lassen. Als sie größer geworden sei, habe ihr Vater bemerkt, dass sie ein gutes Händchen für Autos und Motoren besaß. Also habe er ihr einen gefälschten, auf den Namen eines Mannes ausgestellten Führerschein besorgt, damit sie mit ihren Brüdern zusammen für sein kleines Fuhrunternehmen Transporte fahren konnte. Und als die Konflikte mit den Serben eskaliert seien, hätte er ihr das Schießen beigebracht.

Paula kam das langsam wie absurdes Theater vor. Glaubte die Hiseni etwa, sie mit einer solchen Geschichte beeindrucken zu können, nur weil sie eine Frau war? Sie fiel ihr ins Wort. »Diese Männer haben die abscheulichsten Verbrechen begangen, die je in Berlin verübt worden sind. Und Sie wollen mir einreden, der Anführer dieser brutalen Bande sei eine Frau? Das hätten diese Bestien doch niemals akzeptiert!«

Die Hiseni schüttelte den Kopf. »Sie müssen mir das glauben! Sie hat sich gekleidet wie ein Mann, geredet wie ein Mann, die anderen haben das gar nicht gemerkt.«

Paula war ratlos. Was wollte diese Frau von ihr?

Die Hiseni ergriff ihre Hände. »Sie dürfen sie nicht umbringen, bitte!«

Paula versuchte sich loszumachen.

»Wir sind hier nicht auf dem Balkan. Wenn sich ihr Geliebter nicht gewaltsam widersetzt, werden wir ihm kein Haar krümmen!«.

Die Hiseni wollte wieder nach ihren Händen greifen, aber Paula wurde das langsam zu viel.

»Warum sollte sich eine Bosnierin mit drei Serben zusammentun um in Berlin auf Raubzug zu gehen? Das ist doch Unsinn!«

»Das hatte einen anderen Grund!« Die Hiseni stockte und blickte zu Boden. Dann sah sie Paula wieder an. »Sie hat das nur getan, weil sie die Männer umbringen wollte! Sie hat die gehasst. Sie wollte sich rächen!«

Langsam wurde Paula wütend. »Warum soll eine Frau so einen Hass auf diese Männer entwickeln, dass sie mit ihnen nach Berlin fährt, um sie umzubringen?« Die Hiseni machte mehrere Ansätze zu reden. Es gelang ihr nicht. Paula sah aus dem Wagenfenster. Langsam kamen ihr Zweifel, ob es eine gute Idee war gewesen war, die Hiseni mitzunehmen. Plötzlich packte diese ihren Unterarm.

»Weil diese Bestien sie vergewaltigt haben!«, schrie sie.

Paula schwieg verdattert.

»Das ist passiert, als Zina achtzehn war«, fuhr die Hiseni atemlos fort. »Sie ist mit einem ihrer Brüder aus Crni Gruber gekommen, wo sie Saatkartoffeln geholt haben. Da haben drei Serben die Straße blockiert. Sie haben Zina und ihre Brüder aus dem Wagen gezerrt und ihnen den LKW mit der Ladung abgenommen. Dann haben sie Zinas Bruder vor ihren Augen mit Benzin übergossen und angezündet. Bevor die dasselbe mit Zina tun konnten, riss sie sich die Kleider herunter und gab sich als Frau zu erkennen. Da haben die betrunkenen Serben sie in ein Haus geschleppt, wo schon mehrere Tote am Boden lagen und sie dort vergewaltigt. Alle drei. Und alle drei hatten geschminkte Wolfsgesichter, damit sie beim Plündern und Morden niemand erkannte. Aber Zina hat gesehen, dass einer eine Warze neben dem linken Auge hatte. Der zweite hatte einen Ohrring mit einem Totenkopf und der dritte eine Tätowierung auf der Brust, einen Wolfskopf. Und daran hat sie sie später wieder erkannt.«

Paula dachte an all ihre Erklärungsversuche zurück. Warum hatte der *Offizier* Jessica Wegener und Hella von Bülow nicht erschossen? Warum hatte er eingegriffen, als das *Tier* Saskia vergewaltigen wollte? Weil er Saskia selbst missbrauchen wollte, hatten Paulas Kollegen angenommen. Denn der *Offizier* war ja auch bei Jessica Wegeners Vergewaltigung dabei gewesen. Der Gerichtsmediziner hatte gesagt, drei waren es mit Sicherheit, vier nicht ausgeschlossen. Ohne Jessica Wegener Aussage hätte sie den *Offizier* dieses Delikts nicht verdächtigt. Plötzlich fühlte sich Paula in der idiotischen Situation, dass Jessica Wegeners Aussage gegen die der Hiseni stand. Mann oder Frau? Sie wollte sich mit dieser blödsinnigen Behauptung nicht weiter auseinander setzen, aber sie wusste, dass sie auf dem Weg in eine große Gefahrensituation war. Ein gefährliches Gegenüber. Die erste Regel, die sie auf der Polizeischule gelernt hatte, lautete, alles bis ins kleinste Detail über den Tatverdächtigen in Erfahrung zu bringen, bevor man ihm gegenübertrat. Selbst wenn die Geschichte, die die Hiseni ihr aufgetischt hatte, auch noch so absurd klang.

Die Hiseni wollte weiterreden, aber Paula unterbrach sie: »Aber warum, verdammt noch mal«, schrie sie, »bringt sie dann lauter Unschuldige um, statt sich an ihren Peinigern zu rächen?«

»So hören Sie mir doch bitte zu«, beschwor sie die Hiseni und legte ihr beschwichtigend die Hand auf den Unterarm, bevor sie begann, ihr die ganze Geschichte von Zina zu erzählen: Wie die drei Mörder aus der Todesschwadron Rote Säbel mit ihr zusammengekommen waren und was sie dazu veranlasst hatte, ihre Wohnung als Unterschlupf zu wählen. Es war die Geschichte eines Krieges.

Im Hochsommer 1995 suchten dreißigtausend Bosnier in der von der UNO geschützten Enklave Srebrenica Zuflucht und saßen in der Falle. Die verschiedenen Verbände der Serben begannen, die Eingekesselten systematisch zu ermorden. Sie selbst war mit ihren Töchtern in einer UNO-Maschine entkommen, aber Zina war zurückgeblieben. Zina nahm einem toten Serben Pass und Kleider ab und gab sich als Zoran Tadić aus. Auf diese Weise entkam sie dem Todeskessel.

Später benutzte sie Zorans Identität weiter, um einen Job als Fahrer zu ergattern. Das zwang ihr ein Leben als Mann auf, aber das war sie ja schon seit ihrer Kindheit gewohnt. Sie lebte wie betäubt, fühlte wenig und konnte sich an nichts erinnern. Eines Abends hörte sie in einer Hotelbar Hamza Hisenis Namen. Zina kannte Hamza, den Schwager von Kimete Hizeni. Seine Familie war umgebracht worden, aber Hamza hatte sich in die Wälder geflüchtet. Er war nach dem Krieg in Srebrenica geblieben und hauste, halb wahnsinnig geworden, als Bettler in der Ruine einer Moschee am Stadtrand. Dort lag seine Familie begraben, und er sprach jeden Tag stundenlang mit dem Geist seiner Frau und seiner Kinder.

Alle in der Stadt kannten ihn, und sie, die Hiseni, schrieb ihm regelmäßig über den Leiter der muslimischen Gemeinde Ansichtskarten aus Berlin – mit ihrer Anschrift darauf, damit er darauf antworten konnte. Doch statt zu antworten, bohrte er in jede Karte ein Loch, zog einen Draht hindurch und trug sie als Kette um den Hals. So hatte ihn eine der Bestien, Milan, eines Tages beobachtet. Er fragte ihn, mit wem er rede und nahm ihm eine der Postkarten ab. Kurz darauf wurde er von dem Leguan in Belgrad auf Raubzug nach Deutschland geschickt und beschloss, bei den Hisenis in Berlin unterzuschlüpfen.

Als Zina in der Hotelbar nun den Namen Hamza Hiseni hörte, wusste sie das alles noch nicht. Sie wandte sich nur um, weil sie sehen wollte, wer den Namen erwähnt hatte. Es waren drei Serben, die an der Bar saßen und ihr bekannt vorkamen.

Es waren Milan, Radovan und Vlajko – der *Säufer*, der *Gladiator* und das *Tier*. Zina erkannte sie als die drei serbischen Soldaten, die sie vergewaltigt hatten. Aus Angst, später zur Rechenschaft gezogen zu werden, waren sie bei ihren »Säuberungs-Aktionen« stets mit geschminkten Wolfsgesichtern in Erscheinung getreten, aber Zina erkannte sie an den Details wieder, die sie sich damals gemerkt hatte. Bei dem *Säufer* war es die Warze neben dem linken Auge, bei dem *Gladiator* der Ohrring mit einem Totenkopf. Und beim *Tier* war es der tätowierte Wolfskopf auf der Brust, das Symbol der Drina-Wölfe.

Nun aber gehörten sie den Roten Säbeln an. Nachdem Zina alles Wesentliche über die Organisation aus ihnen herausgelockt hatte, ließ sie sich einen roten Säbel in den Oberarm tätowieren und tat so, als wäre sie schon lange dabei. Sie behauptete, Zoran Tadić zu sein, ein Vertrauter des Leguans, ihres Anführers in Belgrad.

Was die Hiseni Paula da erzählte, widersprach allem, was Paula über weibliche Reaktionen auf solche Situationen wusste.

»Eine Frau wird vergewaltigt und versucht die Männer, die ihr das angetan haben, kennen zu lernen? Das können sie einem Mann erzählen, aber nicht mir!«

Die Hiseni schüttelte den Kopf. »Zina hätte nicht weiterleben können. Sie wäre eine leblose Frau gewesen, wie so viele im Krieg Vergewaltigte. Sie konnte nur in der Gestalt des Schänders lebendig bleiben.«

»Ich denke, der *Offizier* ist kein Mann?«

»Aber Zina denkt wie ein Mann, so ist sie erzogen worden, sie kennt es gar nicht anders!«

Die Hiseni sagte, es wäre immer Zinas Absicht gewesen, die drei umzubringen. In Srebrenica hätte es keine Gelegenheit dazu gegeben, aber als sie ihr angeboten hätten, mit nach Berlin zu kommen, hätte sie ihre große Chance kommen sehen. Da sie von klein auf mit Fahrzeugen zu tun gehabt hatte, übernahm sie in Berlin die Autodiebstähle.

Als sie dann vor ihrer Wohnungstür gestanden hätten, hätte selbst sie Zina nicht mehr erkannt, sondern geglaubt, vier Serben aus ihrer Heimat vor sich zu haben. Zina hätte sich aber gleich zu erkennen gegeben und gesagt, sie müsse sich nicht fürchten, sie werde auf sie und ihre Kinder aufpassen. Als sie Zina einmal gefragt habe, wo die zwei Serben geblieben seien, hätte sie nur gelacht und ihr gesagt, sie solle sich keine Sorgen machen.

Die Hiseni lehnte sich erschöpft zurück. Sie blickte Paula an, als versuchte sie, deren Gedanken zu lesen.

Paula war verwirrt. Was wollte diese Frau? Den *Offizier* retten, gewiss. Aber wozu dann dieses Märchen? Sie hätte der verzweifelten Frau gern geglaubt, aber die Geschichte war einfach zu unwahrscheinlich.

Auf dem Helikopter-Landeplatz des MEK in Lichterfelde war der Hubschrauber schon in Startposition. Paula nahm Kimete Hiseni bei der Hand, als sie gegen den starken Wind anliefen, den die laufenden Rotorblätter erzeugten.

Kaum waren sie in der Luft, schaltete Paula die Kopfhörer ein. Der Mazda, so erfuhr sie, befand sich auf der E 55 in der Nähe der Radeburger Heide.

Paula rollte die Schultern, rieb sich den Nacken und schaute hinaus. Unter ihnen zogen die letzten Berliner Vororte vorbei, die Seen um die Zossener Heide und schließlich das Baruther Urstromtal. Über Funk kam die Meldung, dass der Mazda auf die E 40 Richtung Bautzen abgebogen sei. Der Pilot ging etwas tiefer und flog eine Abkürzung über das Naturschutzgebiet der Kleinen Elster. Die Polizei ging davon aus, dass der Gesuchte irgendwo zwischen Sebnitz und Rumburg über die Grenze wollte. Um ihn davor schon abzufangen, hatten sie mittlerweile die Autobahn zwischen Ohorn und Burkau beidseitig gesperrt. Die Brücke bei Röderbrunn war bereits von Scharfschützen besetzt, die Autobahn östlich davon von der Schutzpolizei an den Fahrbahnrändern abgeriegelt. Die Einsatzleitung hatte im Forsthaus Luchsenberg nahe der Autobahn Quartier bezogen.

Paula ließ sich mit dem Einsatzleiter Flenske verbinden, der ihr mitteilte, der Mazda habe etwa hundert Meter vor der Straßensperre angehalten. Sie würden den Fahrer gerade per Megaphon auffordern, den Wagen zu verlassen, aber der rühre sich nicht von der Stelle. Paula wies Flenske an, vorläufig nichts zu unternehmen, sie sei in wenigen Minuten da. Sie werde gleich mit der Freundin des Gesuchten landen, die versuchen würde, ihn zur Aufgabe zu überreden.

Frau Hiseni saß reglos da und starrte angsterfüllt aus dem Fenster, als der Helikopter schließlich eine leichte Kurve flog und tiefer ging.

Unter sich sahen sie die Autobahn die Felder durchschneiden. Der Himmel war bewölkt, aber nun teilten sich die Wolken, und ein Streifen Abendsonne huschte über die winzigen Alleen und ließ die Autos blinken und blitzen. Aus der Luft sah Deutschland aus wie eine riesige Parkanlage.

Jetzt konnten sie den Zugriffsort erkennen. Hinter einer Kurve war die Autobahn mit Hilfe einiger LKW komplett gesperrt. Hinter der Straßensperre hatte sich schon ein langer Stau gebildet. Neben zahlreichen Polizeifahrzeugen konnte Paula zwei Notarztwagen erkennen, außerdem einen grün-weißen LKW mit großem Kastenaufbau, die mobile Einsatzzentrale. Dahinter standen mehrere zivile Mercedes-Limousinen. Das mussten die Fahrzeuge des SEK sein. Zu beiden Seiten der Autobahn sah Paula Uniformierte in gedeckter Haltung in Stellung gehen. Von oben konnte sie erkennen, dass die Beamten Stahlhelme trugen, die zur SEK-Ausrüstung gehörten.

Der weisse Mazda stand ganz allein mitten auf der Autobahn, im Niemandsland zwischen den Lastkraftwagen und den Polizeifahrzeugen.

Der Helikopter setzte auf. Paula löste zuerst ihren eigenen Gurt, dann den von Frau Hiseni. Sie nickte ihr zu. »Wenn Ihr Freund vernünftig ist, wird ihm nichts passieren.« Dann riss sie die Tür auf und machte Frau Hiseni ein Zeichen, ihr zu folgen.

Flenske, der Einsatzleiter des SEK kam auf sie zu. Er trug die dunkle Montur des SEK und die bei diesen Einsätzen übliche Ausrüstung. Flenske zeigte ihr den Mazda, der allein auf der Autobahn stand, und sagte, seine Männer hätten das Auto in weitem Umkreis umstellt. »In drei Minuten sind die alle auf Treffsicherheit.«

Paula bat um das Megaphon und sagte, sie sollten ihr Deckung geben. Sie werde versuchen, den Mazdafahrer zusammen mit Frau Hiseni, der Geliebten des Täters, zur Aufgabe zu überreden. Flenske zog erstaunt eine Augenbraue hoch.

»Das kann nicht Ihr Ernst sein«, sagte er.

»Glauben Sie vielleicht, mir ist gerade nach Witzen zumute?«, blaffte Paula zurück. »Ich möchte auf alle Fälle, dass das hier ohne Blutvergießen abläuft.«

Flenske blickte sie sarkastisch an. »Wie viele hat der Typ da nochmal auf dem Gewissen?« Paula atmete durch.

»Darum geht es nicht.«

Flenske ließ nicht locker. »Hat der nicht auch versucht, einen Kollegen umzubringen? War der nicht sogar aus Ihrer Kommission?« .

Paula ärgerte sich, weil Flenske eigentlich Recht hatte. Natürlich war es ein Risiko, auf den Killer zuzugehen.

»Ich versuche nur Blutvergießen zu vermeiden«, sagte sie zu Flenske. Er sah sie unbewegt an und schwieg.

Paula zog ihre Jacke aus. »Geben Sie mir eine Weste.«

Flenske gab einem seiner Beamten ein Zeichen. »Auf ihre Verantwortung. Aber wenn ich glaube, dass es eng wird, erteile ich den Schützen die Freigabe.«

Paula nickte. Sie ließ auch Frau Hiseni eine schusssichere Weste anlegen und überprüfte noch einmal ihre Pistole. Die Sig Sauer hatte acht Schuss. Sie hoffte, dass sie nicht einen davon abgeben musste.

Langsam und mit den Armen winkend ging sie mit Kimete Hiseni über die leere Autobahn auf den Mazda zu. Als sie nur noch fünfzig Meter davon entfernt waren, blieb sie stehen, schaltete das Megaphon ein und forderte den *Offizier* auf, das Auto mit erhobenen Händen zu verlassen und sich zu ergeben. Er werde einen fairen Prozess bekommen.

In dem Wagen bewegte sich nichts.

Paula gab Frau Hiseni das Megaphon. Diese war so nervös, dass sie es zunächst falsch bediente. Dann redete sie auf Bosnisch. An ihrem Tonfall erkannte Paula, dass sie ihn wohl ebenfalls bat aufzugeben – nur flehender, mit Liebe und Leidenschaft in der Stimme.

Kaum hatte Frau Hiseni geendet, öffnete sich die Autotür. Sonnenbrille, Handschuhe, dunkler Jogging-Anzug und

Wollmütze. Paula spürte ihr Herz höher schlagen. Es war der *Offizier* – sie hatte den Killer vor sich. Er ließ die Tür auf und näherte sich in weichen, katzenhaften Bewegungen. Die Hände hielt er lässig über den Kopf. Paula meinte zu wissen, dass er sie, von dunklen Gläsern geschützt, kalt musterte. Er taxierte sie, versuchte sie einzuschätzen, denn seine einzige Chance würde darin bestehen, sie als Geisel zu nehmen. Er würde versuchen, mit ihr und der Hiseni über die Grenze zu kommen. Das war der einzige Ausweg. Er war intelligent, er wusste das. Jetzt blieb er stehen. Paula konnte ihn deutlich sehen. Er hatte ein schönes Gesicht, eine gerade Nase und volle Lippen.

Paula hob das Kinn, als wollte sie ihn auffordern, komm, komm her! Ich habe lange auf dich gewartet.

Die Hiseni wollte zu ihm laufen, aber Paula hielt sie fest.

In diesem Moment zückte der *Offizier* blitzschnell eine Waffe und richtete sie mit beiden Händen auf Paula. Er hatte den Moment ausgenutzt, in dem sie durch die Hiseni abgelenkt gewesen war.

Er zielte auf ihren Kopf. Die Weste würde ihr nichts nützen.

Sie rechnete in Sekundenbruchteilen ihre Chance durch, an ihre Waffe zu kommen, die sie rechts an der Hüfte im Gürtelholster trug. Die Chance war reine Theorie. Bei der geringsten Bewegung von ihr würde er abdrücken. Natürlich war er ein Mann. Wie hatte sie auch nur einen Moment lang glauben können, dass an Kimete Hisenis Erzählung etwas Wahres sei?

Wie eine Welle durchströmte sie eine dunkle, tiefe Trauer. Aufgrund eines so unsinnigen Fehlers würde sie nun ihr

Leben verlieren. Sie spürte einen metallenen Geschmack auf der Zunge, suchte Hilfe, suchte nach Gott und schrie »Nein!«

Dann hörte sie einen Schuss.

Der *Offizier* brach zusammen. Nicht er hatte geschossen. Einer der Präzisionsschützen hatte abgedrückt.

Die Hiseni schrie auf und rannte zu dem am Boden Liegenden. Paula rannte ebenfalls los. Der *Offizier* lag etwas verdreht auf dem Rücken, seine Sonnenbrille war verrutscht. Aus einem Loch in der Schläfe rann Blut. Unter dem Kopf sammelte sich eine Blutlache, die immer größer wurde. Dort musste das Geschoss wieder ausgetreten sein. Mehr konnte sie nicht sehen, denn die Hiseni warf sich schreiend und wehklagend auf ihn.

Im nächsten Moment waren, begleitet von einigen Polizisten, die Sanitäter da und zogen die Hiseni von dem Körper des Getroffenen herunter. Paula beugte ich zu dem Gesicht hinunter und meinte, eine leichte Bewegung wahrzunehmen. Sie riss seine Jogging-Jacke auf. Lebte er noch?

Als sie ihn abtastete, fühlte sie, dass es eine Frau war. Die Hiseni hatte nicht gelogen. Der *Offizier* war eine Frau.

Für einen Moment fürchtete Paula, die Besinnung zu verlieren.

Wie aus weiter Ferne hörte sie die Stimme eines Polizisten sagen: »Das ist eine Frau. Sie ist tot.«

Jemand griff an Paula vorbei und riss die Joggingjacke der Toten weit auf, so dass ihr nackter Oberkörper frei lag.

Paula wurde bewusst, dass sie neben dem *Offizier* kniete, der Marius beinahe getötet hatte. Sie wollte die Mischung aus

Faszination, Mitleid und Trauer abwehren, aber sie konnte ihren Blick nicht von dem toten Körper lösen. Da sah sie die Tätowierung, die Zina am rechten Oberarm trug – ein roter Säbel. Wie war es nur möglich, dass diese von Serben vergewaltigte Frau dem grausamen Geheimbund ihrer Peiniger angehört hatte? Paula bedeckte Zinas Brüste und stand wie betäubt auf.

Der Spuk war zu Ende. Paula hob die Arme und reckte sich, wobei sie an genau diese Bewegung des *Offiziers* denken musste. Imitierte sie ihn etwa schon? Sie schüttelte sich heftig, und atmete tief durch. Sie wollte nur noch zurück nach Berlin, zu Ralf in ihre Wohnung in der Stargarder Straße mit dem Blick auf die Gethsemane-Kirche und den kleinen Spielplatz dahinter.

Paula sah Flenske mit einigen seiner Leute neben dem Rettungswagen stehen. Die Beamten hatten die Helme abgenommen und die Sturmhauben vom Kopf gezogen. Sie unterhielten sich halblaut. Sie ging auf die Gruppe zu, die plötzlich verstummte. Paula hätte gern unter vier Augen mit Flenske gesprochen, aber da musste sie jetzt durch. Sie hielt Flenske die Hand hin.

»Danke. Ohne Sie ...« Paula ärgerte sich, dass ihr die Worte wegblieben. Flenske ließ ihre Hand einen Moment in der Luft hängen. Dann schlug er ein.

»Dafür sind wir ja da«, brummte er. Paula nickte und ging.

Der Helikopter-Pilot teilte ihr mit, sie müsste mit einem bereitgestellten Wagen zurückfahren, er hätte einen neuen Einsatz.

Während die Hiseni neben der Toten saß und weinend Abschied nahm, ging Paula ein Stück in das Feld neben der

Autobahn hinein und rief Marius in der Klinik an. »Es war eine Frau. Wir haben sie.«

Marius konnte es nicht glauben.

»Doch, sie liegt hier. Sie haben sie erschossen.«

Auf der Rückfahrt schwiegen die beiden Frauen lange Zeit.

»Sie war ein guter Mensch,« sagte die Hiseni schließlich.

Paula sah sie an. Sie starrte auf die Autobahn, Tränen liefen über ihre Wangen. Draußen begann es zu dämmern.

Sie fuhren an einer langen Reihe von Pappeln vorbei. Wie die Bäume einer Friedhofsallee, dachte Paula, und Saskia fiel ihr ein. Die Trauer lag ihr schwer im Magen.

Sie dachte auch an Jessica Wegener und Hella von Bülow. Und an Zinas Wut, lebendig begraben zu sein, aber in dem Graben zwischen Lebenden und Toten weiterleben zu müssen.

Ob Frau Hiseni auch vergewaltigt worden war? Sie traute sich nicht zu fragen. Frau Hisenis Verzweiflung füllte den Wagen.

Paula wünschte ihr im Stillen Glück und Vergessen. Wie ein stummes Gebet wiederholte sie sich, gib ihr und ihren Töchtern Glück und Vergessen.

Sie sehnte sich nach Ralf. Nach seiner Stimme und seinem Trost.

Sie ließ das Fenster einen kleinen Spalt herunter. Der Tag war noch herbstlich warm, aber jetzt kam ein kühler, scharfer Luftstrom herein. Sie schnupperte den Geruch von verbranntem Kartoffelkraut. Es erinnerte sie an ihre Kindheit.

Über einem der Felder an der Seite zog ein Raubvogel langsam seine Kreise.

»Es gibt bei uns ein Sprichwort«, sagte die Hiseni leise. »Für die Armen ist der Himmel zu hoch und die Erde zu hart.«

Die Dämmerung wurde undurchdringlicher. Paula schaltete das Licht ein.

Danksagung

Ich danke allen, die mich beim Schreiben dieses Buches unterstützt haben: Burkhard Driest, Robert Hummel, Tilo Prückner, Volker Schmitz und Anne Wels!

Bei der kriminalistischen Beratung waren Elke Fabian und Manfred Schmandra eine wunderbare Hilfe! Auch Kriminalbiologe Dr. Mark Benecke und der Leitende Schutzpolizeidirektor Gerhard Wettschereck waren immer für mich da. Und ein herzliches Danke an Mike, Sabine, Jasmin und Heike!